U0940319

红楼探玉

王一 著

江苏凤凰文艺出版社
JIANGSU PHOENIX LITERATURE AND ART PUBLISHING, LTD

谨以此书献给我敬爱的父亲王子冀先生。

目录

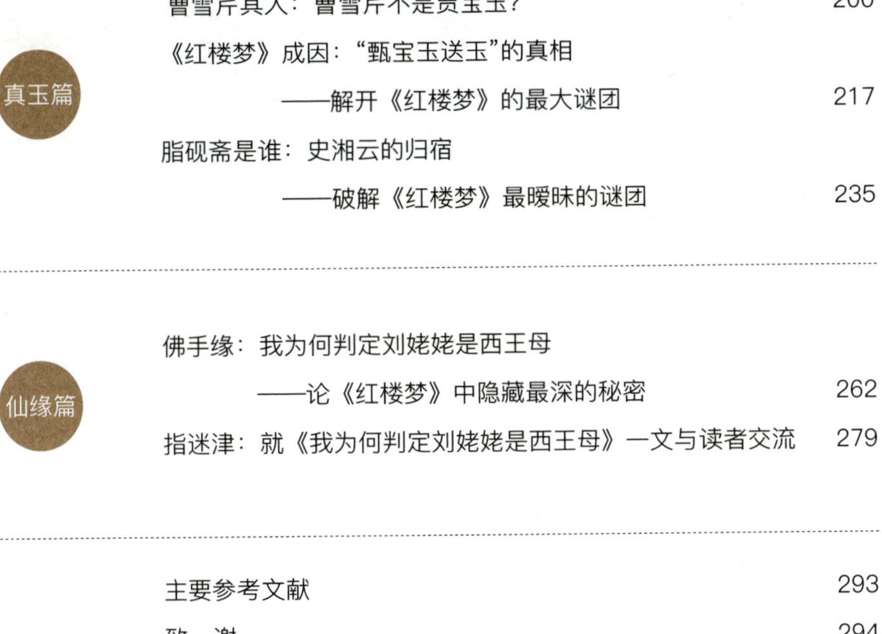

自 序

《红楼梦》是一首诗。

诗的文字优美，结构俊俏，意境深远，耐人寻味。

曹雪芹是一位小说家，更是一位诗人。他凭着深厚的国学功底，信手拈来，把众多文学典故巧妙地编排在《红楼梦》的文字里，让一个个看似平淡的故事富有深刻寓意，让一个个看似普通的人物变得丰满立体。更重要的是，典故中蕴含了每个人物的结局。

很多诗词让人看不懂，就是因为里面的典故不为人熟知。

比如苏轼的《江城子·密州出猎》，里面有“为报倾城随太守，亲射虎，看孙郎”，“持节云中，何日遣冯唐”，读着很好听，但如果没看过《三国志·吴志·孙权传》以及《史记·张释之冯唐列传》，就很难理解作者想表达的影射。

典故多，也是《红楼梦》这首长诗不容易解读的原因。

《红楼梦》表面的故事当然已经很精彩了，不仅有凄美动人的爱情故事，从兴旺到衰落的家族往事，还记录了历史文化风土民情。但也有人觉得《红楼梦》的故事太过琐碎，家长里短，闲人闲语，事无巨细，像个流水账，我小时候第一次看这书就是这感觉。但是如果仔细探究，你就会发现，表面上的闲人闲语，当中往往隐藏着巨大的玄机。只有把细节背后的典故搞清楚了，才能了解作者的真正用意。

所以读《红楼梦》往往有三个阶段。看到第一层表面意思时，反应是——“有点意思。”看出第二层意思时，反应是——“原来如此！”等发现第三层意思时，反应是——“太精妙了！！”

那么这些典故隐藏在哪里呢？简单说，到处都是。

贾家喜欢看戏，点的每出戏都是典故；宝玉和女孩子们喜欢写诗，诗里也都是典故；人物对话里有典故，对联里有典故，谜语里有典故，牙牌令有典故，占花名有典故，人名里有典故，地名里有典故，官职上有典故，家具有典故，甚至是喝的茶、用的茶具，里面全都是典故。

这些典故往往能够诠释人物的特点，预示人物的命运，寓意深远。正如新异奇特的美食，味道层层叠叠，让人余香满口，回味无穷。

比如贾宝玉屋里的花袭人，曹雪芹对她的看法如何呢？如果光从书中的表面语言看，好像评价还可以。袭人在前八十回故事中往往表现出贤惠淑德、谦卑隐忍、凡事为大局考虑、大事化小小事化了等特点，是个出了名的“贤人”。

但是，从花袭人这个名字看，就知道曹雪芹非常厌恶这个角色，因为这名字至少引用了三个典故，而这些典故暴露了作者真实的感情色彩。

第一个典故在书里已点破，说“花袭人”这个名字出自古诗“花气袭人知昼暖”。实际上，这句话出自南宋陆游《村居书喜》中的“花气袭人知骤暖”。

红桥梅市晓山横，白塔樊江春水生。花气袭人知骤暖，鹊声穿树喜新晴。坊场酒贱贫犹醉，原野泥深老亦耕。最喜先期官赋足，经年无吏叩柴荆。

曹雪芹故意把“知骤暖”改成“知昼暖”，不是笔误，而是有意翻新，意思是袭人只知道贾府的白昼，即繁花似锦的兴旺时候，但她经不起贾家“晚景”的考验。我们知道，王夫人早已把袭人当做宝玉的妾，袭人领的月银和赵姨娘的一样，基本算是过门了。但是，贾家一败落，袭人就弃宝玉而去，嫁给了蒋玉菡这个戏子。就算宝玉是个摆脱了礼教思想束缚的新青年，但这绿帽子戴的，还是让他相当郁闷了。

第二个典故是清初洪昇《长生殿》中的“芳香四散袭人裾”，竟和“花气袭人知骤暖”意境类似。“芳香四散袭人裾”在《长生殿》中形容的是桂花，而第五回袭人的判词中有“空云似桂如兰”，说的也是桂花。可见“花袭人”这个名字也传承了“芳香四散袭人裾”这个典故。兰花代表坚贞，但“空云似桂如兰”的意思则是袭人的坚贞只是口头说说而已。

但这还没完，因为《长生殿》中的“芳香四散袭人裾”，承袭的是初唐卢照邻的《长安古意》，其中有一句“独有南山桂花发，飞来飞去袭人裾”。而《长安古意》里“袭人裾”的花也是桂花！那么，《长安古意》说的什么意思呢？实际上，这首诗的主旨就是说长安的贵族“自谓可永保富贵矣”，这和袭人后来弃主求富贵的行为很接近。而且，袭人开始伺候贾母，也伺候过史湘云，后来伺候宝玉，之后又改嫁蒋玉菡，这和《长安古意》中“飞来飞去”的桂花形态不也很相似吗？

第三个典故是清代李玉《一捧雪》中描写的一个女子。这女子“身长腹大背雷驼”，之前嫁过十八个丈夫，后来嫁给了大反派汤勤。这女子十分丑陋，却自认为“西施难赛我”，又特别贪婪，还是个醋坛子。而这个女子就姓花！既然姓花，人就很花，人尽可夫。作者基本就是这个意思。

《一捧雪》是《红楼梦》的四大素材库之一，里面的不少细节都被曹雪芹用在《红楼梦》里。把花氏这个姓氏安在袭人身上，可见曹雪芹对袭人的鄙视。这种鄙视也显示在袭人判词旁边的画上，那是一簇鲜花，一床破席。花指袭人的姓，破席的意思就不解释了，曹雪芹简直就是爆了粗口。

除了这些典故，“袭人”二字本身还有“偷袭”的意思。我们知道，晴雯的死就是因为袭人向王夫人进谗言。本来是袭人自己和宝玉有一腿，但她怕晴雯告发，就暗地向王夫人进谗言，诬陷晴雯是狐狸精、勾引宝玉，结果导致晴雯生重病时被撵出贾家，悲惨地死去。

一个丫鬟的名字就有这么多层意思，实在是辛苦作者大人了！

《红楼梦》是一首诗，诗中布满寓意深刻的典故。

对于我，这些典故尤其重要，因为我要破解《红楼梦》的真正结局！

很多人都知道，我们现在看到的通行本《红楼梦》，前八十回是曹雪芹本人写的，后四十回是高鹗续写的。曹雪芹确实没有完成《红楼梦》，但他在八十回之后还是写了很多内容的，只可惜丢失了。

然而，高鹗续写的后四十回《红楼梦》并不符合曹雪芹的原笔原意。不管别人怎么认为，我个人对高鹗续书的评价就两个字：垃圾！他的续书荒谬至极，让人实在无力吐槽。

比如，曹雪芹苦心经营的贾宝玉这个形象，他才华横溢，有自由的思想、独立的人格，他鄙视封建的思想和官本位的制度，他对科考这种经济学问更是嗤之以鼻。然而，根据高鹗的续书，贾宝玉到了最后竟然参加了科考，还中了举人！要知道，曹家衰落以后，曹雪芹宁可靠卖字画、给人看病谋生，也绝不讨这碗官饭。高鹗自己是个举人，他可能觉得这是天下最有追求的事情了吧？这样的续书连狗尾续貂都算不上，简直是对《红楼梦》原作精神的亵渎。

张爱玲女士就这么评论高鹗的续书：

红楼梦未完还不要紧，坏在狗尾续貂成了附骨之疽——请原谅我这混杂的比喻。

——《红楼梦魇》

“附骨之疽”，人家张爱玲到底是大作家，形容得就是贴切！

我甚至觉得高鹗的续书就是一场颠倒黑白的阴谋。为了意识形态的目的，压制新锐的思想，故意销毁了犀利的原作，续上了个摇摆的尾巴，把一部颠覆时代的伟大著作、一部人性抗争与救赎的史诗，粉饰成一个不伤大雅的三角恋爱、一个忠孝两全的献礼之作。

不行，我要还原《红楼梦》的结局，还曹雪芹一个清白，把他真正想表达的东西展示出来！

这就是我孜孜不倦探求《红楼梦》结局的初衷。

那么，《红楼梦》的真正结局是什么呢？

有人说，你永远不可能搞清楚真正的结局，因为曹雪芹没写完呀。对，如果是别的小说，一般的小说，也许永远无法破解真正的结局。作者没写，怎么可能破解？

但《红楼梦》不同，它不是一般的小说。

《红楼梦》是一首诗，诗中布满寓意深刻的典故，这些典故预示了所有人物的结局。

对，只要搞懂书里每个典故的寓意，就能还原《红楼梦》的结局真相！

这十几年来，我利用业余时间，对书中典故逐条研究，再对比前人的分析著作、网上的真知灼见，反复推理论证，建立假设再推翻假设，最后得到自认可令人信服的推断。

这就像是侦探在调查一桩密室杀人案件，需要根据蛛丝马迹发现凶手的罪证，做出各种假设，再多方求证，整个过程新奇有趣而扣人心弦。

除了典故，我还非常倚重脂砚斋的批语，因为其中有不少“剧透”，透露了很多八十回后的内容。脂砚斋是曹雪芹很亲近的人，她的批语对推断《红楼梦》的结局也至关重要。例如，全书最重要的典故就隐藏在元春点的四部戏中，而脂砚斋对这四部戏做了如下批语：

第一出《豪宴》（脂砚斋批语：《一捧雪》中。伏贾家之败。）

第二出《乞巧》（脂砚斋批语：《长生殿》中。伏元妃之死。）

第三出《仙缘》（脂砚斋批语：《邯郸梦》中。伏甄宝玉送玉。）

第四出《离魂》（脂砚斋批语：《牡丹亭》中。伏黛玉死。所点之戏剧伏四事，乃通部书之大过节、大关键。）

《一捧雪》《长生殿》《邯郸梦》《牡丹亭》，脂砚斋说这四部戏是“通部书之大过节、大关键”，它们分别预示了“贾家之败”“元妃之死”“甄宝玉送玉”“黛玉死”这几个关键情节。

我后来发现，这四部戏不仅是《红楼梦》关键情节的出处，而且是《红楼梦》最主要的四个素材库！因此，只要深挖这些素材库，把它们和《红楼梦》之间的关系梳理清楚，就能大致推断出《红楼梦》的结局。

当然，除了读懂典故和脂批，还需要“大胆假设、小心求证”。所谓大胆假设，就是对任何人的观点都持开放的态度，不能有成见，一看标题就不接受是不行的。即使不同意他的观点，也要看他为什么形成这个观点？他提出了哪些关键问题？例如刘心武先生问：为什么红楼梦十二曲不均衡？这就是个很好的问题。但红学家们经常是不回答人家的问题，而只攻击人家的结论。我觉得这不是一个开放的态度。

我的方法和侦探破案一样，对于任何假设都会搜集所有正、反两方面的论据，特别要看反方的论据能否解释得通。如果解释不了，这个问题就要存疑，就需要更多阅读和思考，而不能百分之百相信自己就是对的。

特别是如果正反论据都有，最值得深思。比如曹雪芹形容薛宝钗是“山中高士晶莹雪”，“山中高士”是隐士的意思，但是从书中又完全看不出薛宝钗和隐士有什么关系。那么，薛宝钗到底是不是隐士？为什么是隐士？这就成了案件的关键疑点。解开它才能揭开薛宝钗的身份之谜。

直到有一天，当一个假设能够合理地解释所有的论据，并与所有典故都协调一致，这个假设才是完美的结论，案件在这一天才被彻底侦破。

今天就是这一天。

我既不骄傲也不谦虚地向大家宣布，我还原了《红楼梦》的结局真相！对，这包括林黛玉、薛宝钗、贾宝玉、甄宝玉、史湘云等人的最终命运。

真正的结局竟然和以往红学家们讲的都不同！

《红楼梦》是一首诗，诗中布满寓意深刻的典故，这些典故预示了所有人物的结局，我有幸把这些结局破解了，结局的真相竟然和以往红学家们讲的都不同！

因为破解了《红楼梦》的结局，我也顺手解开了《红楼梦》五大悬案。

所谓悬案，就是至今无人能解的红学难题。我翻阅了众多红学文献，也查阅了网上的各种文章，但没看到谁能解开这些悬案。不信的话，你随便找个红学家，或者自称红学家的人，问问他下面的问题吧。

悬案一：“钗、玉名虽二个，人却一身”。脂砚斋说林黛玉和薛宝钗的名字虽然不一样，但是两个人其实是同一个人。这怎么解释？（别跟我说什么钗黛合一，脂砚斋说的是钗黛一身！）

悬案二：薛宝钗是“山中高士晶莹雪”。山中高士是隐士的意思，但薛宝钗在大观园待得好好的，她怎么隐了？（别跟我说什么大隐隐于市，薛宝钗可还帮助管理荣国府呢。再说，惜春、李纨可比宝钗隐多了，也没说她们是隐士。）

悬案三：《枉凝眉》（一个是阆苑仙葩，一个是美玉无瑕）讲的是林黛玉和贾宝玉吗？如果是的话，红楼梦十二曲中，就有一首半形容林黛玉，半首形容薛宝钗，其余十钗一人一首。诗人曹雪芹为什么搞得那么不工整呢？难道薛宝钗还不如其余十钗重要吗？（别跟我说曹雪芹不在意工不工整，他可是诗人，诗人对工整有强迫症的好吗？）

悬案四：脂砚斋说的“甄宝玉送玉”，是全书四大过节、大关键之一。“甄宝玉送玉”讲的到底是什么情节？这个情节有什么寓意？

悬案五：甄宝玉到底是什么人？曹雪芹设计这个人物的深意究竟何在？

当然，红学家当中也曾有人比较接近真相，比如周汝昌先生和俞平伯先生。周汝昌先生对曹雪芹家族历史的研究可谓深入严谨，论据翔实，对脂砚斋的研究也是令人佩服。可惜周先生更加偏重曹学，把《红楼梦》完全等同于曹雪芹自传，陷入了一种误区，因此没能解开《红楼梦》的最终迷局。

俞平伯先生从文学性的角度对《红楼梦》做了深入解读，探索出不少有价值的东西。他在上世纪五十年代提出“钗黛合一”，但遭到批判和迫害。那时的舆论认为，林黛玉是革命派，薛宝钗是保皇派，两个人势不两立，怎么可能合一呢？其实，俞平伯先生的观点离《红楼梦》的真相已经不远了，如果再坚持下去可能会有希望，但可惜了，没有后来了，没有办法。从那以后，似乎没人再提出过什么创新思想了。

说得夸张一点，红学在二十世纪五十年代就已经死了。

什么？你问我现在那些靠《红楼梦》吃饭的红学家们为什么没有破解《红楼梦》的真相，而你一个业余研究者却能做到？

呃……这我真不知道，我也不好替红学家们回答。也许红学家们都太忙，没有时间研究书里的典故？

还有一个可能，就是红学家们都在忙一些更加重要的事情。

前一阵，我拜读了某权威红学刊物上的一篇论文，该论文研究的是《红楼梦》中的水果。作者长篇大论地讨论了书中提到的所有水果，然后发现曹雪芹竟然没有写到苹果。接着作者又去查阅了许多当年的县志和史料，最后得出结论，说曹雪芹应该是不喜欢吃苹果，或者因为某种不可知的原因，所以《红楼梦》里没有提到苹果这种水果。

红学家们忙着做了很多这类研究，我相信这也是有价值的，毕竟吃苹果是有益健康的，林黛玉多吃些苹果，多些纤维助于消化，补充些维生素 C，增强抵抗力，兴许咳嗽可以缓解，也不至于那么早死。

但无论如何，曹雪芹笔下的林黛玉还是死了。她不是投湖死的，也不是上吊死的，这我可以向你保证。对此我还从植物学的角度做出了严谨的科学考证，你可以从本书里找到。

林黛玉虽然死了，但请你不要过分伤感，因为她死后还会回到人间！而且，在林黛玉还魂以后，你会发现，林黛玉和薛宝钗竟然是同一个人！

不，贾宝玉没有精神分裂！我也没有。

什么？太荒谬？太惊悚？

别着急。

读完这本书吧，相信你会明白，这些才是《红楼梦》的结局真相。

王一

二〇一七年九月

安泊居

相思透骨沉疴久，

越添消瘦。

蘅芜烧尽魂来否？

望断仙音，

一片晚云秋。

小草篇

草木情：

林黛玉和薛宝钗是同一个人？

一、钗黛合一，还是钗黛一身？

“钗黛合一”，老听人这么说，但我很懵懂。后来听了红学家们的解释，我愈发糊涂了。

俞平伯先生提出过“钗黛合一”，但其实这句话最早是脂砚斋（很可能是曹雪芹的妻子）说的：

> 钗、玉名虽二个，人却一身，此幻笔也。今书至三十八回时，已过三分之一有馀，故写是回，使二人合而为一。请看黛玉逝后宝钗之文字，便知余言不谬矣。

“使二人合而为一”，是说林黛玉和薛宝钗在第四十二回合成了一个人。什么叫合成一个人？这本身就非常诡异。

有红学家说，黛玉代表理想宝钗代表现实，理想和现实的结合才是最完美的人格。还有红学家说，黛玉和宝钗本来性格脾气不同但后来和好了。但这些解释实在牵强得可以。说二人性格互补就行了嘛，或者说二人成为闺蜜就好了嘛，何必说什么合而为一呢？

更加诡异的，是脂砚斋说的第一句话——“钗、玉名虽二个，人却一身”。这可不是说“钗黛合一”，而是说“钗黛一身”！

脂砚斋说，林黛玉和薛宝钗名字虽然不同，但就是同一个人！

这个怎么理解？是某种比喻么，还是真的是一个人？

历来的红学家都认为是某种比喻。但在某个寂静的深夜，当我再次读到这句话的时候，我想，如果这不是比喻，而是真的呢？林黛玉和薛宝钗有没有可能就是同一个人呢？

背后不禁有点发凉。

当然，如果林黛玉和薛宝钗真的是同一个人，很多红学难题都能迎刃而解。比如以前不明白林黛玉和薛宝钗为什么被写在同一个判词、同一支曲里。如果是一个人，当然要写在一起喽。

林黛玉和薛宝钗是同一个人，难道贾宝玉精神分裂吗？不对啊，其他人也都林妹妹、宝姐姐地叫着，贾府全家都精神分裂的话，这小说也过分了。是我精神分裂也不可能是贾宝玉啊。

既然贾宝玉不是精神分裂，那么在现实世界，林黛玉和薛宝钗肯定就是两个人。但等等——贾家所处的世界并不是现实世界！

根据曹雪芹的设定，林黛玉是仙界绛珠仙草的化身，是到人间来“造历幻缘”、体验生活的。贾家所处的人世其实是个虚拟世界。

林黛玉既然是绛珠仙草的化身，如果林黛玉和薛宝钗真的是同一个人的话，是不是说薛宝钗也是绛珠仙草的化身？！也就是说，林黛玉和薛宝钗是绛珠仙草的两个分身？！

这个假设是不是太荒诞了？毕竟从没有红学家这么说过。但是，脂砚斋的话咱们也不能轻易忽略，难道绛珠仙草下凡时真的化身成了两个人？

我赶紧查了一下《红楼梦》的原文，发现曹雪芹还真没有直说绛珠仙子就是林黛玉，只是通过描述她爱流泪的特点，让人联想到她就是绛珠仙草，到人间就是还泪来的。

那么，关键的问题来了，薛宝钗和绛珠仙草有联系吗？

二、薛宝钗和绛珠仙草

1. 草木之人

《红楼梦》开篇说，绛珠仙草生在三生石畔，受神瑛侍者灌溉，修成女体，成了仙了。后来神瑛侍者下凡，绛珠仙子就也跟着神瑛侍者下凡了。绛珠仙草说要用一生的眼泪偿还给神瑛侍者，报答他前世的灌溉之恩。

> 只因西方灵河岸上三生石畔，有绛珠草一株，时有赤瑕宫神瑛侍者，日以甘露灌溉，这绛珠草便得久延岁月。后来既受天地精华，复得雨露滋养，遂得脱却草胎木质，得换人形，仅修成个女体，终日游于离恨天外，饥则食密青果为膳，渴则饮灌愁海水为汤。只因尚未酬报灌溉之德，故其五衷便郁结着一段缠绵不尽之意。恰近日神瑛侍者凡心偶炽，乘此昌明太平朝世，意欲下凡造历幻缘，已在警幻仙子案前挂了号。警幻亦曾问及，灌溉之情未偿，趁此倒可了结的。那绛珠仙子道："他是甘露之惠，我并无此水可还。他既下世为人，我也去下世为人，但把我一生所有的眼泪还他，也偿还得过他了。"

仔细看看这里对绛珠仙草的描述：绛珠草、草胎木质，这和薛宝钗有关系吗？

草！（请不要删，我没在骂人。）

薛宝钗的薛字是草字头！这就是绛珠草的草？

林黛玉的林字呢？木字旁。草胎木质——一个是草，一个是木！

这是不是太牵强了呢？还有别的暗示吗？

我查了一下，发现林黛玉也曾经说“草木之人”：

> 林黛玉昨日所恼宝玉的心事早又丢开，只顾今日的事了，因说道：“我没这么大福禁受，比不得宝姑娘，什么金什么玉的，我们不过是草木之人！”（脂砚斋：自道本是绛珠草也。）

注意啊，林黛玉没有说“我”，而是说“我们”——“我们不过是草木之人”！“我们”是谁啊？草木之人——林黛玉是木，薛宝钗是草，两人合在一起才是草木之人啊！

而且脂砚斋在这里也强调，“草木之人”指的就是“绛珠草”。

还有什么线索呢？

我留意了一下薛宝钗的住所——蘅芜苑。

草！竟然是三个草字头！

这是强烈暗示薛宝钗“草”的属性啊！什么草？绛珠草！

还有吗？

对了，“薛”字还谐音“血”，而血是红色、绛色的呀，就是绛珠草的绛！

书中介绍绛珠草的时候，脂砚斋还评论说：“细思‘绛珠’二字，岂非血泪乎”。血泪，是不是也是薛泪呢？

2. 绛珠仙草与金钗石斛

只是因为“薛”是草字头就说是“绛珠草”吗？只是因为“薛”字谐音“血”就说是“绛”和血泪吗？曹雪芹是不是太肤浅了呢？薛宝钗和绛珠仙草之间有没有什么更深层次的联系呢？

这我们得看看绛珠仙草的一个重要原型——金钗石斛。

金钗石斛是一种中草药，在《神农本草经·卷一·上经·石斛》中有记载：

“生六安水，傍石上”，就是生长在六安水的石头旁边。

而绛珠草呢？是生长在“灵河岸上，三生石畔”，也就是灵河岸上的石头旁边。这与金钗石斛的生长地方十分相似。

“西方灵河”对应“六安水”，“三生石畔”对应“傍石上”。所以说，曹雪芹应当是借用了《神农本草经》中对金钗石斛的叙述，来描述他心爱的绛珠仙草。

李时珍在《本草纲目》中还记载了金钗石斛的形状和色泽：

> 石斛名义未详。其茎状如金钗之股，故古有金钗石斛之称……石斛从生石上……其茎叶生皆青色，干者黄色。开红花。

可见，“开红花”的金钗石斛也符合绛珠草“绛珠”的颜色。

我找了一张金钗石斛的照片。没开花的时候，叶子又绿又长，很像草；开花以后，中间的花蕊就像一颗红色的珠子，而且是向下垂着的。这都与绛珠草的字面含义相符合（绛珠，是红色的珠子；绛也谐音降，可以理解为垂着的珠子）。

既然绛珠仙草的原型是金钗石斛，那么金钗石斛的“金钗”，不又和“薛宝钗”对应上了么？！薛宝钗名字上就有“钗”字，还自带“金”的属性（薛宝钗有一把“金锁”，她和贾宝玉的婚姻被称作“金玉良缘”）。薛宝钗就是金钗啊！

这是薛宝钗和绛珠仙草的又一层关系。

三、潇湘妃子的分裂

有人可能会问，你说绛珠仙草一个神仙分成两个人，这种事情是不是太悬了？有先例吗？

还真的有。

林黛玉的别号不是潇湘妃子吗？而在古代传说中，潇湘妃子就是两个人！

潇湘妃子这个别号，是探春给林黛玉起的。这个典故是这样的：舜帝有两个妃子——娥皇和女英。传说舜巡视南方，娥皇和女英跟随。娥皇和女英来到湘水时，发现舜已经死了。两个人于是泪洒斑竹，投水殉情，化为湘水女神，或称湘夫人、湘妃、潇湘妃子。

林黛玉爱哭，住的地方是潇湘馆，里面种着许多湘妃竹，所以探春给黛玉起了“潇湘妃子”这个别号。

> “当日娥皇女英洒泪在竹上成斑，故今斑竹又名湘妃竹。如今他住的是潇湘馆，他又爱哭，将来他想林姐夫，那些竹子也是要变成斑竹的。以后都叫他作‘潇湘妃子’就完了。”
>
> ——《红楼梦》第三十七回

林黛玉是绛珠仙草的化身，别号潇湘妃子。然而，潇湘妃子在传说中是娥皇、女英两个人。这是不是又在暗示，绛珠仙草也是两个人呢？

看来不是宝玉分裂了，也不是我分裂了，而是潇湘妃子分裂了。

潇湘妃子是两个人——娥皇和女英，绛珠仙草也是两个人——黛玉和宝钗！

想到这里，我不禁要再琢磨一下薛宝钗的别号。既然林黛玉的潇湘妃子大有文章，那薛宝钗的别号蘅芜君，会不会也有什么玄机呢？

蘅芜君是根据薛宝钗的居所蘅芜苑取的，之所以叫蘅芜苑因为里面有很多蘅芜。《红楼梦》最早描述蘅芜是第十七回，众人参观刚建好的大观园：

> 宝玉道：“果然不是。这些之中也有藤萝薜荔，那香的是杜若蘅芜，那一种大约是茝兰，这一种大约是清葛，那一种是金莶草，这一种是玉蕗藤，红的自然是紫芸，绿的定是青芷。想来《离骚》《文选》等书上所有的那些异草，也有叫作什么藿蒳姜荨的，也有叫什么纶组紫绛的，

还有石帆、水松、扶留等样，又有叫做什么绿荑的，还有什么丹椒、蘼芜、风连。如今年深岁改，人不能识，故皆象形夺名，渐渐的唤差了，也是有的。”

在描述蘅芜的时候，贾宝玉追溯到屈原的《离骚》。我就查了一下《离骚》，里面确实有描述蘅芜的文字：“畦留夷与揭车兮，杂杜衡与芳芷”。原来蘅芜最早的文学意向出自屈原。

当我正陶醉于屈原大夫的古老诗篇的时候，突然发现，屈原还有一首诗也涉及了蘅芜，而这首诗的名字竟然就是《九歌·湘夫人》！对，就是潇湘妃子的别称湘夫人！

搴汀洲兮杜若，将以遗褋兮远者。——屈原《九歌·湘夫人》

宝玉提到的“杜若蘅芜”，是指杜若（或称杜蘅、杜衡）和蘼芜这两种草本植物。《离骚》中的杜衡、《九歌·湘夫人》中的杜若，都属于宝玉说的“杜若蘅芜”。

所以说，薛宝钗的别号是蘅芜君，而蘅芜的文学概念最早源于屈原的《离骚》和《九歌·湘夫人》，而湘夫人又是潇湘妃子，这是不是又在说薛宝钗就是林黛玉？

我的天！实在是用典用到极致。曹老先生您太敬业了！

四、宝钗不哭？

分析到这里，我发现一个问题。绛珠仙草到人间是来还泪的，潇湘妃子娥皇和女英当年泪洒斑竹，名声也是哭出来的。那么，说林黛玉是绛珠仙草可以理解，因为她爱哭，但薛宝钗好像一直都很淡定吧？说她也是绛珠仙草，怎么可能？

但让我们仔细看一看，宝钗真的没有哭过吗？

我查了一下《红楼梦》原文，才发现“宝钗不哭”是个假象！薛宝钗不仅哭过，

红楼探玉

红楼探玉

还曾经哭了一整夜！而且就是因为贾宝玉而哭的！

这发生在第三十四回。当时贾宝玉挨了贾政一顿胖揍，薛宝钗认为是哥哥薛蟠引起的，所以责怪薛蟠。结果薛蟠不乐意了，反而用金玉良缘的说法来怼薛宝钗，说宝钗偏袒宝玉。宝钗因此非常伤心，“整哭了一夜”：

> “好妹妹，你不用和我闹，我早知道你的心了。从先妈和我说，你这金要拣有玉的才可正配，你留了心，见宝玉有那劳什骨子，你自然如今行动护着他。”话未说了，把个宝钗气怔了，拉着薛姨妈哭道：“妈妈你听，哥哥说的是什么话！”薛蟠见妹妹哭了，便知自己冒撞了，便赌气走到自己房里安歇不提。这里薛姨妈气的乱战，一面又劝宝钗道：“你素日知那孽障说话没道理，明儿我叫他给你陪不是。”宝钗满心委屈气忿，待要怎样，又怕他母亲不安，少不得含泪别了母亲，各自回来，到房里整哭了一夜。

宝钗这次不仅是哭，而且还“整哭了一夜”，而这一切都是为了宝玉。

谁说宝钗不会哭？！

不过，宝钗在前八十回里确实比林黛玉淡定，但宝钗的淡定有几个客观原因：第一，宝钗经常服用“冷香丸”，从内而外形成一种高冷淡定的气质。第二，宝钗身体很好，不像黛玉那样天天咳嗽，自叹命运不济。第三，宝钗的母亲和哥哥都还在，不像黛玉父母双亡、孤苦伶仃、无依无靠。

但是，宝钗的境况会不会发生变化呢？

我们试想一下，贾家被抄家以后，四大家族“一损俱损”，薛家也势必败落，肯定是没有钱了，绝对配不出什么冷香丸了。要知道，这冷香丸可是非常难调制的，一般人家根本无法想象：

要春天开的白牡丹花蕊十二两，夏天开的白荷花蕊十二两，秋天的白芙蓉蕊十二两，冬天的白梅花蕊十二两。将这四样花蕊，于次年春分这日晒干，和在药末子一处，一齐研好。又要雨水这日的雨水十二钱，白露这日的露水十二钱，霜降这日的霜十二钱，小雪这日的雪十二钱。把这四样水调匀，和了药，再加十二钱蜂蜜，十二钱白糖，丸了龙眼大的丸子，盛在旧磁坛内，埋在花根底下。若发了病时，拿出来吃一丸，用十二分黄柏煎汤送下。

——《红楼梦》第七回

冷香丸吃不到了，薛宝钗的“热毒症”就要发作了，而“热毒症”的症状是什么呢？薛宝钗自己说过，就是“喘嗽”。这不是和林黛玉的病症一模一样吗？！

周瑞家的听了点头儿，因又说：“这病发了时到底觉怎样？”宝钗道：“也不觉什么，只不过喘嗽些，吃一丸也就罢了。”

——《红楼梦》第七回

薛家败落后，不仅是家徒四壁，而且薛蟠的性命都难保。第一回甄士隐对《好了歌》的解注里就说过，“欠命的，命已还”。《红楼梦》中谁害了别人性命呢？最明显的就是薛蟠。他曾经为了抢夺香菱，打死了小乡宦之子冯渊。也就是说，薛蟠将来很可能要为此偿命。儿子薛蟠死了，薛姨妈估计也悬了。

所以说，薛宝钗将来的境遇会发生巨大变化，让她淡定的因素可能会全部消失：第一，冷香丸没有了，无法维持高冷淡定的内因；第二，薛宝钗的热毒病发作了，像林黛玉一样嗽喘；第三，薛蟠和薛姨妈都死了，薛宝钗变得像林黛玉一样无亲无故。

此时的薛宝钗很难像以往那样淡定吧。

而且，黛玉经常流泪，也是因为与宝玉的感情纠葛。在前八十回后宝钗将与宝玉成婚，但宝玉最终会“悬崖撒手”，出家为僧，将宝钗抛弃。蘅芜君，谐音就是“恨无君”。

宝钗将彻底陷于无依无靠、贫病交加、孤独守寡的状态。

此时的宝钗不会流泪么?

脂砚斋曾透露，八十回后会有《十独吟》，对应之前林黛玉写的《五美吟》。十首诗，描写历史上十位孤独的女性。有人分析过，说《十独吟》将会是薛宝钗写的，是她未来生活的写照。

五、黛玉宝钗都有病

刚才我们说到宝钗的热毒病和冷香丸。

以往给我印象更深刻的是林黛玉的病，因为林黛玉动不动就咳嗽，看起来也是一副弱不禁风的样子。但实际上，薛宝钗和林黛玉都有病。

而且，薛宝钗和林黛玉的病竟然惊人地相似!

第一、两个人的病都是天生就有的。

第二、两个人病症相似。黛玉是喘嗽，宝钗的热毒病发作时也是喘嗽。

第三、癞头和尚既去瞧了幼年黛玉，也去瞧了幼年宝钗。

第四、癞头和尚分别给了二人治病的方法。对于黛玉，癞头和尚说“不许见哭声”，而且以后不能见“外姓亲友”。对于宝钗，癞头和尚开了冷香丸，用以压制宝钗的热毒病。

薛宝钗和林黛玉的病这么相像，而且都是天生就有，癞头和尚还分别来瞧病，是不是又在暗示二人前世有什么渊源呢？（癞头和尚是个神仙，曾经夹带石头和神瑛侍者、绛珠仙草一起下凡。看来他好人做到底，要负责投胎、治病、点悟、升仙的一条龙服务。）

我正在研究热毒症的时候，突然发现了一条脂砚斋批语。这条批语犹如掀雷决电，让我一下子茅塞顿开。

> 宝钗听说，便笑道："再不要提吃药，为这病请大夫、吃药，也不知白花了多少银子钱呢。凭你什么名医仙药，总不见一点儿效。后来还亏了一个秃头和尚，说专治无名之症，因请他看了。他说我这是从胎里带来的一股热毒，（脂砚斋：凡心偶炽，是以孽火齐攻。）幸而我先天结壮，还不相干。若吃凡药，是不中用的。他就说了一个海上方，又给了一包末药作引，异香异气的。不知是那里弄来的。他说发了时吃一丸就好。倒也奇怪，这倒效验些。"
>
> ——《红楼梦》第七回

脂砚斋说，薛宝钗的热毒症是因为"凡心偶炽，是以孽火齐攻"。这一语道破了玄机，泄露了曹雪芹的老底！

之所以这么说，是因为"凡心偶炽"这个词在全书只出现过一次，那就是第一回中描述神瑛侍者下凡的原因时提到的——

> 那僧笑道："……恰近日神瑛侍者凡心偶炽，乘此昌明太平朝世，意欲下凡造历幻缘，已在警幻仙子案前挂了号。警幻亦曾问及，灌溉之情未偿，趁此倒可了结的。那绛珠仙子道：'他是甘露之惠，我并无此水可还。他既下世为人，我也去下世为人，但把我一生所有的眼泪还他，也偿还得过他了。'……"
>
> ——《红楼梦》第一回

神瑛侍者是因为"凡心偶炽"才下凡的（思凡的心偶尔炽热），绛珠仙子也是因为"凡心偶炽"跟随他下凡的。脂砚斋用"凡心偶炽"来形容薛宝钗，就是暗示她也是绛珠仙子吧！

而且，因为“凡心偶炽”才会“孽火齐攻”，才会有“热毒症”（有“炽”才有“热”），才会喘嗽。薛宝钗和林黛玉的喘嗽一样，病根都是来自绛珠仙子前世的思凡！所以都是“从胎里带来的”！

思凡种下的病根，在红尘中是永远医不好的。

林黛玉和薛宝钗有同样的病，因为她们都是绛珠仙子！

六、隐绛珠

如果说薛宝钗也是绛珠仙草，书中还有什么其他的暗示呢？

我于是把《红楼梦》关于薛宝钗的段落都拿出来研究，发现还有好几处伏笔暗示薛宝钗和绛珠的关系。其中最有趣的应该是薛宝钗羞笼红麝香珠的情节了。

1. 薛宝钗羞笼红麝香珠

在《蒋玉菡情赠茜香罗 薛宝钗羞笼红麝串》一回，贾元春在省亲后赏赐礼物给大家。给宝玉、宝钗两人的礼物相同，而给其他人的都少两样，这是贾元春想暗中促成金玉姻缘：

> 只见上等宫扇两柄，红麝香珠二串，凤尾罗二端，芙蓉簟一领……

元妃送给宝玉、宝钗的礼物中有一件很奇妙的物品，那就是“红麝香珠”。

宝钗得到红麝香珠后，明白了元妃的用意，感到很害羞，但仍然戴上。宝玉也感觉到了，就想看宝钗的香珠，言语行动透着暧昧，就引出了“薛宝钗羞笼红麝串”这香艳的一幕：

> 宝钗因往日母亲对王夫人等曾提过“金是个和尚给的，等日后有玉的方可结为婚姻”等语，所以总远着宝玉。昨日见了元春所赐的东西，独他与宝玉一样，心里越发没意思起来。幸亏宝玉被一个黛玉缠绵住了，

> 心心念念只记挂着黛玉，并不理论这事。此刻忽见宝玉笑问道："宝姐姐，我瞧瞧你的那红麝串子。"可巧宝钗左腕上笼着一串，见宝玉问他，少不得褪了下来。宝钗原生的肌肤丰泽，容易褪不下来。宝玉在旁边看着雪白一段酥臂，不觉动了羡慕之心，暗暗想道："这个膀子要长在林妹妹身上，或者还得摸一摸，偏生长在他身上。"正是恨没福得摸，忽然想起"金玉"一事来，再看看宝钗形容，只见脸若银盆，眼似水杏，唇不点而红，眉不画而翠，比黛玉另具一种妩媚风流，不觉就呆了，宝钗褪了串子来递与他也忘了接。宝钗见他怔了，自己倒不好意思的，丢下串子，回身才要走，只见黛玉蹬着门槛子，嘴里咬着手帕子笑呢。

曹雪芹拟名字非常讲究。略微思考一下"红麝香珠"这个名字，就会发现它大有名堂！"红"不就是"绛"，"红麝香珠"不就是"绛珠"吗？！

薛宝钗含羞笼着红麝香珠，又在暗示薛宝钗是绛珠仙草吧？

而且，"笼"有遮盖、罩住的意思。薛宝钗羞笼红麝香珠，是不是在暗示薛宝钗的绛珠身份是隐藏的呢？这是不是在说，薛宝钗是隐藏的绛珠仙草呢？

2. 山中高士晶莹雪

薛宝钗是隐藏的绛珠仙草，这个提法似乎很有道理。

也就是说，绛珠仙子下凡后先化身成林黛玉，林黛玉开始还泪之旅，这时的薛宝钗是个隐藏的绛珠仙草。林黛玉去世后，薛宝钗原本隐藏的绛珠身份显露了出来，继续还泪之旅。

这样能圆得了吗？

这我们还要再往下研究。不过，如果承认薛宝钗是隐藏的绛珠，好像还能解释另外一个红楼谜团，那就是"山中高士晶莹雪"。

红楼梦曲《终身误》是形容薛宝钗和林黛玉的："空对着山中高士晶莹雪，终不忘世外仙姝寂寞林"。

“世外仙姝”就是绛珠仙草，指林黛玉，所以是“世外仙姝寂寞林”。“山中高士晶莹雪”，指薛宝钗，因为“雪”谐音“薛”。

但是，为什么用“山中高士”来形容薛宝钗呢？

山中高士的含义是隐士。这一点红学大师蔡义江老师也是认可的。那么，曹雪芹为什么把薛宝钗说成隐士呢？薛宝钗在贾家住着，也和人打交道，参加诗社，甚至帮忙协理荣府，她的身份和隐士完全不沾边啊！要说更接近隐士状态的，惜春、李纨都比宝钗更超脱一些吧。薛宝钗为什么是隐士，一直是红学界一大谜团。

但如果薛宝钗真的就是隐藏的绛珠仙草，那就很好理解隐士的含义了。薛宝钗被喻为隐士，因为她隐的就是绛珠仙草的这个身份。

两句连在一起“空对着山中高士晶莹雪，终不忘世外仙姝寂寞林”，就是“空对着隐绛珠薛宝钗，但忘不了显绛珠林黛玉”！

我们好像顺手破解了一个红楼悬案。

3. 里面大红袄上珠宝晶莹

如果说薛宝钗羞笼红麝串的情节有点暧昧，下面这处文字就有点香艳了。薛宝钗在贾宝玉面前把外衣都解了。

有人说我怎么没看见过？我说这肯定是你观察得太不仔细了，《红楼梦》的这些香艳桥段怎么能错过呢？

在第八回，贾宝玉来到薛宝钗的房间，薛宝钗拿了贾宝玉的通灵宝玉来看，丫鬟莺儿发现通灵宝玉上的文字和薛宝钗金锁上的文字是一对儿。贾宝玉听说薛宝钗也有一把金锁，就死活要看。薛宝钗被他缠不过，就把外衣解了，掏出了那把金锁：

> 宝玉听了，忙笑道：“原来姐姐那项圈上也有八个字，我也鉴赏鉴赏！”宝钗道：“你别听他的话，没有什么字。”宝玉笑央：“好姐姐，你怎么瞧我的了呢。”宝钗被缠不过，因说道：“也是个人给了两句吉

利话儿，所以錾上了，叫天天带着，不然，沉甸甸的有什么趣儿。”一面说，一面解了排扣，从里面大红袄上将那珠宝晶莹黄金灿烂的璎珞掏将出来。

这里的重点是薛宝钗解排扣。不对，重点是薛宝钗掏金锁。注意描写，薛宝钗的金锁是在“里面大红袄上珠宝晶莹黄金灿烂的璎珞”上的。

留意这里的“红”“珠”二字，这又在暗示薛宝钗的“绛珠”身份？

而且，“红”“珠”是藏在“里面”的，这是不是在说薛宝钗这个绛珠是隐藏的呢？

大家看这里的动作描写——“（薛宝钗）一面说，一面解开排扣”。在宝玉面前，“珍重芳姿”的薛宝钗就这么当面把排扣解了，是不是有点太开放了呢？是不是不符合薛宝钗的身份呢？但曹雪芹偏要这么写。

看来真的有隐情。

4. 雪珠儿的寓意

看金锁的故事还没完。

黛玉来到宝钗房中，看到宝钗和宝玉正在互相观赏“金”“玉”，而且衣冠不整（宝钗的排扣也不知系上没有），气氛顿时变得尴尬了。

这时宝玉打岔问：“下雪了么？”地下婆娘们道：“下了这半日的雪珠儿了。”

这里的“雪珠”二字又让人思考。“绛珠”不是被比作“血泪”么？而“血”又和“雪”“薛”谐音。“雪珠”又在暗示“绛珠”和“薛宝钗”么？

“绛”字还和“降”字谐音，所以“绛珠”又通“降珠”，就是“下雪珠”。

而且，薛宝钗的“薛”不就是“雪”字的谐音吗？！“下雪珠”不就是“绛薛珠”吗？这又是说薛宝钗是绛珠？

有人说，就说了句“下雪珠”，你就想这么多，有点儿穿凿了吧。

好吧，我承认是有一点儿穿凿。但好不容易写的，别让我删了。

元春

七、同一首歌

1. 两个人的终身误

在金陵十二钗的判词和红楼梦曲中，其他人的判词和曲子都是一词一人、一曲一人。唯独黛玉和宝钗二人共用一词、共用一曲。

我以前不明白曹雪芹为什么这么安排。现在终于懂了。

林黛玉和薛宝钗都是绛珠仙草的化身。既然是同一个人，当然要共用一词、共用一曲啊！

《金陵十二钗正册》第一首判词：

> 可叹停机德（脂砚斋：此句薛），堪怜咏絮才（脂砚斋：此句林）。玉带林中挂（笔者：林黛玉），金簪雪里埋（笔者：薛宝钗）。

《红楼梦曲》第二支曲《终身误》：

> 都道是金玉良姻（笔者：贾宝玉与薛宝钗），俺只念木石前盟（笔者：贾宝玉与林黛玉）。空对着，山中高士晶莹雪（笔者：贾宝玉面对着薛宝钗）；终不忘，世外仙姝寂寞林（笔者：贾宝玉忘不了林黛玉）。叹人间，美中不足今方信。纵然是齐眉举案，到底意难平（笔者：贾宝玉与薛宝钗婚配，但仍牵挂记念林黛玉）。

在《金陵十二钗正册》的第一首判词中，有两句描述黛玉，另两句描述宝钗；在第二支红楼梦曲《终身误》中，也是两句描述宝钗，另两句描述黛玉，最后一句同时描述两个人。

黛玉病重早逝，终身大事误了。宝钗婚后老公出家，终身大事也误了。前世的情缘，今生的错过。

两个人的悲剧，两个人的终身误。

2. 两个人的枉凝眉?

刚才我们看了，无论是金陵十二钗判词、还是红楼梦第二支曲《终身误》，钗、黛每人一半分量，不偏不倚，极其工整。

但是到了红楼梦第三支曲《枉凝眉》，红学界几乎所有人都认为这只是形容林黛玉的。但如果《枉凝眉》只是形容林黛玉的，总共就会有一支半曲子形容林黛玉，半支曲子形容薛宝钗，其他十钗一人一首。作为诗人的曹雪芹，会让《红楼梦曲》这么不工整么？而且，薛宝钗连其他十钗都不如吗?

主流观点认为《枉凝眉》形容的只是林黛玉，主要就是因为第一句“一个是阆苑仙葩，一个是美玉无瑕”。“阆苑仙葩”明显是指“绛珠仙草”（阆苑：传说中在昆仑之巅，是西王母居住的地方，在诗词中常用来泛指仙界）。由于大家以前只知道“绛珠仙草”是林黛玉，所以当然会认为《枉凝眉》只是形容林黛玉的了。

现在我们发现林黛玉和薛宝钗都是绛珠仙草，因此“阆苑仙葩”指的不仅是林黛玉，还有薛宝钗，所以《枉凝眉》也是钗黛合写!

《红楼梦曲》第三支曲《枉凝眉》：

一个是阆苑仙葩，（笔者：绛珠仙草，既是黛玉、又是宝钗）

一个是美玉无瑕。（笔者：贾宝玉）

若说没奇缘，今生偏又遇着他，（笔者：若没奇缘，宝玉不可能遇着黛玉；若没奇缘，宝玉和宝钗也不可能婚配）

若说有奇缘，如何心事终虚化?（笔者：虽然黛玉与宝玉有缘，但终究不能在一起；虽然宝钗与宝玉有缘结为夫妻，但是无缘相守，终究离散）

一个枉自嗟呀，一个空劳牵挂。（笔者：黛玉苦苦思念宝玉，但是等不到宝玉归来；宝钗虽然嫁给宝玉，但是宝玉离家出走，宝钗也是苦苦等不到宝玉归来）

一个是水中月，一个是镜中花。（笔者：宝玉和黛玉是镜花水月，宝玉和宝钗何尝不也是如此）

想眼中能有多少泪珠儿，怎经得秋流到冬尽，春流到夏！（笔者：绛珠仙草先是黛玉，后是宝钗，为神瑛侍者下凡的宝玉还泪）

《枉凝眉》的最后一句“想眼中能有多少泪珠儿，怎经得秋流到冬尽，春流到夏”，大家以往的理解仅仅是黛玉为宝玉流泪，其实为宝玉还泪的不只是黛玉，还有宝钗。绛珠的两个化身只是一显一隐，一先一后。黛玉死后，还泪的过程还在继续。

因此，无论是《终身误》还是《枉凝眉》，每支曲黛玉、宝钗都各占一半，合起来两人各有一支曲的篇幅，修辞上非常工整。

而且，两支曲相互辉映，《终身误》以宝玉为第一人称来写黛玉和宝钗，而《枉凝眉》则以黛玉和宝钗为第一人称来写宝玉。这何止是工整，简直是工整到极致！

以后谁再说曹雪芹写得不工整，回家面壁！

八、钗黛谁高谁低？

这样的话，单从判词、红楼梦曲看，是不是说薛宝钗和林黛玉在书中具有同等地位呢？我一直以为曹雪芹偏爱林黛玉，难道薛宝钗在曹雪芹心中也是同样重要的？

这话是白说。如果黛玉和宝钗都是绛珠仙草，就是一个人，当然是同样重要的了。看来我得理理思路。

第一，黛玉和宝钗都是绛珠仙草。太虚幻境中，二人合用一词，合用一曲，不偏不倚。

第二，绛珠仙草因为“凡心偶炽”来到人间，于是从胎里就“孽火攻心”，所以黛玉和宝钗天生都有一样的病。

第三，癞头和尚分别为幼年的黛玉和幼年的宝钗看过病。

第四，黛玉和宝玉之间有“木石前盟”，宝钗和宝玉之间有“金玉良姻”，两人与宝玉的情缘和悲剧都是前世命定的。

第五，黛玉和宝钗经常并提。这例子太多，随便举一个占花名的场景：宝钗抽到牡丹，黛玉后来抽到芙蓉，签上说“自饮一杯，牡丹陪饮一杯”。牡丹陪芙蓉共饮，可见钗黛平起平坐。

第六，红楼梦曲第一支《红楼梦引子》中有“演出这怀金悼玉的《红楼梦》”。《红楼梦》的目的原来是缅怀宝钗和黛玉。可见二人在曹雪芹心里真的具有同等地位啊！

即便这么说，对于给薛宝钗同等地位这件事，我还有点不甘心。毕竟在前八十回，好像还是林黛玉和贾宝玉的互动比较多吧？

于是我一条条翻阅林黛玉和贾宝玉的情节，再一条条翻阅薛宝钗和贾宝玉的情节，看看是不是这样。

结果很奇妙。林黛玉和贾宝玉的互动确实多一些，但是经常是两个人聊到一半，薛宝钗就来了，成了三人聊天。同样地，当薛宝钗和贾宝玉正在暧昧呢，林黛玉就来了，最后也成了三人互动。或者，干脆一开始就是三人的聚会。

比如薛宝钗羞笼红麝串，本来是宝玉要看宝钗的串儿，宝玉看宝钗看呆了。这时黛玉就出现了，还扔了手帕打了宝玉的眼睛。

又如薛宝钗和贾宝玉互看通灵宝玉和金锁，突然黛玉就进门来了，还调侃说我不应该来。

再如宝玉躺在黛玉床上讲笑话。宝玉讲了个耗子偷香芋的故事，打趣黛玉是林家的香玉。刚说完故事，宝钗就走来了，又拿以前芭蕉诗的事调侃宝玉。

可见，《红楼梦》自始至终，都是宝、钗、黛三个人的故事。

但实际上，自始至终，都是神瑛侍者和绛珠仙子两个人的故事。一个花匠和一株小草的故事。

九、虚虚实实，总不相犯

在宝钗刚刚搬进荣府时，有这么一段文字：

> 宝钗日与黛玉、迎春姊妹等一处，（脂砚斋：金玉初见，却如此写，虚虚实实，总不相犯。）或看书着棋，或作针黹，倒也十分乐业。

这里的文字很平常，但是脂砚斋的批语却很值得玩味。脂砚斋说宝钗和黛玉初次见面，“却如此写，虚虚实实，总不相犯”。如果不理解“钗黛一身”的真正含义，就很难理解脂砚斋这句话。这里的文字哪里看出“虚虚实实，总不相犯”了呢？

但如果认同宝钗和黛玉都是绛珠仙草，而且一隐一显，这句批语就很好理解了。宝钗是隐绛珠，虚也；黛玉是显绛珠，实也。两人初次见面，是一实一虚的会面，所以脂砚斋才会说“虚虚实实”。

而且，宝钗和黛玉作为两大女主角，在初次见面时竟然没有安排二人对话，也没有发生任何正面冲突，而是合写两人一起看书下棋做针线。这不是很奇怪的事吗？

其实原因很简单。因为两人都是绛珠仙草，如果上来就写两人之间的互动或矛盾，很容易让读者对同一个角色（绛珠仙草）产生割裂感。但曹雪芹很鬼，没有这么做，这就是脂砚斋说的“总不相犯”。

如果你仔细观察就会发现，曹雪芹很小心，他很少安排黛玉和宝钗独处，除非有宝玉的参与。之所以这么安排，因为故事是围绕花匠和小草两个人的。小草是宝钗和黛玉两个人，所以需要一起出现！

这就是为什么宝钗和黛玉的描写经常是虚实互现、宾主呼应的。例如我们之前提到的薛宝钗羞笼红麝串、薛宝钗展示金锁等文字，本是宝钗和宝玉的情节，但之后黛玉就会加入进来。同样，在描写黛玉和宝玉的故事中，例如“意绵绵静日玉生香”中两个人正聊得开心，后来也会有宝钗加入。

之所以进行这样一虚一实、一宾一主的描写，就是因为宝钗和黛玉同是绛珠仙草，不能分割。

十、钗黛合一又是怎么回事？

钗黛虽然都是绛珠仙草，但是毕竟是通过两个人物来表现的。在林黛玉去世之前，林黛玉作为显绛珠，是主；在林黛玉去世之后，薛宝钗将从隐绛珠的身份变为显绛珠，薛宝钗是主。

因此按理说，林黛玉的死，将成为宾主互换的分界线。分界线之前，主要讲的应该是林黛玉和贾宝玉的爱情悲剧，林是主，薛是宾；而分界线之后，主要讲的则应该是薛宝钗和贾宝玉的爱情悲剧，薛是主，林（已死）是宾。

不过，曹雪芹并没有这么简单处理，而是做了过渡。在第四十二回，曹雪芹就安排了钗黛和好，达到钗黛合一、宾主合一的效果。

脂砚斋说：“故写是回（第四十二回），使二人合而为一。请看黛玉逝后宝钗之文字，便知余言不谬矣。”这就是说，黛玉去世后，主角将从黛玉变换成宝钗。作者安排第四十二回让二人事先达成谅解，就是为了将来宾主互换的无缝过渡，不至那么生硬。

如果细读《红楼梦》，就会发现在第四十二回之前，林黛玉和薛宝钗之间的单独对话非常少。如果没有贾宝玉，两个人一般都很少对话。但是在第四十二回《蘅芜君兰言解疑癖》里，二人和好了，宾主合一了，这时的单独对话就不会产生角色割裂感了。

宝钗笑道：“你还装憨儿。昨儿行酒令你说的是什么？我竟不知那里来的。”

黛玉一想，方想起来昨儿失于检点，拿《牡丹亭》《西厢记》说了两句，不觉红了脸，便上来搂着宝钗，笑道："好姐姐，原是我不知道随口说的。你教给我，再不说了。"宝钗笑道："我也不知道，听你说的怪生的，所以请教你。"黛玉道："好姐姐，你别说与别人，我以后再不说了。"宝钗见他羞得满脸飞红，满口央告，便不肯再往下追问，因拉他坐下吃茶……

这段对话是钗黛二人和好的开始，也是钗黛合一的标志。

起初黛玉觉得宝钗"藏奸"，心术不正，但经过这番对话后，黛玉发现宝钗其实并无坏心，二人从此消除隔阂，变成形影不离的挚友，性格也渐渐趋同。

钗黛和好，是为宝钗将来显露绛珠仙草的身份做准备。黛玉去世后，宝钗和宝玉成婚、四大家族败落，宝钗从家境、感情、身体状况都向黛玉趋同。在后文黛玉去世后，宝钗自然取代黛玉成为爱情悲剧的主角，就显得非常自然。

这才是"钗黛合一"情节的真正用意。

所以说，"钗黛一身"才是真相，"钗黛合一"只是一个情节。

十一、拥林派和拥薛派可以休战了

这里多提一句，《红楼梦》问世以来一直就有拥林派和拥薛派两大阵营，有人喜欢林黛玉，有人偏爱薛宝钗。两派争执不断，甚至互相看不起。就连刘梦溪先生都总结说，"红学的第一大公案是宝钗和黛玉孰优孰劣的问题，这简直是个永远扯不清楚的问题"。

看过本文，希望拥林派和拥薛派不用再争执了，因为薛、林本来就是同一个人，她们的故事在曹雪芹眼里其实是同一个悲剧。

有感于钗黛同为绛珠草的真相，笔者特作七律以记：

七律 草木薛林

花落香丘影自怜，煎心焦首夜无眠。
三生石起三生案，一世情归一世缘。
冰笼珠红香未语，雪遮山色芷相连。
红楼梦醒人将悟，草木薛林本一仙。

十二、在钗黛关系上，王一与前人研究的区别

1. 脂砚斋：“钗、玉名虽两个，人却一身，此幻笔也。今书至三十八回时，已过三分之一有余，故写是回，使二人合二为一。请看黛玉逝后宝钗之文字，便知余言不谬矣”（第四十二回总批）。脂砚斋指出，林黛玉和薛宝钗是同一个人。但是红学界至今没有人能给出好的解释。

2. 俞平伯：认为作者之写钗黛，是从不同角度去分写他的意中人，认为将二者结合起来，便是作者理想中的兼美。俞平伯指出，金陵十二钗的图册当中，钗黛合为一图，合咏一诗。而其他人却是一人一图。另外在《红楼梦曲》当中，钗黛也是并行出场，不分先后的。1952 年，俞平伯不但引述了一些新发现的前人关于“钗黛一身”的批语，还进一步提到《红楼梦》第五回中写到警幻仙子将妹妹许配给宝玉，在宝玉眼中，这名女子“鲜艳妩媚，大似宝钗；袅娜风流，又如黛玉”。而她的名字也叫做“兼美”。这些正是钗黛二美合一的隐喻。

当年，不少文学批评者对俞平伯的观点提出异议，他们从阶级划分的方法来看待钗黛二人，并将林黛玉看做是积极追寻爱情自由、向封建礼教抗争的女子，而薛宝钗则被描述成一个工于心计、精于算计的封建道德卫道士，正是她破坏了林黛玉和贾宝玉之间的纯真爱情。

3. 周汝昌：周汝昌没有对钗黛合一有过多评论。周汝昌认为林黛玉投水而亡，薛宝钗后嫁给贾宝玉，但二人婚后不幸福——“（林黛玉）决意自投于水，以了残生”。“（贾宝玉和薛宝钗婚后）敬重而不亵昵，是二人关系的基本特点。但

是这是否即等于'感情美满'呢？却又不尽然。"

4. 刘心武：刘心武认为钗黛合一是因为二人"同是闺阁囚徒"。"黛、钗合一，当然不是两个人完全合并为一个人，只是她们不再冲突，从相互防备到相互慰藉，这究竟是怎么一回事？……我的看法是，曹雪芹他这样设计，是因为在他心目里，黛、钗尽管思想有别，追求不同，但她们同是闺阁囚徒，同样受到封建礼教的压抑，都属红颜薄命，都应给予理解、同情，为之惋惜、哀悼。"

5. 王蒙：王蒙认为，"俞先生的理论确实不无道理却又不尽然。第一，二者是可以分离的，诗上画上合在一起不等于重合成一人也不等于是联体人。第二，二者并非绝对半斤八两，虽然曹雪芹用尽了小说家的手段，使二者轮流坐庄、不分高低，仍然露出了倾向："莫失莫忘"，贾宝玉爱的、为之死去活来、为之最终斩断尘缘的，毕竟是林黛玉而不是薛宝钗呀！第三，二者的"兼美"即二者的合二而一，曹雪芹也明确地知道是不可能的，于是才有悲剧，才有痛苦，才有《红楼梦》。造成贾宝玉的也是曹雪芹的灵魂撕裂的痛苦的，恰恰是两者统一兼备的妄想……"

6. 王一：对于脂砚斋提出的"钗黛一身"，首次给出完美的解释。原因是：林黛玉和薛宝钗都是绛珠仙草在人间的化身，只是一显一隐，一先一后。绛珠仙草最早化身林黛玉，但黛玉去世后，绛珠仙草魂附宝钗，宝钗和宝玉将继续绛珠仙草和神瑛侍者的人间故事，直到二人离开人世，回归天界。由于黛玉和宝钗都是绛珠仙草的化身，当然可以说是同一个人。这才是为什么脂砚斋说"钗、玉名虽两个，人却一身"。这也是为什么钗黛合用一词、合用一曲，而且常常一起出现。

推理记：

林黛玉死亡案件的科学推理

林黛玉的死亡案件，扑朔迷离。

关于她真实的死因，学者们一直竞相猜测，各种假设层出不穷，争论不断。

林黛玉本来体质不好，经常咳嗽，生病逝世似乎比较合理。也有人分析得很具体，说林黛玉是得肺结核而死的。另有学者认为，根据潇湘妃子投水而死的典故，林黛玉应该是沉湖死的。周汝昌先生几十年前就有这种说法，后来被刘心武先生发扬光大。另外，还有人根据“玉带林中挂”的判词，认为林黛玉是上吊死的。甚至有极少数的人认为，林黛玉是被人下毒害死的，这就成了他杀！

众多不同的观点，让林黛玉的死亡看起来越来越悬疑。

学者们各自提出的论据，似乎都有道理，所以谁也说不服谁。但是，如果我们仔细探究以上论据，就会发现很多论据实际上非常荒谬，根本经不起推敲。

作为一名业余侦探、阿加莎·克里斯蒂的学徒、东野圭吾的同行，我将从《红楼梦》小小的细节中抓到这些伪证的把柄，将它们彻底粉碎！我将向你展示铁一般的证据，并为你还原林黛玉的死亡真相！

我的推理完全科学，甚至运用了植物学的知识。正如神探伽利略为了破解杀人案件，经常组织物理实验一样，我为了推断林黛玉的死亡真相，还进行了实地考察，进行了严谨的测量，亲手验证了书本上的知识。如果你喜欢我的推理，请称呼我——神探达尔文。

好了，不开玩笑了，就让我们开始这个刺激的推理过程吧。

一、论沉湖说之荒谬

1. 大观园池塘太浅

周汝昌先生和刘心武先生曾经提出，黛玉是沉湖而死的。刘心武先生还分析说，黛玉沉湖的具体位置就是大观园的紫菱洲。

对此本人实在不能苟同。我们先不说其他的，单从技术角度上沉湖就不可能实现。这是因为大观园的池塘太浅，根本淹不死人！

据我分析，大观园池塘的水深应该在 1.2 米左右，最深也不会超过 1.5 米。

读者朋友们肯定笑了，说你怎么能知道大观园池塘的深浅呢？

请别笑。我真的知道大观园池塘的深浅！

探究大观园池塘的深浅，需要从一个看似无关的小细节着手。那就是池塘里的荷花。对，大观园的池塘里种着荷花！

我们首先要做一个简单的植物学科普。荷花，又称荷、莲、莲花、芙蕖、鞭蓉、水芙蓉、水芝、水芸、水旦、水华，属睡莲目，莲科多年生水生草本花卉，性喜相对稳定的平静浅水。荷花的根茎称莲藕或藕，花称荷花或莲花，叶子称荷叶，花托称莲蓬，莲蓬里的种子称莲子。荷花的花期是 6 月至 9 月。

大观园的池塘中植有荷花，在《红楼梦》中多次提及。笔者摘录了一些描写大观园中荷花的文字，供大家参考。这些文字涉及了荷花、荷叶、莲蓬、藕、水芙蓉，其实说的都是荷花。

> 翠缕道：“这荷花怎么还不开？”史湘云道：“时候没到。”
>
> ——《红楼梦》第三十一回

宝玉道："这些破荷叶可恨，怎么还不叫人来拔去。"

——《红楼梦》第四十回

宝玉道："怪道呢，上月我们大观园的池子里头结了莲蓬，我摘了十个，叫茗烟出去到坟上供他去，回来我也问他可被雨冲坏了没有……"

——《红楼梦》第四十七回

池中又有驾娘们行着船夹泥种藕。

——《红楼梦》第五十八回

刚来到沁芳桥畔，那时正是夏末秋初，池中莲藕新残相间，红绿离披。

——《红楼梦》第六十七回

恰好这是八月时节，园中池上芙蓉正开。

独有宝玉一心凄楚，回至园中，猛然见池上芙蓉……

——《红楼梦》第七十八回

特别是第七十八回中，文中直接说"园中池上芙蓉正开"，这里的芙蓉指的就是水芙蓉，即荷花。所以说，大观园池塘里不仅种植着荷花，而且这些荷花是可以开花的。

好了，既然大观园的池塘是个荷塘，里面种着荷花，那么这个荷塘到底有多深呢?

我专门为此查阅了种植荷花的书籍，结果有了重大发现。那就是，如果要荷花开花，池塘不能过深，水深还要保持稳定。如果水深超过 1.5 米，荷花便不能开花！因此，池塘植荷以水深 0.3−1.2 米为宜！

既然大观园池塘里的荷花能够开花，那么池塘的深度绝对不会深过 1.5 米！

我们还知道，大观园是贾家请工匠制造的人造景观，池塘也是人造池塘，是专门用来种植荷花的。因此，工匠们肯定会建造一个适合荷花生长的环境，所以一定会把水深设计在 1.2 米以内！

红楼探玉

总而言之，大观园池塘的水深应该在 1.2 米以内，绝不会超过 1.5 米。林黛玉如果跳下去，是绝对淹不死的！

黛玉沉湖的观点，不攻自破！

为了验证植物学书上的理论，我还专门跑到母校清华大学的荷塘边做了测量。我选了三个位置做了测试，一处约 0.27 米，一处约 1.2 米，一处约 1.27 米。与植物学书上写的完全一致！ 0.3–1.2 米就是人工荷塘的设计水深范围！

大观园池塘的水很浅，除了荷花这个细节外，还有其他细节佐证。例如，贾家人等曾经在池塘里坐过船，而这个船是靠撑的。这在第四十回中有详细的描述。

> 说着，一径离了潇湘馆，远远望见池中一群人在那里撑舡。贾母道："他们既预备下船，咱们就坐。"
>
> 姑苏选来的几个驾娘早把两只棠木舫撑来，众人扶了贾母、王夫人、薛姨妈、刘姥姥、鸳鸯、玉钏儿上了这一只，落后李纨也跟上去。凤姐儿也上去，立在舡头上，也要撑舡。
>
> 凤姐儿笑道："怕什么！老祖宗只管放心。"说着便一篙点开。到了池当中，舡小人多，凤姐只觉乱晃，忙把篙子递与驾娘，方蹲下了。

既然是撑船，水就不可能太深，要不然撑杆都够不着水底。所以，撑船的细节也能印证大观园池塘的水很浅。

水很浅，淹不死人，道理很简单。

当然，有的读者可能会问，林黛玉在别的地方沉湖行不行？一定要在大观园内么？这样问的读者可能不清楚古代女性和现代女性的区别。现代女性天天想去哪里都可以，而古代未出嫁的少女，一般是大门不出二门不迈的，天天深居简出。在贾府这样的贵族家庭更是如此。女孩子们不仅很少出门，出门也要有人陪同。整部《红楼梦》中，几乎都没有看到林黛玉出过贾府的门。在那样的年代，林黛玉独自跑出大观园，然后找个地方投水，这是不可想象的。

所以说，那些坚持沉湖说的学者们，是不是没有好好观察大观园的水文地理呢？

2. 林黛玉嫌水脏

当然除了这种独门的植物学分析，我们还可以从林黛玉说的话看出，她根本不会选择沉湖自尽。原因很简单，林黛玉嫌水脏！

在第二十三回黛玉葬花这个故事中，宝玉本来建议“把花扫起来，撂在水里”，但是黛玉却说：

> “撂在水里不好。你看这里的水干净，只一流出去，有人家的地方脏的臭的混倒，仍旧把花糟蹋了。那犄角上我有一个花冢，如今把他扫了，装在这绢袋里，拿土埋上，日久不过随土化了，岂不干净。”

在林黛玉看来，池塘里的水看着干净，但是流出去外面以后就会被各种浊物污染，因此花瓣不能撂在河里。

林黛玉对花瓣都如此珍惜，何况对自己的身体。明知会被“脏的臭的”“糟蹋”，自己怎么会跳进这不清不楚的水里呢？

因此，从林黛玉的内心分析，沉湖也绝对不是她的选择。

3. “潇湘妃子”的真实寓意

我相信，让沉湖派想到沉湖这个死亡方式的，一定是林黛玉的别号“潇湘妃子”。

传说舜帝的王妃娥皇、女英二人追随舜巡视南方，当来到洞庭、湘水时，得悉舜已死，二人便泪洒斑竹，投水以殉，化为湘水女神，或称湘夫人、湘妃、潇湘妃子。

在《红楼梦》中，林黛玉的住所潇湘馆种满竹子，而且林黛玉天性爱哭，因此探春把林黛玉比作湘妃，并送了她“潇湘妃子”的别号：

> “当日娥皇女英洒泪在竹上成斑，故今斑竹又名湘妃竹。如今他住的是潇湘馆，他又爱哭，将来他想林姐夫，那些竹子也是要变成斑竹的。以后都叫他作‘潇湘妃子’就完了。”

按照沉湖派的思路，既然林黛玉被称为“潇湘妃子”，而潇湘妃子又是投水死的，那么林黛玉应该也是投水死的。

这是个大胆的假设，也是个合理的假设，提出这个假设的学者至少看了潇湘妃子的典故。可惜这个结论没有经过小心求证。

无论从大观园池塘的深度，还是林黛玉对洁净的癖好，还有林黛玉的前世病根（这个我们一会儿再讨论），沉湖都不可能是林黛玉的结局。

有心的读者可能会问，如果“潇湘妃子”不是暗示林黛玉投水，这个别号有什么其他方面的暗示么?

当然有。“潇湘妃子”的寓意主要有三方面。第一层含义，潇湘妃子娥皇、女英看到舜帝死了，泪洒斑竹，从而湘妃竹上有了泪斑。而林黛玉也是爱流泪，她到人间就是为还泪的。第二层含义，潇湘妃子是因情而亡的，林黛玉也是因情而亡。

前两层含义学者们基本都能看到，但难的是第三层含义。这第三层含义并不是预示投水，而是人数！潇湘妃子是娥皇、女英两个人，而绛珠仙子也是林黛玉、薛宝钗两个人，这才是潇湘妃子典故中最深层次的寓意。。

这才是曹雪芹把林黛玉比作“潇湘妃子”的深层次原因。

4.“冷月葬花魂”与沉湖有关吗?

沉湖派的另一个论据是中秋联句中林黛玉说的“冷月葬花魂”。当时正值中秋月夜，史湘云和林黛玉在凹晶馆即兴对诗。最后两句是“寒塘渡鹤影，冷月葬花魂”。其中，“寒塘渡鹤影”是史湘云赋的，“冷月葬花魂”是林黛玉赋的。

沉湖派认为“冷月葬花魂”预示着黛玉沉湖，但是我凝视着这五个字，许久许久，但是无论如何，我实在看不出来有投水的意思。这句根本就没有提到水啊！

沉湖派也许会说，一定要加进“寒塘渡鹤影”的意境才行。好吧，“寒塘”确实有水了，但这有问题啊！“寒塘渡鹤影”是史湘云说的，应该是预示史湘云的命运，怎么能随便用在林黛玉身上呢？而且，就算“寒塘渡鹤影，冷月葬花魂”两句都是在形容林黛玉之死，这两句的意境也跟沉湖没有关系啊！

“寒塘渡鹤影”的意境是：一只仙鹤飞过，影子倒映在寒冷的池塘上。“冷月葬花魂”的意境是：在寒冷的月夜，花魂被埋葬了。这两句的意思都与沉湖的意境差太多了。如果曹雪芹真的要暗示黛玉沉湖，得让黛玉吟出“寒塘葬花魂”之类句子才说得过去吧。

二、论上吊说之荒谬

也有学者认为林黛玉是上吊死的。这种说法只有一个看似合理的论据，那就是林黛玉的判词——“玉带林中挂”。玉带挂在树上，是不是预示着林黛玉会上吊自杀呢？

当然不是。让我同样地用植物学的知识来驳倒你吧。

持这种观点的人，可能没有注意到此条判词的插图。让我们来看看原文吧：

> 宝玉看了仍不解。便又掷下，再去取“正册”看。只见头一页上便画着两株枯木，木上悬着一围玉带；又有一堆雪，雪下一股金簪。也有四句言词，道是：可叹停机德，堪怜咏絮才，玉带林中挂，金簪雪里埋。
>
> ——《红楼梦》第五回

请注意，这条判词的插图上画着“两株枯木”。就笔者看来，光是“两株枯木”这四个字，就与上吊的情景不符。

“枯木”在互动百科上的解释是：因各种原因死亡但仍站立未倒下的树木。（树木、植物等）失去水分；没有生趣；枯燥；枯萎；枯树。

首先，一个人要想上吊，会找“枯木”么？木都枯了，禁得住人的体重么？读者们请忍住笑，听我说完。说实话，任何稍具常识的人就知道，“枯木”是很脆弱的，一压就断的。一个人如果想上吊，会在“枯木”上搭玉带么？这是真的想死么？

其次，判词的插图上有两棵树。这又有问题了。你们说，自杀上吊会找两棵树么？这是上吊还是上吊床呢？如果真是上吊在两棵树之间，画面太美我真的不敢想象。

实际上，双木是林字，木又代表绛珠仙草（绛珠仙草是草木，林黛玉也说自己是“草木之人”）。“枯”，无水也。“枯木”有“泪枯”的含义，是为了表达林黛玉临死时眼泪流尽，跟上吊一点关系都没有。

那么，曹雪芹为什么要写玉带呢？又为什么要它挂在木上呢？

很简单，“玉带”是“黛玉”的完美谐音。曹雪芹既然写了玉带，总要和双木搭配，那么“挂”在枯木上就是很不错的设计（难不成把玉带摆在地上？）。而且，“挂”“枯”本身都有“死”的意思，足以预示林黛玉的死亡。

三、林黛玉因情而病、因病而亡

上面谈到林黛玉沉湖说、上吊说之荒谬，还有一个重要的原因是曹雪芹在前文对林黛玉的病反复铺垫。如果最后林黛玉自杀了，或是被人杀害了，那之前铺垫这么多生病的细节目的何在呢？

而且，沉湖派和上吊派的学者们可能没有注意到《红楼梦》中的一个重要细节，这个细节明明白白地告诉大家林黛玉是病死的。那就是茗玉小姐的故事。

1. 茗玉小姐“一病死了”

揭示林黛玉命运的，除了大家比较熟悉的红楼梦判词、红楼梦曲、黛玉诗词外，还有一个非常重要、但又非常容易被忽略的细节，就是第三十九回中，刘姥姥给贾府一家讲的故事：

> “这老爷没有儿子，只有一位小姐，名叫茗玉。小姐知书识字，老爷太太爱如珍宝。可惜这茗玉小姐生到十七岁，一病死了。”宝玉听了，跌足叹惜，又问后来怎么样。刘姥姥道：“因为老爷太太思念不尽，便盖了这祠堂，塑了这茗玉小姐的像，派了人烧香拨火。如今日久年深的，人也没了，庙也烂了，那个像就成了精。”宝玉忙道：“不是成精，规矩这样人是虽死不死的。”

茗玉小姐的故事总结下来是这样的：大家闺秀独生女茗玉小姐“知书识字”，但“一病死了”。老爷太太为其盖了祠堂。后来茗玉小姐还魂了，在雪地里抽柴。

看到这里，对《红楼梦》熟悉的读者就可以看出来，这个茗玉小姐就是在类比林黛玉啊！她和林黛玉的各方面设定都太像了。让我们回顾一下林黛玉的情况：

> 今如海年已四十，只有一个三岁之子，偏又于去岁死了。虽有几房姬妾，奈他命中无子，亦无可如何之事。今只有嫡妻贾氏，生得一女，乳名黛玉，年方五岁。夫妻无子，故爱女如珍，且又见他聪明清秀，便也欲使他读书识得几个字，不过假充养子之意，聊解膝下荒凉之叹。

茗玉小姐和黛玉小姐在各个方面都一模一样：

（1）独生女

茗玉：“这老爷没有儿子，只有一位小姐”。

红楼探玉

红楼探玉

黛玉："只有一个三岁之子，偏又于去岁死了"，"今只有嫡妻贾氏，生得一女，乳名黛玉"，"夫妻无子，故爱女如珍"。

（2）知书识字

茗玉："小姐知书识字"。

黛玉："且又见他聪明清秀，便也欲使他读书识得几个字，不过假充养子之意，聊解膝下荒凉之叹"。

（3）父母爱如珍宝

茗玉："老爷太太爱如珍宝"。

黛玉："夫妻无子，故爱女如珍"。

（4）名字

茗玉：茗是茶的意思，而茶是青色的。

黛玉：黛是青黑色。

对茗玉小姐的介绍只有两句话。而这两句包含的信息，展示了和林黛玉一模一样的信息，而且连文字上的拟合度如此之大。其用意非常明显，就是要用茗玉小姐来映射林黛玉，并道出林黛玉的结局。

那么茗玉小姐的结局是什么呢？很简单，就是"生到十七岁，一病死了"。所以说，林黛玉的死因非常明确，就是病死的。

2. 杜丽娘因情而病、因病而亡

而且，茗玉小姐的故事也和《牡丹亭》类似，基本上是一个缩略版的《牡丹亭》。《牡丹亭》的女主角杜丽娘也是大家闺秀，也是独生女，也是知书识字，也是十六七岁就一病而亡，她死后父母也为她修了祠堂（梅花观），杜丽娘死后也是还魂了。这么多相似点绝不可能是巧合！

茗玉小姐的名字也大有玄机。因为"茗玉"倒过来就是"玉茗"，而"玉茗先生"就是《牡丹亭》的作者汤显祖！汤显祖写作的地方就是临川老家的"玉茗堂"，他创作的四部戏曲也被称作"玉茗堂四梦"。

那么，根据《牡丹亭》的情节，杜丽娘在梦中与书生柳梦梅相遇，但梦醒后仍然思念柳梦梅，最后思念成疾，在中秋夜病亡。所以杜丽娘是因情而病，因病而亡。

既然茗玉小姐的故事是《牡丹亭》的缩略版，而茗玉小姐映射的是黛玉，那么黛玉也应该是因情而病、因病而亡。

这个结论也和脂砚斋的批语完全吻合。第十八回元春省亲时点了四出戏。脂砚斋说“所点之戏剧伏四事，乃通部书之大过节、大关键”：

第一出《豪宴》；（脂砚斋：《一捧雪》中。伏贾家之败。）

第二出《乞巧》；（脂砚斋：《长生殿》中。伏元妃之死。）

第三出《仙缘》；（脂砚斋：《邯郸记》中。伏甄宝玉送玉。）

第四出《离魂》。（脂砚斋：《牡丹亭》中。伏黛玉死。）

《离魂》又称《闹殇》，是《牡丹亭》的第二十出戏，讲的就是杜丽娘病重去世。既然《牡丹亭》的《离魂》被认为“伏黛玉死”，这再次印证了林黛玉应该和杜丽娘一样，是因情而病、因病而亡。

3. 林黛玉的病根

无论是茗玉小姐的故事，还是元春点的《离魂》，都揭示了林黛玉因情而病、因病而亡的结局。那么在《红楼梦》的具体情节上，有没有关于林黛玉因情而病的铺垫呢？

当然有。

林黛玉的病根在《红楼梦》第三回就有交代：

众人见黛玉年貌虽小，其举止言谈不俗，身体面庞虽怯弱不胜，却有一段自然风流态度，便知他有不足之症。因问：“常服何药，如何不急为疗治？”黛玉笑道：“我自来是如此，从会吃饮食时便吃药，到今未断，请了多少名医修方配药，皆不见效。那一年我才三岁时，听得说来了一个癞头和尚，说要化我去出家，我父母固是不从。他又说：‘既舍不得他，只怕他的病一生也不能好的了。若要好时，除非从此以后总不许见哭声，除父母之外，凡有外姓亲友之人，一概不见，方可平安了此一世。’疯疯癫癫，说了这些不经之谈，也没人理他。如今还是吃人参养荣丸。”

可见，林黛玉的病是与生俱来的。而且要病好，不能哭，也见不得外姓亲友。众所周知，林黛玉是绛珠仙草的化身，而绛珠仙草到人间的使命就是还泪给贾宝玉，偿还神瑛侍者前世的“灌溉之情”。本来要还泪，但一哭就病；本来要报答贾宝玉，但一见贾宝玉（外姓亲友）就病。这个病怎么可能医好呢？

所以我们看到，林黛玉也是因情而病。要报答神瑛侍者前世之情，所以才要还泪。然而还情、还泪是有代价的，那就是一生也医不好的病。

实际上，林黛玉的病是前世命定的。

为什么这么说呢？因为林黛玉前世是绛珠仙草，而绛珠仙草长期受到神瑛侍者的“甘露灌溉”，才“得久延岁月”，“得换人形，仅修成个女体”。但正是由于绛珠仙草“尚未酬报灌溉之德，故其五衷便郁结着一段缠绵不尽之意”。

书中说的体内的“缠绵不尽之意”，就是绛珠仙草要报答神瑛侍者的情感和愿望。而这缠绵之意，也就是林黛玉的病根。因为有了这缠绵之意，人间的林黛玉才会不断流泪，不断感伤，特别是在见到神瑛侍者贾宝玉的时候。

4. 林黛玉第一次流泪

果不其然，林黛玉的第一次流泪，就是因为见到贾宝玉。

林黛玉初见贾宝玉时，贾宝玉问她有没有玉。这么问的原因是贾宝玉是衔玉而生的（即通灵宝玉），所以希望林黛玉和他一样也有。但当贾宝玉发现林黛玉并没有玉的时候，突然“发作起痴狂病来，摘下那玉，就狠命摔去”。通灵宝玉虽没有被砸坏，贾宝玉也被贾母劝住了，但这件事却让林黛玉在晚上独自流泪：

> 是晚，宝玉、李嬷嬷已睡了，他见里面黛玉和鹦哥犹未安息，他自卸了妆，悄悄进来，笑问："姑娘怎么还不安息？"黛玉忙笑让："姐姐请坐。"袭人在床沿上坐了。鹦哥笑道："林姑娘正在这里伤心，自己淌眼抹泪的说：'今儿才来了，就惹出你家哥儿的狂病来，倘或摔坏那玉，岂不是因我之过！'因此便伤心，我好容易劝好了。"
>
> ——《红楼梦》第三回

对于林黛玉的第一次眼泪，脂砚斋评道：

"黛玉第一次哭，却如此写来。""前文反明写宝玉之哭，今却反如此写黛玉，几被作者瞒过。这是第一次算还，不知下剩还该多少？"

第一次见到宝玉，黛玉的病根就发作了。因为她见到了自己前世的恩人，这个人似曾相识，仿佛在哪里见过。虽然前世的记忆已经模糊，她心中却有一段缠绵悱恻的情意要倾诉，在感伤时流下了泪水。

这泪水是爱的泪水。今生的爱，来自前世的缘。

这一天，是轮回后的初遇。从此，绛珠仙草的还泪之旅开始了。

5. 爱与泪的循环

自从还泪之旅开启，林黛玉就进入了一个爱与泪的循环。

例如第三十四回，宝玉挨打以后把自己的旧手帕送给黛玉。在那个男女授受不亲的年代，送个新物件还好，把自己用过的手帕送给异性，是非常大胆的私相传递的示爱举动。

林黛玉收到帕子以后，也非常受触动。

这里林黛玉体贴出手帕子的意思来，不觉神魂驰荡：宝玉这番苦心，能领会我这番苦意，又令我可喜；我这番苦意，不知将来如何，又令我可悲；忽然好好的送两块旧帕子来，若不是领我深意，单看了这帕子，又令我可笑；再想令人私相传递与我，又可惧；我自己每每好哭，想来也无味，又令我可愧。如此左思右想，一时五内沸然炙起。黛玉由不得馀意绵缠，令掌灯，也想不起嫌疑避讳等事，便向案上研墨蘸笔，便向那两块旧帕上走笔写道：

其一
眼空蓄泪泪空垂，暗洒闲抛却为谁？
尺幅鲛绡劳解赠，叫人焉得不伤悲！

其二
抛珠滚玉只偷潸，镇日无心镇日闲；
枕上袖边难拂拭，任他点点与斑斑。

其三
彩线难收面上珠，湘江旧迹已模糊；
窗前亦有千竿竹，不识香痕渍也无？

林黛玉还要往下写时，觉得浑身火热，面上作烧，走至镜台揭起锦袱一照，只见腮上通红，自羡压倒桃花，却不知病由此萌。一时方上床睡去，犹拿着那帕子思索，不在话下。

黛玉感受到宝玉的爱情，“不觉神魂驰荡”，她感到“可悲”“可笑”“可惧”“可愧”，种种复杂的心情汇聚一起。对宝玉的感情，让她的病根又犯了，她“一时五内沸然炙起”“由不得馀意绵缠”，在旧手帕上题诗三首。诗未做完，已是“腮上通红”“病由此萌”。

这“馀意绵缠”，不就是前世聚积的“缠绵不尽之意”吗？这“腮上通红”的病，不就是她一出生就自带的病根吗？

黛玉的病根让她渴望见到宝玉，但每次见到宝玉、和他产生感情纠葛，黛玉就会伤感、流泪，这让她的病情愈发严重，但却不能阻止她越陷越深，周而复始。

这是一个爱与泪的循环，直到林黛玉去世。贾宝玉和林黛玉最后也没能结合。林黛玉终于抑郁病重，泪尽而亡。

这才是林黛玉的死亡真相。

四、林黛玉的死亡时间

1. 人到中秋不自由

刚才分析中秋联句时，我说从“冷月葬花魂”中看不出林黛玉沉湖的暗示。但这句凄美的“冷月葬花魂”，到底透露了什么信息呢？

“冷月葬花魂”讲的是林黛玉的死，而“冷月”透露了林黛玉的死亡时间，这应该是一个寒冷的、有月的夜晚。

我们知道，林黛玉和史湘云是在中秋节联的句，“冷月”讲的也是中秋的月亮，那么林黛玉会不会就是在中秋节死去的呢？

这很有可能。

我又查了一下《牡丹亭》，发现杜丽娘也是在中秋节去世的！

既然脂砚斋说“《牡丹亭》中伏黛玉死”，那么林黛玉也许和杜丽娘一样，也是中秋节去世的？

（春香：）春香侍奉小姐，伤春病到深秋。今夕中秋佳节，风雨萧条。小姐病转沉吟，待我扶他消遣。正是：从来雨打中秋月，更值风摇长命灯。

（杜丽娘：）枕函敲破漏声残，似醉如呆死不难。一段暗香迷夜雨，十分清瘦怯秋寒。

（杜丽娘：）哎也，是中秋佳节哩。老爷，奶奶，都为我愁烦，不曾玩赏了。

（杜丽娘：）轮时盼节想中秋，人到中秋不自由。奴命不中孤月照，残生今夜雨中休。

（杜丽娘：）你便好中秋月儿谁受用？剪西风泪雨梧桐。楞生瘦骨加沉重。

——《牡丹亭》第二十出《闹殇》（昆曲版称《离魂》）

我看了看杜丽娘去世时的天气——“今夕中秋佳节，风雨萧条”“雨打中秋月”“十分清瘦怯秋寒”“残生今夜雨中休”“剪西风”。可见是一个风雨交加、天气寒冷的中秋节。

这样的环境，与林黛玉诗句中的“冷月葬花魂”不是很相似吗？中秋节已是秋季，中秋节的夜晚寒意森森，这不正与“冷月”相吻合吗？

林黛玉在中秋联句，道出“冷月葬花魂”，很可能就是预示自己也死于中秋节的夜晚。

2. 十七岁的秋季

不仅如此，曹雪芹连林黛玉死时的年龄都做了暗示。在刚才讲的茗玉小姐的故事里，茗玉小姐是在十七岁一病死了。那么，林黛玉会不会也是在十七岁时去世的呢？

这也很有可能。

根据周汝昌先生在《红楼梦新证》中的考证，《红楼梦》从第七十一回到第八十回，宝玉的年龄是十五岁。而黛玉作为绛珠仙子，是和神瑛侍者一同下凡的，因此与宝玉同岁，也是十五岁。那么，八十回后贾家被抄家，经历这些变故用了两年，林黛玉在十七岁去世。这个时间线的发展是合理的。

更重要的是，《红楼梦》从第五十四回到第七十回，宝玉和黛玉的年龄是十四岁。然而在其中第六十三回，麝月抽花名时抽到荼蘼花的令牌，上面写着旧诗“开到荼蘼花事了”，注云：“在席各饮三杯送春”。这里的“三杯送春”，有可能就是预示三年后黛玉的去世。而从黛玉十四岁加三年，正是十七岁光景。同样，在第七十回中大家咏柳絮作诗，宝琴有一句“三春事业付东风”，似乎也是对三年后黛玉去世、人走楼空的暗示。

而且，《红楼梦》第一回中就描写了中秋节的场景，当时破落书生贾雨村受到望族甄士隐的邀请，共度中秋。贾雨村还口占七绝一首。这里脂砚斋批语道：“用中秋诗起，用中秋诗收，又用起诗社于秋日。所叹者三春也，却用三秋作关键。”所谓“三秋作关键”，是说书中有三次描写中秋，都很关键。

我查了一下，书中正面写中秋有两次，第一次就是开篇贾雨村和甄士隐度中秋，第二次就是林黛玉和史湘云中秋联句。与贾府密切相关的只有林黛玉和史湘云中秋联句这一次。所以，在八十回后，曹雪芹至少还会再描写一次关键的中秋场景。而这次描述的也许就是林黛玉的中秋之死。

中秋节，本来是团圆的节日，但黛玉却孤独地死去。

黛玉去世的时候，宝玉并不在身边。对此，黛玉的诗词里曾有过不少暗示。

例如，黛玉的《葬花吟》中有一句：“明年花发虽可啄，却不道人去梁空巢也倾”，其寓意是：“本来明年就要嫁给你了，但没想到你流离在外，家里房子空了，婚姻也成了泡影”。诗中还有一句：“一朝春尽红颜老，花落人亡两不知”。“两不知”可能也是暗示在黛玉离世的时候，宝玉并不在身边。在林黛玉的《唐多令》里也有：“嫁与东风春不管，凭尔去，忍淹留”，也表达了同样的意境。

红楼探玉

红楼探玉

五、推理陈词

好了，灰色的小细胞们已经推理完毕。

现在，请所有红学家都来到大观园的怡红院，坚持沉湖说的、坚持上吊说的、坚持黛玉是生病死的，都来吧。

坚持沉湖说的，请你们出门向西，那里有一个美丽的荷塘，你们千万不要犹豫，直接跳进去。我相信你们马上会改变想法。

坚持上吊说的，请你们出门向北，到栊翠山上找两棵枯死的梅树，解下腰带，把两头试着搭在两棵枯树的枯枝上，然后请你把头搭在腰带上，千万不要犹豫。我相信你们马上会改变想法。

坚持林黛玉是病死的，你们答对了，林黛玉是因情而病，因病而亡的。她死于中秋节的寒夜，病情加重，泪尽而逝，终年只有十七岁。不过她的病是与生俱来，是前世种下的情根，并不是什么肺结核。

推理看似结束了。

但是等一下，神转折的时刻到了。我现在要宣布，你们都错了！其实林黛玉并没有真的死去！

对，她其实还在人间！

什么？你不信？

那请看下一篇文章吧——《林黛玉还魂，绛珠仙回生》。

前方高能，胆小慎入。

还魂记：

林黛玉还魂，绛珠仙回生

一、茗玉小姐的鬼故事

《红楼梦》里最诡异的人物莫过于刘姥姥，刘姥姥说的最诡异的事情莫过于茗玉小姐的鬼故事。

这里我们先不谈刘姥姥，单讲一讲这个茗玉小姐的故事。

第三十九回中，刘姥姥二进荣国府，吃完晚饭给贾府一家老小讲故事。刘姥姥说：

> “……就像去年冬天，接连下了几天雪，地下压了三四尺深。我那日起的早，还没出房门，只听外头柴草响。我想着必定是有人偷柴草来了。我爬着窗户眼儿一瞧，却不是我们村庄上的人。”贾母道：“必定是过路的客人们冷了，见现成的柴，抽些烤火去也是有的。”刘姥姥笑道：“也并不是客人，所以说来奇怪。老寿星当个什么人？原来是一个十七八岁的极标致的一个小姑娘，梳着溜油光的头，穿着大红袄儿，白绫裙子——”

讲到这里，提到“柴”字，贾家突然就失火了，刘姥姥也就没有再讲下去。后来是宝玉追着刘姥姥，她才道出这个姑娘的来历：

> “这老爷没有儿子，只有一位小姐，名叫茗玉。小姐知书识字，老爷太太爱如珍宝。可惜这茗玉小姐生到十七岁，一病死了。”宝玉听了，跌足叹惜，又问后来怎么样。刘姥姥道：“因为老爷太太思念不尽，便盖了这祠堂，塑了这茗玉小姐的像，派了人烧香拨火。如今日久年深的，人也没了，庙也烂了，那个像就成了精。”宝玉忙道：“不是成精，规矩这样人是虽死不死的。”

茗玉小姐的故事总结下来是这样的：大家闺秀茗玉小姐是独生女，知书识字，老爷太太爱如珍宝，但十七岁一病死了。老爷太太为她盖了祠堂，派人烧香拨火。后来茗玉小姐还魂了，在雪地里抽柴。

这个故事什么意思？影射书中的哪个人物吗？

有心的读者可能一下子就看出来了。这个茗玉小姐，说的就是黛玉吧？

没错！这个茗玉小姐在各方面都和林黛玉太像了！

让我们回顾一下林黛玉的情况：

> 今如海年已四十，只有一个三岁之子，偏又于去岁死了。虽有几房姬妾，奈他命中无子，亦无可如何之事。今只有嫡妻贾氏，生得一女，乳名黛玉，年方五岁。夫妻无子，故爱女如珍，且又见他聪明清秀，便也欲使他读书识得几个字，不过假充养子之意，聊解膝下荒凉之叹。
>
> ——《红楼梦》第二回

茗玉小姐和黛玉小姐在各个方面都一模一样，前文已逐条分析过，此处不再赘述。

既然茗玉小姐是用来映射黛玉的，如果我们想知道黛玉的结局，看看茗玉小姐不就知道了？

那么，茗玉小姐的结局是怎样的呢？

很简单，茗玉小姐的结局就是“生到十七岁，一病死了”，然后“就成了精”，在雪地里抽柴草。

难道说，这就是林黛玉的结局？

十七岁病逝，然后……然后还魂了？！

这怎么可能？

二、《牡丹亭》中伏黛玉死

红学界通常认为，黛玉死了就是死了，之后就没有她的故事了。高鹗的续书也是如此。

但是，当我读到茗玉小姐的故事时，不禁问自己：林黛玉会不会真的像茗玉小姐一样，死后还魂呢？

我们需要查一下脂批，脂砚斋对黛玉的结局做过评论。那是在《红楼梦》第十八回元春省亲，点了四出戏。脂砚斋说“所点之戏剧伏四事，乃通部书之大过节、大关键”：

> 第一出《豪宴》；（脂砚斋：《一捧雪》中。伏贾家之败。）
> 第二出《乞巧》；（脂砚斋：《长生殿》中。伏元妃之死。）
> 第三出《仙缘》；（脂砚斋：《邯郸梦》中。伏甄宝玉送玉。）
> 第四出《离魂》。（脂砚斋：《牡丹亭》中。伏黛玉死。）

脂砚斋说：“《牡丹亭》中伏黛玉死”。这说明，林黛玉应当和《牡丹亭》

中的杜丽娘有同样的结局。

那么，杜丽娘的结局是什么呢？

杜丽娘是《牡丹亭》的女主角，她的人生线条可以总结为：相聚（杜丽娘与柳梦梅在梦中相会）-> 思念（杜丽娘思念柳梦梅成疾）-> 去世（杜丽娘因情抱病而亡）-> 还魂（杜丽娘还魂，与柳梦梅相会）-> 成婚 （杜丽娘回生，并与柳梦梅私订终身）-> 分离（柳梦梅只身寻找杜父，反被杜父囚禁）-> 重聚（柳梦梅中状元，皇帝成全二人姻缘，全家团聚）。

可见，杜丽娘也有还魂的情节！

不仅如此，《牡丹亭》原名就是《牡丹亭还魂记》，也称作《还魂记》，故事原型来自《杜丽娘慕色还魂》话本。还魂是《牡丹亭》的重要内容。如果没有还魂，整个故事的基础都不存在。

（杜父：）“因小女遗言，就葬后花园梅树之下。又恐不便后官居住，已分付割取后花园，起座‘梅花庵观’，安置小女神位。就着这石道姑焚修看守。那道姑可承应的来？”

——《牡丹亭》第二十出《闹殇》（又名《离魂》）

（杜丽娘：）“奴家杜丽娘女魂是也。只为痴情慕色，一梦而亡。凑的十地阎君奉旨裁革，无人发遣，女监三年。喜遇老判，哀怜放假。趁此月明风细，随喜一番。呀，这是书斋后园，怎做了梅花庵观？好伤感人也！”

——《牡丹亭》第二十七出《神游》

以往红学研究者都承认，脂砚斋的批语“《牡丹亭》中伏黛玉死”，预示着林黛玉会像杜丽娘一样因情而亡。但大家忽略的是，既然《牡丹亭》的杜丽娘有还魂的情节，那么“《牡丹亭》中伏黛玉死”，是否预示着林黛玉死后也会还魂呢？

很有可能！

而且，如果我们再比较一下茗玉小姐和杜丽娘，就会发现两个故事如出一辙。杜丽娘也是大家闺秀，也是独生女，也是知书识字，也是十七岁一病而死，死后也是修了祠堂，也是有人烧香拨火，之后杜丽娘也是还魂了！

再仔细分析一下，就发现茗玉小姐的名字也大有玄机。“茗玉”倒过来就是“玉茗”，而“玉茗先生”就是《牡丹亭》作者汤显祖！汤显祖写作的地方就是临川老家的“玉茗堂”，他创作的四部戏曲也被称作“玉茗堂四梦”。《牡丹亭》开场戏里就提到“玉茗堂”：“忙处抛人闲处住。百计思量，没个为欢处。白日消磨肠断句，世间只有情难诉。玉茗堂前朝复暮，红烛迎人，俊得江山助。但是相思莫相负，牡丹亭上三生路。”

原来，茗玉小姐的故事就是从《牡丹亭》来的，实际上就是一个浓缩版的《牡丹亭》！

丽娘小姐、茗玉小姐、黛玉小姐的细节比较：

（1）独生女

丽娘：“夫人单生小女，才貌端妍，唤名丽娘”。

茗玉：“这老爷没有儿子，只有一位小姐”。

黛玉：“只有一个三岁之子，偏又于去岁死了”，“今只有嫡妻贾氏，生得一女，乳名黛玉”。

（2）知书识字

丽娘：“有女颇知书，先生长训诂”。

茗玉：“小姐知书识字”。

黛玉：“且又见他聪明清秀，便也欲使他读书识得几个字，不过假充养子之意，聊解膝下荒凉之叹”。

（3）父母爱如珍宝

丽娘：“娇养他掌上明珠，出落的人中美玉”。

茗玉：“老爷太太爱如珍宝”。

黛玉：“夫妻无子，故爱女如珍”。

（4）名字

丽娘：《牡丹亭》是玉茗堂四梦之一。

茗玉：茗是茶的意思，而茶是青色的。

黛玉：黛是青黑色。

（5）死亡时间

丽娘：十七岁。

茗玉：十七岁。

黛玉：十七岁？

（6）死亡原因

丽娘：梦其人即病，病即弥连，至手画形容传于世而后死。

茗玉：一病死了。

黛玉：因情而病，因病而亡？

（7）死后祠堂

丽娘：“起座‘梅花庵观’，安置小女神位”。

茗玉：“便盖了这祠堂，塑了这茗玉小姐的像”。

黛玉：死后修祠堂？

（8）死后还魂

丽娘：“似倩女返魂归来，采芙蓉回生并载”。

茗玉：“就成了精”。

黛玉：死后还魂？

而且，还有一点让人细思极恐，那就是茗玉小姐的“茗”字，还谐音“冥”，难道这意思是——从冥界归来的黛玉?

可见，无论是茗玉小姐的故事，还是脂砚斋“《牡丹亭》中伏黛玉死”的批语，似乎都在暗示林黛玉的结局是——十七岁一病死了，死后还会还魂!

三、黛玉有魂魄吗

如果你说，黛玉还魂，这不是迷信吗?

那我建议你不要再读《红楼梦》了，《西游记》更别读了，里面全是神仙鬼怪!

古人认为，魂魄是人的精神灵气，是一种独立于人体的生命力。魂魄附体则人生，离体则人死。还魂，就是一个个体死亡以后，他的灵魂，脱离自身，再回到自己身体或者另外个体中继续生活。

还魂也是古典戏曲、小说中常见的表现手法。具有代表性的戏曲作品包括元代郑光祖的《倩女离魂》、元代无名氏的《碧桃花》、明代周朝俊的《红梅记》、明代汤显祖的《牡丹亭》、清代洪昇的《长生殿》等；小说作品有南朝宋代刘义庆的《庞阿》、唐代陈玄祐的《离魂记》、唐人传奇《独孤穆传》、明初瞿佑的《金凤钗记》、清初西周生的《醒世姻缘传》、清代蒲松龄《聊斋志异》等等。

《红楼梦》主要借鉴了四部戏曲——《一捧雪》《长生殿》《牡丹亭》《邯郸记》，而这四部戏中主要人物有还魂情节的就有两部！她们分别是《牡丹亭》中的杜丽娘和《长生殿》中的杨玉环。

可见，还魂并不是什么稀奇的情节，在很多戏曲、小说中都常常被用到。

那么，《红楼梦》中的黛玉会不会还魂呢?

首先，我们要搞清楚黛玉有没有魂魄。我查了一下，发现《红楼梦》原著中对林黛玉的魂魄曾有过直接描写!

第五回贾宝玉神游太虚境时，曹雪芹就提到了绛珠仙草的魂魄:

一语未了，只见房中又走出几个仙子来，皆是荷袂蹁跹，羽衣飘舞，姣若春花，媚如秋月。一见了宝玉，都怨谤警幻道："我们不知系何'贵客'，忙的接了出来！姐姐曾说今日今时必有绛珠妹子的生魂前来游玩，故我等久待。何故反引这浊物来污染这清净女儿之境？

这里众仙子说的"绛珠妹子的生魂"，就是绛珠仙草的魂魄，也就是林黛玉的魂魄。众仙子在等绛珠仙草（林黛玉）的魂魄来太虚幻境游玩，却见到了神瑛侍者（贾宝玉）的魂魄。

除了林黛玉的魂魄，《红楼梦》也描述过其他人物的魂魄。例如秦可卿死后灵魂托梦于凤姐：

凤姐方觉星眼微朦，恍惚只见秦氏从外走了进来，含笑说道："婶婶好睡！我今儿回去，你也不送我一程。因娘儿们素日相好，我舍不得婶婶，故来别你一别。还有一件心愿未了，非告诉婶子，别人未必中用……"

又如，第十六回，秦钟临死时其魂魄与众鬼判的对话：

魂魄早已离身，只剩得一口气悠悠余气在胸，正见许多鬼判持牌提索来捉他。那秦钟魂魄那里肯就去……因此百般求告鬼判……

秦钟魂魄与鬼判的对话场景，很接近《牡丹亭》中杜丽娘魂魄与冥界胡判官的对话场景。在林黛玉去世后，绛珠仙草的魂魄很可能像杜丽娘的魂魄一样，在冥界（或太虚幻境）辗转一程后，再回到人间还魂。

好了，既然绛珠仙草的魂魄在书中是客观存在的，那么，在林黛玉去世之后，绛珠仙草的魂魄只可能有两个去处：第一，返回仙界，归位绛珠仙草；第二，留在人间，魂附某人，未来与神瑛侍者一同回归天界。

如果是第一种情况，黛玉去世后，魂魄返回仙界归位绛珠仙草，那么黛玉死后，书后面的故事情节就都与绛珠仙草无关了，这合理吗？《红楼梦》开篇可就说了，全书的主线就是围绕着绛珠仙草和神瑛侍者的“风流公案”。难道说黛玉去世后，全书的主线就这样提前结束了？绛珠仙子一个人回到天界去等神瑛侍者了？神瑛侍者在人间自已再风流一段再回去？这有点儿说不过去吧？

第二种情况似乎更有可能发生。也就是说，黛玉去世后，绛珠仙草可能会继续留在人间，还魂回生或者魂附某人，完成还泪之旅。等到神瑛侍者（贾宝玉）完全觉悟，绛珠仙子和神瑛侍者同时完成人间幻历，最后一同回到仙界。

四、黛玉还魂的伏笔

如果曹雪芹安排黛玉还魂，按照他的脾气，肯定会在前八十回埋下很多伏笔。那就让我们找一找，曹雪芹对此有没有暗示呢？

1. 悼晴雯时黛玉现身

《红楼梦》中多次将林黛玉与鬼魂相联系，其中很耐人寻味的是在第七十八回，贾宝玉做《芙蓉女儿诔》哀悼刚死去的晴雯。没想到刚刚读完，小丫鬟突然看到有个鬼影从芙蓉花中走出来，以为是晴雯显魂，但其实那人是林黛玉！

> 读毕，遂焚帛奠茗，犹依依不舍。小鬟催至再四，方才回身。忽听山石之后有一人笑道：“且请留步。”二人听了，不觉一惊。那小鬟回头一看，却是个人影儿从芙蓉花里走出来，他便大叫：“不好，有鬼！晴雯真来显魂了！”……及走出来细看，不是别人，却是林黛玉，满面含笑，口内说道：“好新奇的祭文！可与《曹娥碑》并传了。”

红楼探玉

红楼探玉

《红楼梦》中一直用晴雯比黛玉。而且这里的安排是，晴雯刚死，黛玉就像鬼影一样突然闪出。小丫鬟大叫：“不好，有鬼！晴雯真来显魂了！”这不就是在为黛玉将来还魂做铺垫么？

2. 鬼在哪里呢？

第六十七回中，宝钗送了宝玉、黛玉一些“土物儿”，宝玉和黛玉到宝钗处道谢，大家聊起了黛玉的病。就在这时，宝钗提到了鬼！

> 黛玉说：“姐姐说得很是。我自己何尝不知道呢，只因我这几年，姐姐是看见的，哪一年不病一两场？病得我怕怕的了。见了药，无论见效不见效，一闻见，先就头疼发恶心，怎么不叫我怕病呢？”宝钗说：“虽然如此说，却也不该伤心，倒是觉着身上不爽快，反自己勉强扎挣着，出来走走逛逛，把心松散松散，比在屋里闷坐着还强呢。伤心是自己添病的大毛病。我那两日不时觉着发懒，浑身乏倦，只是要歪着，心里也是为时气不好，怕病，因此偏扭着他，寻些事情作作，一般里也混过去了。妹妹别怪我说，越怕越有鬼。”宝玉听说，忙问道：“宝姐姐，鬼在那里呢？我怎么看不见一个鬼？”惹得众人开心大笑。宝钗道：“呆小爷，这是比喻的话，那里真有鬼呢！认真的果有鬼，你又该骇哭了。”黛玉因此笑道：“姐姐说得很是。很该说他，谁叫他嘴快！”宝玉说：“有人说我的不是，你就乐了。你这会子也不懊恼了，咱们也该走罢。”

宝钗说：“妹妹别怪我说，越怕越有鬼。”而宝玉马上还渲染道：“鬼在那里呢？我怎么看不见一个鬼？”

宝钗和宝玉说的鬼，难道就是旁边坐着的黛玉吗？曹雪芹的行文，真是让人细思极恐呢。

3. 晦朔魄空存

《红楼梦》第七十六回，林黛玉和史湘云的中秋联句，似乎也暗示了林黛玉还魂：

黛玉笑道："又用比兴了。"因联道："晦朔魄空存。壶漏声将涸。"湘云方欲联时，黛玉指池中黑影与湘云看道："你看那河里怎么像个人在黑影里去了，敢是个鬼罢？"湘云笑道："可是又见鬼了。我是不怕鬼的，等我打他一下。"因弯腰拾了一块小石片向那池中打去，只听打得水响，一个大圆圈将月影荡散复聚者几次。只听那黑影里嘎然一声，却飞起一个大白鹤来，直往藕香榭去了。黛玉笑道："原来是他，猛然想不到，反吓了一跳。"湘云笑道："这个鹤有趣，倒助了我了。"因联道："窗灯焰已昏。寒塘渡鹤影。"

林黛玉听了，又叫好，又跺足，说："了不得，这鹤真是助他的了！这一句更比'秋湍'不同，叫我对什么才好？'影'字只有一个'魂'字可对，况且'寒塘渡鹤'何等自然，何等现成，何等有景且又新鲜，我竟要搁笔了。"湘云笑道："大家细想就有了，不然就放着明日再联也可。"黛玉只看天，不理他，半日，猛然笑道："你不必说嘴，我也有了，你听听。"因对道："冷月葬花魂。"

曹雪芹经常利用一个人物的诗句来预示该人物的结局，有自谶的味道。林黛玉诗中有"晦朔魄空存"。晦朔，阴历月末一天叫晦，月初一天叫朔，晦朔无月。魄在诗中的意思是月魄。此句的表面意思是：月亮不在了，只有月魄还在。而这句诗隐含的意思似乎是：黛玉人已不在了，但魂魄仍存。

而且，就在黛玉联句的时候，池中突然出现一个"鬼影"。黛玉刚刚说了"晦朔魄空存"，就出现"鬼影"。这又是曹雪芹有意为之，双重暗示黛玉死后魂

魄仍存 。

另外，林黛玉中秋联句最后一句“冷月葬花魂”，道出她自己的死局，也提到了魂魄。

五、绛珠仙回生

黛玉死后，绛珠仙子的魂魄会附在某个人身上。这个人是谁？还会是黛玉吗？

要破解这个真相，我们还要回到茗玉小姐的故事。

茗玉小姐生前的特征很像黛玉，但她还魂后是什么形象呢？

> 就像去年冬天，接连下了几天雪，地下压了三四尺深。我那日起的早，还没出房门，只听外头柴草响。我想着必定是有人偷柴草来了。
>
> 原来是一个十七八岁的极标致的一个小姑娘，梳着溜油光的头，穿着大红袄儿，白绫裙子——

我首先注意的是，还魂后的茗玉小姐“梳着溜油光的头”，这似乎不是黛玉的发型。于是我搜索了一下《红楼梦》的数字版全文，想看看谁的头发是“油光”的。结果发现，全书中只有一处形容一个人头发“油光”的，那就是第八回中的薛宝钗！

> 宝玉掀帘一迈步进去，先就看见薛宝钗坐在炕上作针线，头上挽着漆黑油光的鬋儿，蜜合色棉袄，玫瑰紫二色金银鼠比肩褂，葱黄绫棉裙，一色半新不旧，看来不觉奢华。唇不点而红，眉不画而翠；脸若银盆，眼如水杏。罕言寡语，人谓藏愚；安分随时，自云守拙。

“头上挽着漆黑油光的鬋儿”似乎和“梳着溜油光的头”十分接近！

脂砚斋还在这里做了批语，说这是宝卿（薛宝钗）正传。难道说，还魂后的茗玉小姐是薛宝钗的形象？

我又注意到茗玉还魂后抽柴草的环境。这里有“雪”，还有“柴草”。这是不是又在暗示薛宝钗呢？因为“雪”谐音“薛”，“柴”谐音“钗”，“草”我们之前分析过，“薛”字是草字头，“蘅芜苑”的薛宝钗带有草的属性。

我们想象一下，茗玉小姐还魂后抽柴草，不就是一个小姑娘在雪地里抱着柴吗？！这分明就是——“雪（薛）抱柴（宝钗）”啊！

所以说，林黛玉死后，绛珠仙子的魂魄附在了薛宝钗身上！

这一推断竟和本书之前的结论非常吻合。我在《林黛玉和薛宝钗是同一个人？》一文中分析了，林黛玉和薛宝钗都是绛珠仙草的化身，林黛玉是显绛珠，薛宝钗是隐绛珠。林黛玉死后，薛宝钗的绛珠身份将显露出来。宝钗和宝玉的爱情故事，将成为黛玉和宝玉爱情故事的延续。绛珠仙子的还泪旅程将由薛宝钗继续完成。

前文中并没有分析薛宝钗的绛珠身份是如何从隐性转为显性的。如果说林黛玉死后，绛珠仙子魂附薛宝钗，薛宝钗的绛珠身份自然就会显露出来。这一切都合情合理！

我还注意到，茗玉小姐还魂后“穿着大红袄儿，白绫裙子”。这些细节也都符合薛宝钗的命运走向。“大红袄儿”暗示薛宝钗和贾宝玉婚配的喜事，“白绫裙子”则暗示薛宝钗将来参与的丧事（很可能是薛蟠的死刑以及薛姨妈的病逝）。

六、薛宝钗的雪洞

林黛玉还魂薛宝钗，在书中还有其他暗示和铺垫吗？

当然有，而且很多。

首先，薛宝钗房间的气氛，就非常灵异，贾母都说“忌讳”。

第四十回，贾母带着刘姥姥和贾家老小到每个孩子的房间去逛逛，到了薛宝钗的蘅芜苑，书上是这么形容的：

贾母忙命拢岸，顺着云步石梯上去，一同进了蘅芜苑，只觉异香扑鼻。那些奇草仙藤愈冷愈苍翠，都结了实，似珊瑚豆子一般，累垂可爱。及进了房屋，雪洞一般，一色玩器全无，案上只有一个土定瓶中供着数枝菊花，并两部书，茶奁茶杯而已。床上只吊着青纱帐幔，衾褥也十分朴素。

……贾母摇头道："使不得。虽然他省事，倘或来一个亲戚，看着不像；二则年轻的姑娘们，房里这样素净，也忌讳。……"说着叫过鸳鸯来，亲吩咐道："你把那石头盆景儿和那架纱桌屏，还有个墨烟冻石鼎，这三样摆在这案上就够了。再把那水墨字画白绫帐子拿来，把这帐子也换了。"

我们注意形容薛宝钗房间的这些词："雪洞""土定瓶""供着""菊花""朴素""素净""忌讳"。这些用词是不是都很奇怪？是不是都让人想起灵堂呢？

贾母嫌薛宝钗的房间太素净，怕忌讳，因此让人为宝钗送几个家具来，又换了帐子。读者们乍一看一定觉得贾母好心，但是如果你仔细看看贾母送了什么，可能会觉得更加惊悚！

贾母首先送了个"墨烟冻石鼎"，"墨"是黑色的，又与"殁"谐音，"冻石"也是冰冷的。下一个送的是"水墨字画白绫帐子"。这下好了，薛宝钗本来的帐子是青色的，已经够素了，结果贾母竟然送了个更素的！"水墨字画"是黑色的，"白绫帐子"是白色的，加上之前黑色的"墨烟冻石鼎"，整个屋子岂不是变成黑白两色的了吗？！

贾母您老也太狠了！这是故意的吗？

一个雪洞的屋子，配上黑白两色的装饰，又供着菊花。这不是灵堂是什么？！

这让我忍不住想看看"蘅芜苑"这个名字是不是也有什么玄机。还好，除了"恨无缘"这个大家都知道的典故，似乎没有什么其他意思。不过，我注意到"蘅芜苑”上面的匾额，写的是“蘅芷清芬”。仔细一琢磨，又吓了一跳。难道这“蘅芷清芬”暗含的意思是“蘅芷清坟”？！

啊！还是别多想了……

六、白海棠诗的寓意

林黛玉还魂薛宝钗，在书中还有另外的暗示和铺垫吗？

我找到了林黛玉、薛宝钗和贾宝玉作的三首白海棠诗，发现诗里对还魂这个情节有着强烈的暗示。

《红楼梦》第三十七回，贾宝玉和众姐妹成立诗社，第一个题目就是咏白海棠。林黛玉、薛宝钗和贾宝玉各自做了一首：

【林黛玉　白海棠】半卷湘帘半掩门，碾冰为土玉为盆。偷来梨蕊三分白，借得梅花一缕魂。月窟仙人缝缟袂，秋闺怨女拭啼痕。娇羞默默同谁诉，倦倚西风夜已昏。

【薛宝钗　白海棠】珍重芳姿昼掩门，自携手瓮灌苔盆。胭脂洗出秋阶影，冰雪招来露砌魂。淡极始知花更艳，愁多焉得玉无痕。欲偿白帝宜清洁，不语婷婷日又昏。

【贾宝玉　白海棠】秋容浅淡映重门，七节攒成雪满盆。出浴太真冰作影，捧心西子玉为魂。晓风不散愁千点，宿雨还添泪一痕。独倚画栏如有意，清砧怨笛送黄昏。

首先，林黛玉用的是“借得梅花一缕魂”，暗示林黛玉的魂是借来的。向谁借的呢？当然是绛珠仙草。魂既然是借了，当然要还的。而且这里的梅花也大有深意。《牡丹亭》中的杜丽娘死后就是葬在梅花观的梅树下，后来也在此地还魂回生。所以林黛玉诗中的“借得梅花一缕魂”，就是预示林黛玉会像杜丽娘一样死后还魂。

其次，与林黛玉相对应，薛宝钗用的是“冰雪招来露砌魂”。“雪”谐音“薛”，即薛宝钗“招来”“魂”。也就是说，林黛玉死后，薛宝钗会招来绛珠仙草的魂魄！

最后，宝玉用的是“出浴太真冰作影，捧心西子玉为魂”。这两句暗示得更加清楚了。先看第一句“出浴太真”，指的是杨贵妃，而宝玉曾经把体态丰盈的薛宝钗比作杨贵妃的。这里的“冰”也是暗示“雪”（“薛”）。所以“出浴太真冰”指的就是薛宝钗，“作影“即成双，指婚姻。因此，这第一句的直白解释就是——薛宝钗是妻子。

再看第二句”捧心西子“，指的是西施。《红楼梦》中一直把体弱多病的林黛玉比作西施。这里”玉“也是指”黛玉“。所以”捧心西子玉“就是指林黛玉。因此，这第二句的直白解释就是——林黛玉是魂魄。

让我们把宝玉做的两句合起来，“出浴太真冰作影，捧心西子玉为魂”，它暗含的意思就是：“薛宝钗是妻子，而林黛玉是魂魄”——这就是贾宝玉将来面对的状况。林黛玉死后，贾宝玉和薛宝钗成婚，而薛宝钗的魂魄仍是绛珠仙草。贾宝玉一生最重要的两个女人其实是一个人——绛珠仙草，因为神瑛侍者命中注定的情缘只属于绛珠仙草。

七、金钗是还魂的象征

1.《牡丹亭》中的金钗

金钗在《牡丹亭》中是还魂的象征。杜丽娘还魂后与柳梦梅相会时，就有诗句：

> 金钗客寒夜来家，玉天仙人间下榻。
>
> ——《牡丹亭》第二十八出《幽媾》

这里的“金钗客”指的就是还魂后的杜丽娘。

在柳梦梅帮助杜丽娘回生后，“金钗”还被用作形容杜丽娘回生后的样子：

艳质久尘埋，又挣出这烟花界。你看他含笑插金钗，摆动那长裙带。翠黯香囊，泥渍金钗。

——《牡丹亭》第三十六出《婚走》

而《红楼梦》中的薛宝钗有一把“金锁”，名字上又有“钗”字，她与宝玉的婚姻被称为“金玉良姻”，她的判词也是“金簪雪里埋”。所以“金钗”二字最配薛宝钗。

既然绛珠仙草的形象借鉴了《牡丹亭》里的杜丽娘，而杜丽娘还魂、回生后的象征物品是金钗，这又说明林黛玉还魂的对象就是薛宝钗。

2.《长生殿》中的金钗

金钗除了在《牡丹亭》中是还魂的象征，在《长生殿》中也是定情、还魂、再续前缘的象征。《长生殿》讲的是唐明皇李隆基和贵妃杨玉环的生死之恋，金钗和钿盒不仅是李隆基和杨玉环的定情信物，也是杨玉环还魂后的精神寄托，更是帮助杨玉环和李隆基感动织女娘娘、再续前缘的重要道具。

这金钗、钿盒，是娘娘分付殉葬的。

——《长生殿》第二十五出《埋玉》

[哭介]怎忘得定情钗盒那根节。[出钗盒与贴看介]这金钗、钿盒，就是君王定情日所赐。妾被难之时，带在身边。携入蓬莱，朝夕佩玩，思量再续前缘。只不知可能够也?

——《长生殿》第四十七出《补恨》

收拾钗和盒，旧情缘，生生世世消前愿。

——《长生殿》第五十出《重圆》

3. 作为还魂草的金钗

金钗还是一个中药名，就是金钗石斛，而金钗石斛又被称作还魂草，据传有“起死回生”的功效。而且我们之前分析过，金钗石斛还是绛珠草的原型，这又暗示了还魂与宝钗的关系。

八、牡丹是还魂的标志

《牡丹亭》讲的是杜丽娘还魂的故事，而且杜丽娘就是在“牡丹亭内进还魂丹”而还魂的，因此牡丹本身就是还魂的标志。

在《红楼梦》第六十三回中，大家玩儿占花名的游戏，宝钗占到的就是牡丹。把宝钗安排成牡丹，又是在暗示宝钗与还魂的联系。

另外，林黛玉占花名时抽到芙蓉（指水芙蓉，即荷花）。《牡丹亭》也有提到芙蓉，而且是在杜丽娘回生后：

> 似倩女返魂到来，采芙蓉回生并载。
>
> ——《牡丹亭》第三十六出《婚走》

可见，薛宝钗、林黛玉的花名牡丹、芙蓉，都借鉴了《牡丹亭》中的典，而且都与还魂有关。

九、蘅芜暗示还魂

大家知道，薛宝钗住在“蘅芜苑”，薛宝钗的别号也是“蘅芜君”。而“蘅芜”本身就暗示还魂！

传说汉武帝梦见李夫人给他蘅芜香，醒来，香气经久不绝。后来，蘅芜被当作能召回死人魂魄的一种香料。《长生殿》中的道士杨通幽应召为杨玉环招魂，就提到要采蘅芜：

俺特地采蘅芜，踏穿阆苑，几度价寻怀梦摘遍琼田。显神奇，要将他残英再接相思树，施伎俩，管教他落花重放并头莲。

——《长生殿》第四十六出《觅魂》

后来李隆基因思念杨玉环而生病，在焦急中等待杨通幽的消息，又提到了烧蘅芜来招魂的方法：

相思透骨沉疴久，越添消瘦。蘅芜烧尽魂来否？望断仙音，一片晚云秋。

——《长生殿》第四十九出《得信》

曹雪芹选取有招魂功能的蘅芜作为薛宝钗的住址和别号，似乎也是暗示薛宝钗会招来绛珠仙草的魂。这与刚才分析的薛宝钗诗中“冰雪招来露砌魂”的寓意完全一致。

十、栊翠庵茶品梅花雪

第四十一回《栊翠庵茶品梅花雪 怡红院劫遇母蝗虫》中的文字也大有深意。这一回是说贾母带着刘姥姥和贾家人等到栊翠庵喝茶，而妙玉单独请宝钗和黛玉喝“体己茶”，宝玉也跟了过去：

黛玉因问：“这也是旧年的雨水？”妙玉冷笑道：“你这么个人，竟是大俗人，连水也尝不出来。这是五年前我在玄墓蟠香寺住着，收的梅花上的雪，共得了那一鬼脸青的花瓮一瓮，总舍不得吃，埋在地下，今年夏天才开了。我只吃过一回，这是第二回了。你怎么尝不出来？隔

红楼探玉

红楼探玉

年蠲的雨水那有这样轻浮，如何吃得。”黛玉知他天性怪僻，不好多话，亦不好多坐，吃过茶，便约着宝钗走了出来。

这段文字一向被认为是反映妙玉怪僻性格的，但其实字里行间都是玄机，主要目的还是为了暗示林黛玉还魂薛宝钗。

第一，故事发生在栊翠庵，而栊翠庵这个地点就是借鉴《牡丹亭》中的红梅观。《牡丹亭》中杜丽娘的祠堂就在红梅观，而栊翠庵也是道观、也有梅花；红梅观建在大花园中，而栊翠庵建在大观园旁边；红梅观由石道姑管理，而栊翠庵由妙玉管理。

第二，在栊翠庵妙玉谈“梅花上的雪”，让人不能不思考“梅花”的暗示。因为杜丽娘死后就埋在红梅观的梅树下，而且后来杜丽娘也在梅树下回生，杜丽娘魂游时，石道姑还曾把残梅比作魂魄（“身似残梅样，有水无根，尚作余香想”），所以梅花在红梅观这个场景里具有“还魂”的象征意义。那么，《红楼梦》在栊翠庵这回的文字里强调“梅花上的雪”，又说什么“埋在地下”，还有“鬼脸青”中的“鬼”字，其实都是围绕“还魂”这个概念的。而且“雪”字代表“薛宝钗”，所以“梅花上的雪”就是“还魂薛宝钗”的暗示。

第三，我们看看本回的回目——《栊翠庵茶品梅花雪 怡红院劫遇母蝗虫》。大家知道，回目中的“母蝗虫”是刘姥姥这个人物的比喻，因为她来到贾家连吃带拿，黛玉给了她起了这个绰号。在修辞上“栊翠庵”对“怡红院”，“茶品”对“劫遇”，而“梅花雪”之所以对得上“母蝗虫”，就是因为“梅花雪”在这里也有比喻的人物，那就是薛宝钗。

第四，茶本身是青色的、黛色的，所以茶暗指黛玉。而我们刚才分析了“梅花”代表“还魂”，“雪”代表“薛宝钗”。因此，如果把每个词都翻译一下，就会发现本回回目“栊翠庵茶品梅花雪”的意思竟是“栊翠庵林黛玉还魂薛宝钗”！

这个回目看来不仅暗示了黛玉还魂宝钗，而且似乎把还魂的地点都告诉大家了。栊翠庵作为还魂的地点非常合理，因为黛玉死后很可能就葬在栊翠庵，之后自然也会在这里还魂。这样的安排也很接近杜丽娘死后被安置在家附近的红梅观、并在此地还魂的细节，以及刘姥姥故事中茗玉小姐死后安置在祠堂、并在那里“成了精”的细节。

第五，妙玉说梅花上的雪来自“玄墓蟠香寺”。实际上，“玄墓蟠香寺”还是指向《牡丹亭》的红梅观。因为红梅观中有杜丽娘之墓，有梅花，而且在太湖边（杜丽娘的自画像就埋在太湖石下）。而现实中的玄墓，就在苏州城边的玄墓山，南临太湖，相传东晋的郁泰玄埋葬于此。玄墓山并没有蟠香寺，但是多植梅花，花开望之若雪，有“香雪海”之誉。

因此，玄墓山和《牡丹亭》的梅花观相比，不仅都有梅花，都在太湖边，还都有墓地。这如果不是借鉴也太巧了吧？！

既然“玄墓蟠香寺”是借鉴“杜丽娘墓红梅观”，那这个细节就又是在暗示“林黛玉墓栊翠庵”。“玄墓蟠香寺”的“梅花上的雪”合起来就是“林黛玉墓在栊翠庵，死后还魂薛宝钗”。

至于“蟠香寺”的“蟠香”，主要还是指梅树和梅花香，因为“蟠”有蟠枝的意思，即梅树的枝条像蟠螭一样。曹雪芹在第五十回宝玉“访妙玉乞红梅”时，就用过这个比喻：

> 一面说一面大家看梅花。原来这枝梅花只有二尺来高，旁有一横枝纵横而出，约有五六尺长，其间小枝分歧，或如蟠螭，或如僵蚓，或孤削如笔，或密聚如林，花吐胭脂，香欺兰蕙。

当然，“蟠香”还谐音“盘香”，与第二十二回薛宝钗的灯谜谜底“更香”（古时计时用的香）相近，也有暗示薛宝钗的意味。况且薛宝钗因服“冷香丸”身体发出异香，而冬雪里的“蟠香”不也是冷香么？再者，“蟠”也是薛蟠的名字，似乎又暗示薛宝钗。

第六、妙玉泡茶用的水是“收的梅花上的雪”，保存在“鬼脸青”的瓮里，最后用来泡“茶”。曹雪芹这里描述的融雪烹茶，灵感可能来自白居易的诗句——“融雪煎香茗”，“雪”代表薛宝钗，“茗”就是茶，代表林黛玉。

“雪”变成“茶”，寓意其实是还魂后的薛宝钗将成为第二个林黛玉。也就是说，拥有绛珠仙草魂魄的薛宝钗在各个方面将向林黛玉趋同。另外，“鬼脸青”的“鬼”似乎又在暗示还魂，而“青”也是黛色的，可能又是暗指黛玉。

曹雪芹在本回暗示宝钗和黛玉的趋同，时机刚刚好，因为下一回即第四十二回《蘅芜君兰言解疑癖》，讲的就是黛玉和宝钗的和解与趋同，也是脂砚斋提出“钗、玉名虽两个，人却一身”的一回。

第七，栊翠庵品茶这段文字后有脂砚斋的批语，“妙手。层层叠起，竟能以他人所画之天王作众神矣”。看了笔者不厌其烦的分析，大家应该可以理解这条批语的含义了。因为曹雪芹在这段文字里运用了《牡丹亭》中的“梅花观”“杜丽娘墓”“还魂”等元素，以及玄墓、融雪烹茶等文化背景，并将之巧妙融入《红楼梦》中，可谓是层层用典，所以脂砚斋才说“以他人所画之天王作众神”。

十一、为什么设计绛珠仙子还魂？

曹雪芹设计绛珠仙子还魂薛宝钗，当然有自己的理由。但是我们从汤显祖的《牡丹亭题记》中，也许可以对汤显祖设计还魂情节的原因管窥一二。汤显祖提出了以情抗理的“情至说”，说他是借生生死死的故事来写“情”。

> 情不知所起，一往而深。生者可以死，死可以生。生而不可与死，死而不可复生者，皆非情之至也。梦中之情，何必非真，天下岂少梦中之人耶？

情至深，可以超越生死。红楼梦中之情，何必非真？

林黛玉是为情而生的，为了报答神瑛侍者前世的灌溉之恩，绛珠仙子下凡人间，用一生的眼泪偿还。

林黛玉也是为情而死的，因为思念贾宝玉，因为执着于两人的爱情，她香消玉殒，英年早逝。

林黛玉又是为情而复生的，绛珠仙子虽然已经回到仙界，但仍放不下神瑛侍者，于是她要求重返人间，还魂薛宝钗，再续前缘，为了她的爱人，流尽最后一滴眼泪。

魂附薛宝钗的绛珠仙子并不知道自己是绛珠仙子，她不自觉地投入到这场红尘游戏当中。和当年的林黛玉一样，她深爱着贾宝玉。薛宝钗与贾宝玉的感情纠葛，将是林黛玉与贾宝玉爱情悲剧的延续。

《红楼梦》不是一场三角恋爱，从始至终一直是两个人的故事。一个花匠和一株小草的故事。一场感人肺腑的三世情缘。

笔者特赋五绝以记：

五绝 黛玉还魂

心焦待玉还，骨冷抱柴艰。

尚记茗中雪，梅香栊翠山。

金玉缘：

薛宝钗，一个完人的悲剧

如果说林黛玉的人生是一场悲剧，那么薛宝钗的人生可以说是悲剧中的悲剧。

薛宝钗几乎是一个完人。她大气、贤惠、孝顺、开朗、识大体、识时务、生活勤俭、知识渊博、才华横溢，却又谦虚守拙，是贾家上下最喜爱的人物。薛宝钗还拥有美丽的容颜、白皙的皮肤、脱俗的气质，是十二金钗中当仁不让的花魁。再加上家里是皇室的买办，富裕殷实，背景深厚。总结下来就是杨贵妃的颜值、富二代的家底、长孙皇后的贤德、李清照的文采。

这样的人一定是妥妥的人生赢家啊！怎么会悲剧了呢？

可惜，当我彻底破解出薛宝钗的结局真相以后，才发现她的结局似乎比林黛玉还要凄惨。甚至可以说，薛宝钗是《红楼梦》中最悲惨的人物。

一个完人的悲剧，才是最让人心痛的。

林黛玉不同，她本身就是个自由不羁的人，她说自己想说的，做自己想做的，不大顾忌别人的看法。她不满于这个社会的条条框框，甚至有点叛逆，有点愤世嫉俗。林黛玉明知自己处在礼教的环境，但仍然忠于自己内心的感情，爱自己想爱的人。在她弥留之际，我想她明白，她的心上人也是爱她的。她至少活得真实。

薛宝钗则不一样。她遵循规矩的约束，信奉现实的体制，很好地融入了社会环境。她帮助王夫人分忧，给她出谋划策；她帮助协理荣国府，审时度势，平衡关系；她劝诫宝玉上进读书，希望他担起责任。薛宝钗的内心有时也会躁动，也会向往自由，但她每每压抑住自己，因为她希望被这个社会所认可，希望成为别人眼中的完美女人。

但突然有一天，她的梦想被无情地打碎了。她突然发现，自己信奉的这套体系，反过来把她伤害。家族的崩塌、亲人的离世、物质的匮乏、疾病的困扰，把她逼向绝路。就连自己发誓一辈子坚守的婚姻、发誓一辈子侍奉的爱人，也弃她而去。她突然发现，她一生信奉的东西似乎是一场骗局。她曾经遵照一切规矩，做了自己所能做的一切，但最后怎么会落得如此下场？怎么会？

她好像都做对了，但一切都错了。

人的崩溃，莫过于信仰的崩溃。

一个完人的悲剧，才是这个社会更要深思的。

好罢，不要离题了。薛宝钗的结局真相到底如何呢？

一、绛珠草的轮回

绛珠仙子原是三生石畔的一株小草，有个花匠很爱惜它，每日用甘露浇灌，经年累月，它渐渐脱去草胎木质，修成个女体。但由于绛珠仙子尚未报答花匠的灌溉之德，心里郁结着一段缠绵不尽之意。

有一天，花匠想去人间造历幻缘，绛珠仙子就欣然跟随他下凡，打算用一生所有的眼泪还他，偿还前世的甘露之惠。

林黛玉降生人间，但她并不记得自己前世就是绛珠仙子。只是她一生下来就带着病，心中郁结着一段缠绵不尽之意，但不知为什么。父母给她请了多少名医修方配药，皆不见效。直到三岁那年，来了一个癞头和尚，说她的病一生也不能好的了。他说：“若要好时，除非从此以后总不许见哭声，除父母之外，凡有外姓亲友之人，一概不见，方可平安了此一世。”疯疯癫癫，说了这些不经之谈，也没人理他。

可是她很快就见到了一个外姓亲友，还为这个人哭了。

林黛玉七岁的时候，由于母亲病逝，父亲派人送她到京城贾府，与外祖母相聚。就在这里，她遇见了一个和她年纪相仿的男孩子。她总觉得这个人从前在哪里见过，但怎么也想不起来。原来这个人就是花匠转世来到人间的贾宝玉。

这个男孩子见到她就犯了痴病，因为她而摔玉。深夜里，她也因为他而流泪。这是她第一次为他流泪。她不知道，在之后的十个春秋里，她会不断地为他伤心流泪。

随后，她的父亲也离开人世，她从此被贾府收养。这个男孩子成了她唯一的朋友和精神依靠，他的身影在她心里挥之不去。两个人性情相投，却都有点叛逆。就这样，从青梅竹马，到私相传递、暗结盟誓，将心交给彼此。

但是，家族发生了地震，元妃去世，贾家被抄没，贾宝玉也牵连入狱，两人本来订好的木石良缘成为泡影。贾母死后，也无人为黛玉做主，她无依无靠，郁闷纠结，病情愈发加重。在中秋节的夜晚，她带着对宝玉的思念，题下绝笔，孤独地离开了人世。

林黛玉死后，魂魄飞升而去。八月十五，银汉无尘，冷月当空。她俯瞰人间，才发觉莫大红尘，不过是游戏一场。她回到太虚幻境，见到警幻仙姑，感叹人间经历，归位绛珠仙子。

虽然回到仙境，但绛珠仙子仍然忘不了人间事，心中仍然记挂着贾宝玉，千回百转情难灭。于是她找到警幻仙姑，希望回到人间，与宝玉再续前缘，哪怕被谪下仙班。

没想到警幻仙姑立即欣然应允，并说绛珠仙子的尘缘未满，一切早在意料之中。只是林黛玉肉身已坏，绛珠仙子需另附他人。于是，绛珠仙子再次下凡，魂附薛宝钗。

薛宝钗刚生下来的时候，就得了一种无名之症，请了多少大夫都不见效。所幸来了一个秃头和尚，说这病是从胎里带来的一股热毒，于是开了冷香丸的药方，病情才被压制住。薛宝钗不知道自己是绛珠仙子，更不知道这病原是绛珠仙子前世心中郁结的那股缠绵不尽之意，恰逢凡心炽热、孽火齐攻所致。

薛宝钗住在蘅芜苑，这是因为她前世是一株小草，所以她的家被草所环绕。薛宝钗还曾经收到元妃送的红麝珠串，她在宝玉的面前含羞将它遮掩，但她不知道这是因为自己是个隐藏的绛珠。薛宝钗一直暗暗地留意贾宝玉，但她总是压抑着内心的感情，因为她知道，自己的终身大事由不得自己来定。

直到有一天，她的好友林黛玉去世了，她取代了她，嫁给了贾宝玉。她的感情完全投入在了宝玉的身上，但是，他还在想着林黛玉，她并没有得到他的心。薛宝钗从来是个坚强的人，但她现在无法抑制自己的眼泪。没有了冷香丸的压制，感情似乎决堤一般，她笑话自己像极了曾经的林妹妹。

她当然会像林妹妹，因为这时的她，已经成为绛珠仙子了。

二、薛宝钗和杨贵妃

有读者可能会问，绛珠仙子还魂薛宝钗，一定要先返回仙界再重新下凡吗？她的魂魄会不会是一直在人间游荡，之后还魂薛宝钗呢？

有可能。但先回仙界的可能性更大些。

之所以这么说，请大家看看薛宝钗的原型——杨贵妃。

薛宝钗脸若银盆、眼如水杏、体态丰腴，贾宝玉曾经直接把她比作杨贵妃。

> 宝玉听说，自己由不得脸上没意思，只得又搭讪笑道：“怪不得他们拿姐姐比杨妃，原来也体丰怯热。”宝钗听说，不由的大怒，待要怎样，又不好怎样。回思了一回，脸红起来，便冷笑了两声，说道：“我倒像杨妃，只是没一个好哥哥好兄弟可以作得杨国忠的！”

红楼探玉

——《红楼梦》第三十回

第二十七回，薛宝钗在滴翠亭扑蝴蝶玩耍，这回的回目就是《滴翠亭杨妃戏彩蝶 埋香冢飞燕泣残红》。可见，把薛宝钗比作杨贵妃，是曹雪芹老师首肯的。

> 想毕，抽身要寻别的姊妹去，忽见前面一双玉色蝴蝶，大如团扇，一上一下的迎风翩跹，十分有趣。宝钗意欲扑了来顽耍，遂向袖中取出扇子来，向草地下来扑。只见那一双蝴蝶忽起忽落，来来往往，穿花度柳，将欲过河。倒引的宝钗蹑手蹑脚的，一直跟到池中的滴翠亭，香汗淋漓，娇喘细细，也无心扑了。
>
> ——《红楼梦》第二十七回

那么，薛宝钗和杨贵妃有哪些相似点呢？难道就是因为她们一样胖吗？不可能。曹老师没有这么肤浅。

我看了看洪昇的《长生殿》，发现薛宝钗和杨贵妃还有一个重要的相似点，那就是还魂。

事实上，《长生殿》一共五十出，杨贵妃到第二十五出就死了。之后的二十五出都是围绕着她的还魂以及还魂、升仙后对唐明皇的思念。

第二十五出，马嵬驿之变，叛军兵变，要求唐明皇处死杨贵妃，唐明皇不得已只好忍痛赐死杨贵妃。

> （杨贵妃说：）“高力士，我还有一言。这金钗一对、钿盒一枚，是圣上定情所赐。你可将来与我殉葬，万万不可遗忘。”

请注意，杨贵妃带去殉葬的物品，是唐明皇送给她的金钗钿盒。薛宝钗的

“钗”字也很可能是用了杨贵妃的“金钗”这个典。顺便提一句，“钗”与“盒”在《长生殿》里本就有“拆”与“合”的寓意。用“钗”字形容薛宝钗也暗含了她未来的婚姻不幸。

杨贵妃死后，其魂魄在坡前徘徊不去，被路过的神仙织女看到。织女记得杨贵妃和唐明皇曾在七夕节乞巧，誓愿世为夫妇。织女发现杨贵妃原是蓬莱仙子，曾经因为小过失而谪落凡尘，又见她的鬼魂日夜痛悔前非，祈求罪业消除，于是保奏天庭，令她复归仙位。

然而，虽然回到蓬莱、归位仙班，杨玉环仍然忘不了唐明皇，忘不了二人曾经的誓言，于是向织女请求下凡再续前缘。

> （杨玉环哭诉道：）怎忘得定情钗盒那根节。这金钗、钿盒，就是君王定情日所赐。妾被难之时，带在身边。携入蓬莱，朝夕佩玩，思量再续前缘。只不知可能够也？……娘娘在上，倘得情丝再续，情愿谪下仙班。双飞若注鸳鸯牒，三生旧好缘重结。又何惜人间再受罚折！
>
> ——《长生殿》第四十七出

结果，织女答应了杨贵妃的请求，但她并没有杨贵妃送回人间，而是把唐明皇接到蓬莱，让二人在仙界团聚。

> （织女说：）方才见道士杨通幽，说你遇难之后，唐帝痛念不衰，特令通幽升天入地，各处寻觅芳魂。我念他如此钟情，已指引通幽到蓬莱山了。还怕你不无遗憾，故此召问。今知两下真情，合是一对。我当上奏天庭，使你两人世居忉利天中，永远成双，以补从前离别之恨。
>
> ——《长生殿》第四十七出

既然《长生殿》是《红楼梦》的四大素材库之一，杨贵妃又是薛宝钗的原型之一，那么薛宝钗将来出现类似的情节也很有可能。因此，林黛玉死后很可能先是返回仙境归位绛珠仙子，而当绛珠仙子的魂魄回归仙界之后，她很可能因为记挂神瑛侍者，而向警幻仙姑要求再返人间，与贾宝玉再续前缘。

同样，在《牡丹亭》里也有类似的情节。杜丽娘因思念柳梦梅死后，来到阴间，见到胡判官。胡判官说杜丽娘尘缘未满，因此放她回到人间，这才有了之后杜丽娘的还魂回生的故事。

因此，《红楼梦》在还魂这个情节上很可能会延袭《长生殿》和《牡丹亭》的处理方式。

三、金玉良缘

1. 宝钗之妻、麝月之婢

在林黛玉去世后，绛珠仙子还魂薛宝钗。薛宝钗嫁给了贾宝玉，金玉姻缘真的实现了。

脂砚斋在第二十一回的批语中就透露了宝钗和宝玉的婚姻：

> 此意却好，但袭卿辈不应如此弃也。宝玉之情，今古无人可比，固矣。然宝玉有情极之毒，亦世人莫忍为者，看至后半部则洞明矣。此是宝玉第三大病也。宝玉有此世人莫忍为之毒，故后文方有“悬崖撒手”一回。若他人得宝钗之妻、麝月之婢，岂能弃而为僧哉？此宝玉一生偏僻处。

这里脂砚斋明确说，宝玉将来会娶宝钗作妻子。

2. 茜香罗和红麝串

脂砚斋在第二十八回《蒋玉菡情赠茜香罗 薛宝钗羞笼红麝串》中，也间接提到了宝玉、宝钗将来会在一起：

茜香罗、红麝串写于一回，盖琪官虽系优人，后回与袭人供奉玉兄宝卿得同终始者，非泛泛之文也。

“与袭人供奉玉兄宝卿”，是说蒋玉菡（即琪官）将和花袭人结婚，两人会在贾家薛家落败后，在经济上照顾宝玉和宝钗两口子。

在第二十八回中，茜香罗起了连接蒋玉菡和袭人的作用，预示了两人的婚姻；而红麝串起了连接贾宝玉和薛宝钗的作用，也预示了两人未来的婚姻。

茜香罗是一条大红汗巾，本是蒋玉菡送给贾宝玉的礼物。宝玉为了还礼，情急中就把袭人给他的一条松花汗巾送给了蒋玉菡。结果回到家中袭人发现自己送宝玉的松花汗巾不见了，就有些生气。宝玉为了赔不是，趁袭人睡觉，就把茜香罗系在了袭人的腰上。所以结果是，蒋玉菡的茜香罗系在了袭人身上，而袭人的松花汗巾系在了蒋玉菡的身上。

茜香罗和松花汗巾的交换，预示了蒋玉菡和袭人的结合。而且，茜香罗是红色的，松花汗巾是绿色的，红绿汗巾交换又合红绿牵巾的俗语（又称拴线、牵红，是古代婚礼上新郎新娘之间拴的红线或绿线，表示千里姻缘一线牵），代表婚姻。

红麝串是红色的、具有麝香味道的手串，又称红麝珠串。元春在省亲后，送给贾家人等若干礼物，只有宝玉和宝钗得到的礼物相同，而且都有这个红麝珠串。红麝珠串除了象征薛宝钗也是绛珠仙子，还暗示了贾宝玉和薛宝钗的婚姻。这是因为薛宝钗的红麝珠串最后留下给了贾宝玉。很多人可能没有注意这个小细节：

宝钗见他怔了，自己倒不好意思的，丢下串子，回身才要走，只见黛玉蹬着门槛子，嘴里咬着手帕子笑呢。

这种以物传情的写法，在《红楼梦》中多次运用。除了刚才说的蒋玉菡和袭人互换的汗巾、薛宝钗给贾宝玉的红麝珠串，还有小红和贾芸互换的手帕、柳湘莲送给尤三姐作订婚信物的宝剑、贾宝玉私相传递旧手帕给林黛玉等，都暗伏着男女之间的情感关系。

3. 金玉良缘是薛姨妈的骗局吗？

很多人认为，金玉良缘是薛姨妈编造的谎言，薛姨妈希望把薛宝钗嫁给贾宝玉，就特意打造了一把金锁，来配贾宝玉的通灵宝玉，还在金锁上刻了文字“不离不弃，芳龄永继”，就是为了配通灵宝玉上的文字“莫失莫忘，仙寿恒昌”，还故意让莺儿说这文字是“癞头和尚”送的，“说必须錾在金器上”。薛姨妈之所以费尽心机这么做，就是要营造出一种金玉良缘的气氛，促成二宝的婚姻。

金玉良缘真的是薛姨妈的骗局吗？

我看未必。

> 宝钗因往日母亲对王夫人等曾提过“金是个和尚给的，等日后有玉的方可结为婚姻”等语，所以总远着宝玉。昨日见了元春所赐的东西，独他与宝玉一样，心里越发没意思起来。
>
> ——《红楼梦》第二十八回

> 宝玉看了，也念两遍，又念自己的两遍，因笑问：“姐姐这八个字倒真与我的是一对。”莺儿笑道：“是个癞头和尚送的，他说必须錾在金器上……”宝钗不待说完，便嗔他不去倒茶，一面又问宝玉从那里来。
>
> ——《红楼梦》第八回

薛宝钗如果是绛珠仙子的化身，那她与贾宝玉的金玉姻缘就是命中注定的必然结局。那么，金锁和通灵宝玉相配、金锁上的文字和通灵宝玉上的文字相配，就是合情合理的。这只是癞头和尚向宝钗做出的命运暗示。

而且从细节上分析，说金锁是伪造的、金锁上文字也是伪造的，似乎站不住脚。

伪造文字确实容易，因为作为贾家亲家的薛姨妈，应该看过通灵宝玉上的文字。所以，打造一个金锁，再在上面刻上对仗的文字，并不是什么难事。

但问题是，编出“癞头和尚”这四个字，几乎是不可能的。为什么这么说呢？因为贾家自己人都不知道癞头和尚和通灵宝玉的关系！薛姨妈和莺儿又是从哪里听说这癞头和尚的呢？

我们作为读者看通灵宝玉的来历，当然知道它原是大荒山的一块顽石，这块石头由于思凡心切，就央求癞头和尚和跛足道人，把它带到人间见识荣耀繁华，癞头和尚就同意了，把它变成一块小玉石，夹带到人间。所以贾宝玉降生时嘴里含着的玉，就是通灵宝玉了。

> “只听道人问道：“你携了这蠢物，意欲何往？”那僧笑道：“你放心，如今现有一段风流公案正该了结，这一干风流冤家，尚未投胎入世。趁此机会，就将此蠢物夹带于中，使他去经历经历。”那道人道：“原来近日风流冤孽又将造劫历世去不成？但不知落于何方何处？”
>
> ——《红楼梦》第一回

> 子兴叹道：“……这政老爹的夫人王氏，头胎生的公子，名唤贾珠，十四岁进学，不到二十岁就娶了妻生了子，一病死了。第二胎生了一位小姐，生在大年初一，这就奇了；不想次年又生了一位公子，说来更奇：一落胎胞，嘴里便衔下一块五彩晶莹的玉来，上面还有许多字迹，就取名叫作宝玉。你道是新奇异事不是？”
>
> ——《红楼梦》第二回

事情虽然是这么发生的，但是自始至终，贾家人并不知道有癞头和尚的存在，并不知道这通灵宝玉和癞头和尚有什么关系。因为玉是贾宝玉生来嘴里就含着的，不是癞头和尚上门送来的！

然而，薛姨妈说“金是个和尚给的”，莺儿说金锁上的文字“是个癞头和尚送的”。如果根本没有这回事，莺儿怎么可能编对“癞头和尚”呢？这个人恰好是那个把通灵宝玉带到人间的和尚，但贾家上下并不知情！

因此，更合理的解释是，这金锁就是癞头和尚送给宝钗的，“不离不弃，芳龄永继”四个字也是他送的，让她父母“錾在金器上”，同时告诉说“等日后有玉的方可结为婚姻”。癞头和尚这么做，是因为他知道薛宝钗也是绛珠仙子，知道她会与宝玉结成金玉良缘，所以就送了她这金锁和八个字，预示她的命运。

金玉良缘并不是骗局，而是前世命定的姻缘。

顺便说一下，这金锁可能也和石头一样，本来是在仙界的物件，但待得无聊，所以就托癞头和尚带到人间造历。只是书中不表而已。

四、薛家之败与薛蟠之死

林黛玉死后，薛宝钗虽然与贾宝玉结成连理，实现了金玉良缘，但是他们的生活变得异常艰难。这不仅因为贾家的败落，还因为薛家的覆灭。

薛家是《红楼梦》中的四大家族之一，主要人物是寡妇薛姨妈，以及儿子薛蟠、女儿薛宝钗。

早在第四回，书中叙述薛蟠为了抢夺香菱，打死了小乡宦之子冯渊。贾雨村本来想捉拿薛蟠，但门子向贾雨村展示了护官符，说薛家得罪不起。这张护官符中就介绍了贾、史、薛、王四大家族：

贾不假，白玉为堂金作马。

阿房宫，三百里，住不下金陵一个史。

丰年好大雪，珍珠如土金如铁。

东海缺少白玉床，龙王来请金陵王。

这里的“丰年好大雪”的“雪”字，就是指薛家。

根据门子说，“这四家皆连络有亲，一损皆损，一荣皆荣，扶持遮饰，皆有照应的。”此话不假。例如贾政之妻王夫人就是王家的。薛宝钗的母亲薛姨妈其实也姓王，是王夫人的妹妹。贾家和薛家、王家、史家（贾母就是史家的）都是沾亲带故的，因此是“一损皆损，一荣皆荣”。

所以在贾家没落、被抄家以后，我们可以想象得到，四大家族将全部受牵连而衰落。在失去保护伞后，贾家的政治对手（如忠顺王）势必将会抓住四大家族过往的罪行，翻出来全部重新审理，一一定罪，一网打尽。

薛家绝对也不会幸免。况且，薛蟠打死冯渊的案件本来就是一个定时炸弹。你家有势力的时候没人敢把你怎么样，但你现在已经失势了，没有特权了，杀人总要偿命吧？

对于贾家的敌人、权势极大的忠顺王来说，找到冯渊的家人，重新录个口供，再改判一下，简直易如反掌。

那么，薛蟠的下场是什么呢？第五回中的红楼梦曲最后一支《飞鸟各投林》其实已经做了预示：

> 为官的，家业凋零；富贵的，金银散尽。有恩的，死里逃生；无情的，分明报应。欠命的，命已还；欠泪的，泪已尽。冤冤相报岂非轻，分离聚合皆前定。欲知命短问前生，老来富贵也真侥幸。看破的，遁入空门；痴迷的，枉送了性命。好一似食尽鸟投林，落了片白茫茫大地真干净！

所谓“欠命的，命已还”，就是说那些害了别人性命的，最终也会偿命。那么，《红楼梦》中谁害了别人性命呢？最明显的就是薛蟠。也就是说，薛蟠将来很可能要为此偿命。

红楼探玉

红楼探玉

薛蟠之死，在茗玉小姐的穿着中也能窥见一斑。我们在前文中讨论过，刘姥姥故事中的茗玉小姐，应该就是映射未来的薛宝钗。那么，茗玉小姐的形象如何呢？

> “只听外头柴草响。我想着必定是有人偷柴草来了……原来是一个十七八岁的极标致的一个小姑娘，梳着溜油光的头，穿着大红袄儿，白绫裙子——”

首先，还魂后的茗玉小姐“穿着大红袄儿”，大红袄儿是婚事的象征。这正好与日后薛宝钗和贾宝玉的婚事相吻合。

其次，茗玉小姐穿着“白绫裙子”。白绫裙子是白事的象征。这正好与日后薛蟠过世时，薛宝钗身穿孝服的状况相吻合。

薛蟠死了，家里仅剩的男人死了，加上家族的衰落，薛姨妈很可能也支持不了太久了。这白事也有可能是为哥哥和母亲一同办的。

也就是说，在四大家族陨灭之后，薛宝钗很可能会变得无亲无故，恰似当年的林黛玉。她的处境将非常艰难。

我们从“（琪官）与袭人供奉玉兄宝卿”这点也可以看出，四大家族衰落后，薛宝钗和贾宝玉的生活需要靠外人援助，这也从侧面说明薛家亲戚已经无人接济宝钗。

我们可以想象，大家闺秀薛宝钗从小锦衣玉食，但由于家族衰败，现在沦落为一介贫民，生活拮据，还要靠外人施舍。这种落差是很难承受的，但是薛宝钗并没有怨言，因为她懂得出嫁从夫、夫唱妇随的道理，只要能和宝玉相守，再贫穷、再艰难的日子她也能熬过去。但是，她没有想到……

五、独守空闺

内心已是绛珠仙子的薛宝钗，当然会一心一意对待贾宝玉，把所有的感情投入到这个前世的恩人身上。薛宝钗的爱和林黛玉的爱一样真挚而热烈。尤其当他已经成为她丈夫的时候，她不再有任何顾忌，她愿意和他长相厮守、白头到老。

然而造化弄人，事与愿违。贾宝玉并不知道自己前世是神瑛侍者，更不知道他每日面对的发妻就是绛珠仙子。贾宝玉依然惦念他的林妹妹，心里完全容不下另一个人。于是，贾宝玉选择离家出走，将薛宝钗抛弃。

1. 弃而为僧

脂砚斋在第二十一回的批语有："若他人得宝钗之妻、麝月之婢，岂能弃而为僧哉？"也就是说，贾宝玉虽然娶了宝钗作妻子，又有麝月作婢女，但最终舍弃她们而出家为僧了。

宝玉出家的原因，是他始终忘不了林黛玉。红楼梦曲第二支《终身误》就把宝玉婚后的心情描绘得淋漓尽致：

> 都道是金玉良姻，俺只念木石前盟。空对着、山中高士晶莹雪，终不忘、世外仙姝寂寞林。叹人间，美中不足今方信。纵然是齐眉举案，到底意难平。

人们都说金玉良姻，但我只记着木石前盟。每天对着薛宝钗，但始终忘不了林黛玉。今天才明白，人间的事情总是美中不足。虽然薛宝钗每日悉心照顾，奉行妻子的职责，但是心情仍然难以平复，总是无法停止思念林黛玉。

暗示贾宝玉出家为僧的，还有宝钗自己作的灯谜诗：

> 镂檀锲梓一层层，岂系良工堆砌成？ 虽是半天风雨过，何曾闻得梵铃声？

宝钗的灯谜诗，前两句也许是说她为人精细，八面玲珑，不留痕迹。后两句应是借用《唐明皇秋夜梧桐雨》的意境，讲述的是杨贵妃死后，唐明皇对杨贵妃刻骨铭心的思念。在这里预示着贾宝玉和薛宝钗分离后，薛宝钗对贾宝玉的思念。而最后一句的“梵铃声”，应是贾宝玉出家的象征。

2. 雨打梨花深闭门

贾宝玉出家以后，薛宝钗就陷入了守空闺、守活寡的状态。

第二十八回，贾宝玉和薛蟠、蒋玉菡等人吃酒行令，贾宝玉行的令就预示了自己妻子将来的命运：

> 女儿悲，青春已大守空闺。女儿愁，悔教夫婿觅封侯。

“青春已大守空闺“，就是薛宝钗日后生活的写照。

在这个酒令的最后，贾宝玉还“拈起一片梨”，并引了一句诗：“雨打梨花深闭门”。这个“梨”字，实际就是“离”，暗示宝玉和宝钗婚后的分离。

另外，酒令的下半句“悔教夫婿觅封侯”，很可能是贾宝玉离家出走的另一个原因。薛宝钗一向是希望贾宝玉参与科考、谋取个官职，但贾宝玉根本看不起所谓经济学问，甚至鄙视那些追求功名利禄的人。一个是务实主义，一个是理想主义。这是薛宝钗和贾宝玉思想上的根本分歧。

在第二十一回，脂砚斋曾在批语里透露了八十回后其中一回的回目——“薛宝钗借词含讽谏，王熙凤知命强英雄”。从“薛宝钗借词含讽谏”看，薛宝钗在婚后一定劝诫过贾宝玉，八成就是劝他上进读书、考取功名。而这很可能是触发贾宝玉离家出走的导火索。

3.“织女牛郎会七夕”到“二郎游五岳”

薛姨妈在第四十回说的牙牌令，也透露了薛宝钗的结局：

鸳鸯道："当中'二五'是杂七。"薛姨妈道："织女牛郎会七夕。"鸳鸯道："凑成'二郎游五岳'。"

"织女牛郎会七夕"是男女相会的场景，预示着二宝的婚姻。但是织女牛郎的团聚是短暂的，暗示二宝的婚姻可能也不会长久。

"二郎游五岳"，则是对贾宝玉离家出走的暗示。二郎，是排名第二的兄弟，而宝玉正好是排名老二的宝二爷。游五岳，是游走江湖的意思，也与出家为僧的情节相似。

六、贫病交加

薛宝钗独守空闺，一直等不到贾宝玉回来，心理备受煎熬。同时折磨她的，还有贫穷和疾病，这让她的生活雪上加霜。

首先说贫。薛家本来是皇商买办，家里十分阔绰。但是在贾家败落、被抄家后，四大家族一损俱损，薛家也势必被抄没，家产肯定是荡然无存。否则，宝钗和宝玉也不至于由一个戏子琪官来"供养"。

其次说病。薛宝钗的病和贫有关系。我们知道林黛玉有病，但其实薛宝钗自幼也有病，这个病叫做"热毒症"，发作起来和林黛玉一样会"喘嗽"。还好，薛宝钗幼年时有秃头和尚来到家里，为宝钗配了"冷香丸"。薛宝钗从此一直服用冷香丸，热毒症才得以被压制。

然而，这个冷香丸是极难调制的：

"要春天开的白牡丹花蕊十二两，夏天开的白荷花蕊十二两，秋天的白芙蓉蕊十二两，冬天的白梅花蕊十二两。将这四样花蕊，于次年春分这日晒干，和在药末子一处，一齐研好。又要雨水这日的雨水十二钱”……“白露这日的露水十二钱，霜降这日的霜十二钱，小雪这日的雪十二钱。把这四样水调匀，和了药，再加十二钱蜂蜜，十二钱白糖，丸了龙眼大的丸子，盛在旧磁坛内，埋在花根底下。若发了病时，拿出来吃一丸，用十二分黄柏煎汤送下。”

薛家本来当然有人力、物力去搞这琐碎的药。但是在四大家族败落后，薛家连生计都成问题，是无论如何再也做不出这冷香丸的了。这时，薛宝钗的热毒症一定会发作，然而无药可医，她的喘嗽病将日益严重。

而且，对宝玉的思念会加重宝钗的病。我们知道，薛宝钗最初是非常淡定的，总给人一种无情冷艳的感觉，其中一个主要原因是她长期服用冷香丸，压制了内心的炽热。其实，从宝钗捕蝶、宝钗为宝玉做针线等细节看，宝钗的内心也是向往浪漫和爱情的，她对宝玉的感情也是非常真挚的。可能只是因为冷香丸，她才变得如此高冷。

但是，当宝钗不再服用冷香丸以后，她高冷的外在会慢慢消退，内心的热度则会增强。这时的薛宝钗应该会更敏感、更感性，她对宝玉的思念之情也会越来越强。

薛宝钗对贾宝玉的思念，有薛宝钗自己的诗为证：

朝罢谁携两袖烟，琴边衾里总无缘。
晓筹不用鸡人报，五夜无烦侍女添。
焦首朝朝还暮暮，煎心日日复年年。
光阴荏苒须当惜，风雨阴晴任变迁。

这是第二十二回大家猜灯谜时宝钗出的灯谜，谜底应该是更香，即古时用来计时的香。其中“焦首朝朝还暮暮，煎心日日复年年”，正是更香的贴切形容。

同时，这首诗也映射了宝钗将来思念宝玉的情景——如更香一样，焦首、煎心的等待，日复一日，年复一年。

薛宝钗是一个谨守妇道的女子，尽管她才华横溢，知识渊博，但她宁愿选择恭敬守拙，以符合当时社会的女子之德。婚前的薛宝钗虽然对贾宝玉也有怜爱之意，但她往往压抑自己内心的情感，不让自己越雷池一步。

然而在婚后，薛宝钗一定会全心全意地去尽一个妻子的本分。她“举案齐眉”，料理好家事，侍候好自己的丈夫；她能够忍受贫穷，对贾宝玉不离不弃；她“借词含讽谏”，劝贾宝玉上进读书、希望他能担起一家之主的责任。可以说，薛宝钗做到了当时社会给完美女人的定义，她已经尽力了。

令人痛心的是，尽管宝钗做到了一切，但宝玉还是走了。她深深地爱着他，但他的心里却装着别人。

七、宝钗与黛玉趋同

在前八十回中黛玉更爱流泪，比宝钗悲观，一个很重要的原因是黛玉自幼父母双亡，寄居在他乡他人屋檐下。但是在薛蟠死后，薛姨妈受到家破子丧的双重打击，估计也无法支撑很久。那么，此时的薛宝钗将处在林黛玉曾经处于的孤苦伶仃的境地。

所以说，此时的薛宝钗无论从家庭上（父母双亡、无亲无故）、身体上（受热毒症和喘嗽困扰）、经济上（家族败落、寄人篱下），都会向从前的林黛玉趋同。

关于薛宝钗向林黛玉的趋同，绝不是笔者的凭空想象。脂砚斋也曾说过类似的话——“钗、玉名虽二个，人却一身，此幻笔也。今书至三十八回时，已过三分之一有馀，故写是回，使二人合而为一。请看黛玉逝后宝钗之文字，便知余言不谬矣。”

脂砚斋的意思是：林黛玉和薛宝钗本是一身，两人最终将趋同，请看黛玉死后描写宝钗的文字，就知道我说的没错了。

除了这些客观因素的趋同，薛宝钗在性格上也很可能会向林黛玉趋同。没有冷香丸是一个原因，另一个原因是，这时的薛宝钗已经成为贾宝玉的妻子，感情已经很难割舍。

黛玉曾经爱流泪，很大程度是因为与宝玉的感情纠葛。宝钗在前八十回和宝玉的关系不如黛玉亲密，但是八十回之后，宝钗将成为宝玉的妻子，她对宝玉的感情将从若即若离，变成全心投入。

在这种情况下，当宝玉离家出走、“悬崖撒手”的时候，宝钗将陷于无亲无故、无依无靠、贫病交加、郁郁思念的状态，比当年黛玉的处境更加艰难。

这时的薛宝钗很难抑制住自己的泪水。对，她现在已是绛珠仙草，她的眼泪滴下，还给了神瑛侍者。

事实上，薛宝钗在前八十回唯一的一次流泪就是因为贾宝玉。当时宝玉挨了打，宝钗责怪薛蟠，结果薛蟠扯上金玉良缘，说话造次，这让宝钗“整哭了一夜”：

> “好妹妹，你不用和我闹，我早知道你的心了。从先妈和我说，你这金要拣有玉的才可正配，你留了心，见宝玉有那劳什骨子，你自然如今行动护着他。”话未说了，把个宝钗气怔了，拉着薛姨妈哭道：“妈妈你听，哥哥说的是什么话！”薛蟠见妹妹哭了，便知自己冒撞了，便赌气走到自己房里安歇不提。这里薛姨妈气的乱战，一面又劝宝钗道：“你素日知那孽障说话没道理，明儿我叫他给你陪不是。”宝钗满心委屈气忿，待要怎样，又怕他母亲不安，少不得含泪别了母亲，各自回来，到房里整哭了一夜。

宝钗这次不仅是哭，而且还“整哭了一夜”，而这一切都是为了宝玉。可以想见，在黛玉去世后，宝钗绛珠仙草的特质将完全显现，“还泪”之旅还将继续。

《枉凝眉》的最后一句是：“想眼中能有多少泪珠儿，怎经得秋流到冬尽，春流到夏！”看到这里，相信读者朋友们能够明白，这句形容的不仅是林黛玉，也是薛宝钗。

这段情节真的有些虐心。绛珠仙子明明已经还魂、化身为薛宝钗了，但是神瑛侍者贾宝玉仍然忘不了从前的林黛玉，因此离家出走，削发为僧。殊不知在家里苦苦等待他的就是绛珠仙子。从前是林黛玉思念贾宝玉而流泪，现在是薛宝钗思念贾宝玉而流泪，一前一后，阴错阳差，两段悲剧。两段悲剧实际上是一段悲剧，因为绛珠仙子在前世亏欠神瑛侍者的灌溉之情，还泪是命定的人生历程。

八、薛宝钗的结局真相——金簪雪里埋

对于薛宝钗的最后结局，各种说法满天飞，有的说是薛宝钗冻死了，有的说薛宝钗孤独终老，有的说是薛宝钗后来回薛家了，也有的说薛宝钗嫁给了贾雨村，甚至还有的说薛宝钗给贾宝玉生了个宝宝，等等。

薛宝钗给贾宝玉生了孩子这个观点，没有任何依据，不值得一驳。我们这里就先简单谈谈薛宝钗回薛家、以及薛宝钗嫁给贾雨村这两个观点吧。

1. 论宝钗回薛家之荒谬

薛宝钗的最后结局，是“金簪雪里埋”，这出自林黛玉和薛宝钗共用的判词：

> 可叹停机德，堪怜咏絮才，玉带林中挂，金簪雪里埋。

有学者认为，“金簪雪里埋”预示着薛宝钗回薛家，因为“金簪”指薛宝钗，而“雪里”指薛家。

但是这位学者一定没有注意，在“金簪雪里埋”这句后面，脂砚斋有明确的批语——“寓意深远，皆非生其地之意”。也就是说，薛宝钗死在了异乡，而非薛家故乡。因此薛宝钗不可能死在薛家。

2. 论宝钗嫁雨村之荒谬

薛宝钗作为绛珠仙子，来到人间的唯一目的就是还泪给神瑛侍者的化身贾宝玉。因此薛宝钗嫁给贾雨村的话，完全背离了故事的初衷，是绝对不可能的。

认为薛宝钗嫁给贾雨村的学者其实只有一条论据，那就是第一回中贾雨村所做的一副对联："玉在匵中求善价，钗于奁内待时飞"。此句的表面意思是，玉在柜子里等待买家把它买走，燕形钗在镜匣子里等待时机飞起。这副对联体现了穷书生贾雨村当年的抱负。而且"时飞"两字正好也是贾雨村的字。

这类学者看到"钗""待时飞"，就认为这是形容薛宝钗在等待贾雨村，实在是太穿凿了。薛宝钗是"山中高士晶莹雪"，是何等洁身自好，怎么可能去等待贾雨村这样的奸臣贼子？平儿就曾经形容贾雨村是"半路途中那里来的饿不死的野杂种！认了不到十年，生了多少事出来"。贾雨村不仅贪赃枉法，而且最终会恩将仇报，帮助忠顺王整垮贾家，他是四大家族的仇人。薛宝钗作为薛家的女子，怎么可能等待这个仇人呢？

就算有种可能是薛宝钗被逼无奈嫁给了贾雨村，但即使如此，曹雪芹也不会在诗里用"待时飞"的"待"字。

认为薛宝钗等待贾雨村的人，是只见树木不见森林，对《红楼梦》整个体系缺乏了解。

"钗于奁内待时飞"中的钗，确实是指宝钗，但这句话并不是指薛宝钗在等待贾雨村，而是另有深意。在这一点上，笔者的观点有别于以往红学界的所有观点。

笔者认为，"玉在匵中求善价，钗于奁内待时飞"，形容的是宝玉、黛玉和宝钗即将出生。玉在柜子中等待被买走，钗在镜匣里等待飞出来，都是人在母腹中的绝佳比喻！

由于绛珠仙子（黛玉和宝钗）是跟着神瑛侍者（宝玉）下凡的，因此宝玉、黛玉和宝钗的出生时间相距也不可能太长。"玉在匵中求善价，钗于奁内待时飞"就是形容他们都快要投胎入世了。

除了这两句是很形象的比喻以外，还有一个重要佐证，就是贾雨村做这副对联的时点，恰好是甄士隐梦见一僧一道的当天！而在甄士隐的梦里，一僧一道明确告诉甄士隐，他们正在路上，要把石头夹带到人间，与神瑛侍者和绛珠仙子一同经历人间：

> 只听道人问道："你携了这蠢物，意欲何往？"那僧笑道："你放心，如今现有一段风流公案正该了结，这一干风流冤家，尚未投胎入世。趁此机会，就将此蠢物夹带于中，使他去经历经历。"……那道人道："趁此何不你我也去下世度脱几个，岂不是一场功德？"那僧道："正合吾意，你且同我到警幻仙子宫中，将这蠢物交割清楚，待这一干风流孽鬼下世已完，你我再去。如今虽已有一半落尘，然犹未全集。"道人道："既如此，便随你去来。"
>
> ——《红楼梦》第一回

所以说，甄士隐在梦中听到一僧一道聊天的时候，神瑛侍者和绛珠仙子还没"投胎入世"呢。而且听他们的意思，马上就要"将这蠢物交割清楚"。这说明神瑛侍者和绛珠仙子的"投胎入世"、以及通灵宝玉被夹带进到人间，马上就要发生了。这也就是说，宝玉、黛玉和宝钗很快就要投胎了！

那么就在这同一天，有对联说"玉在匮中求善价，钗于奁内待时飞"，是不是在暗指宝玉、黛玉和宝钗已经在母亲胎中了呢？

顺便提一句，"玉在匮中求善价，钗于奁内待时飞"这副对联透露出的宝玉出生时点，对制作红楼梦年表、考证曹雪芹的生卒年月也十分有帮助。笔者根据这首对联及其他细节，并参考周汝昌先生在《红楼梦新证》中编写的《雪芹生卒与红楼年表》，得出曹雪芹终年四十岁的结论。这虽然与周汝昌先生推断出的曹雪芹终年三十九岁的结论稍有差异，但恰恰符合曹雪芹好友敦诚在挽诗中提到的"四十萧然太瘦生""四十年华付杳冥"等信息。这里就不展开讨论了。

3. 薛宝钗的真正结局——金簪雪里埋

薛宝钗的真正结局，正如判词中所说的，是“金簪雪里埋”。

“金簪雪里埋”到底何解呢？

红学界的解释一般都是说这预示薛宝钗之死，而且倾向于认为这是说薛宝钗死于寒冷的冬夜。

但笔者认为这句话可能还有更深一层的含义。“雪”，除了谐音“薛”外，寓意是不是白发如雪呢？金簪在如雪的白发里埋着，是不是蕴含着薛宝钗独守空闺、苦等宝玉不归、等到头发已白的结局呢？

让我们看看另外一个预示薛宝钗命运的细节，似乎也有同样的意思。第一回中，甄士隐听到跛足道士唱的《好了歌》后大彻大悟，为《好了歌》做了个解注。这个解注中有一句：

> 说什么脂正浓，粉正香，如何两鬓又成霜？

这句话后面脂砚斋批语是：

> 宝钗、湘云一干人。

脂砚斋说，宝钗将来的命运是两鬓成霜。这不是与“白发如雪”的意境完全一致吗？

另外，薛宝钗的灯谜中说的“焦首朝朝还暮暮，煎心日日复年年”，意思是：等待是日复一日、年复一年的漫长煎熬，直到等到白头。“焦首”是形容更香点着时的样子，而香点着时香头的颜色不正是灰白色的吗？这不也是暗示薛宝钗等待贾宝玉而等到白头吗？

所以说，“金簪雪里埋”，应该就是指宝钗青春空逝，最后鬓白如雪，孤独而终。

4. 因情而病、因病而亡

薛宝钗去世的时候，一定是贫病交加。而她最终的死因，应该和林黛玉一模一样，是因情而病，因病而亡。

之所以这么认为，还是因为前文对薛宝钗的病根的铺垫。

薛宝钗的热毒症是与生俱来的，脂砚斋说这是因为“凡心偶炽”。这说明贾宝玉（神瑛侍者）的痴病、林黛玉和薛宝钗（绛珠仙子）的病都是因为前世的心病，所以一辈子都是医不好的。在林黛玉去世之前，林黛玉是显绛珠，她的喘嗽病当然会一直发作，而薛宝钗当时还是隐绛珠，她的热毒症因此暂时被冷香丸压制。在林黛玉去世后，薛宝钗成为显绛珠，她的热毒症自然会发作，那段郁结在心中的缠绵之意自然需要宣泄。

所以，薛宝钗最后的离世，应该还是因为热毒症发作、喘嗽不止，她带着对宝玉的思念，以及对自己信仰的质疑，郁郁而逝。家境贫穷、天气寒冷当然都是病发的诱因，但是从人物命运上看，薛宝钗和林黛玉的病症都是源于前世的情根心病，这是两个人物最终都逃不掉的结局。

病症的根源在于情。前世的情根，今生的情缘。

林黛玉的死是因为情，薛宝钗的死也是因为情。因为她们都是绛珠仙草。绛珠仙草一辈子都是为了一个人而献身——神瑛侍者，那个在前世曾经守护她、成就她、深爱她的花匠。

漫揾英雄泪，相离处士家。

谢慈悲剃度在莲台下。

没缘法转眼分离乍。

赤条条来去无牵挂。

那里讨烟蓑雨笠卷单行？

一任俺芒鞋破钵随缘化！

花匠篇

觉悟记：

痴人的执着与救赎——揭秘贾宝玉的结局真相

贾宝玉一生只爱过一个人——林黛玉。

她是他的心灵知音，她是他的精神寄托，她是他的灵魂伴侣。

她在身边的时候，他百般呵护；她不在身边的时候，他万般思念。因为只有她在，他才是完整的。

他希望一辈子和她在一起，但这希望竟成了奢望。

贾宝玉是一个天真的人，但这个世界没有他想象的那么简单。

他觉得自己的愿望很简单，但不知道为什么无法实现。他对待每个人都心存善意，他以为别人也会如此。他自己不看重名利，他想象不到别人为了争夺权力和利益，可以做出多么可怕的事情。他和她之间本是很纯很纯的感情，他不知道为什么别人要去抹黑。

当金钏死去的时候，他是懵懂的，他感到的只是忧郁和无奈。当晴雯死去的时候，他似乎明白了点什么，他感到怀疑和悲愤。

当黛玉死去的时候，他终于被惊醒了。这个社会原来这么险恶！人心原来这么丑陋！他开始对现实失望，对所有人失望，对自己也彻底失望。

贾宝玉是一个痴人。

即使林黛玉已经离开人世，她还是他唯一的爱。

为了她，他放弃了美丽的妻子，放弃了常人的生活。为了她，他放弃一切，悬崖撒手，出家为僧。

为了曾经的誓言，哪怕世人的毁谤。

很多人不知道他究竟在坚持着什么。这么执着有必要吗？就不能现实一点吗？就不能和其他人一样凑合活着吗？

不能！

他忘不了曾经的誓言，曾经的木石之盟。

尽管这个约定让他吃尽苦头，走投无路。但没关系，如果所有人都来作对，那就都来吧！

他可以对抗全世界！

一、纯纯的木石之盟

贾宝玉和林黛玉之间的爱情是很纯很纯的。他们只有精神恋爱，没有肉体欢愉。

对，贾宝玉和林黛玉之间没有发生过性爱关系，他们只是通过传递……

什么？你问我为什么两个人没有发生过性爱关系？

什么？你问我《红楼梦》既然借鉴《牡丹亭》，而《牡丹亭》一上来柳梦梅就和杜丽娘发生了关系（虽然是在梦里），那么贾宝玉和林黛玉发生关系不是很正常的吗？况且，袭人还曾怀疑宝玉和黛玉两人会有“不才之事”、有“丑祸”，难道这不就是暗示宝玉和黛玉将来会私订终身、婚前试爱吗？

宝玉出了神，见袭人和他说话，并未看出是何人来，便一把拉住，说道：“好妹妹，我的这心事，从来也不敢说，今儿我大胆说出来，死也甘心！我为你也弄了一身的病在这里，又不敢告诉人，只好掩着。只等你的病好了，只怕我的病才得好呢。睡里梦里也忘不了你！”袭人听了这话，吓得魄消魂散，只叫“神天菩萨，坑死我了”！便推他道：“这是那里的话！敢是中了邪？还不快去？”宝玉一时醒过来，方知是袭人送扇子来，羞的满面紫涨，夺了扇子，便忙忙的抽身跑了。

这里袭人见他去了，自思方才之言，一定是因黛玉而起，如此看来，将来难免不才之事，令人可惊可畏。想到此间，也不觉怔怔的滴下泪来，心下暗度如何处治方免此丑祸。

对于这位发问的读者，我只能说：“好好的浪漫气氛就这样被你给破坏了！这么一段凄美的爱情故事，你怎么就关心这个呢？低俗低俗低俗！”

不过，问题还是要回答。那我还就先给你分析分析，我是如何考证出贾宝玉和林黛玉没有发生过性关系的吧。

二、宝玉和黛玉是清白的

你说的没错，《红楼梦》确实借鉴《牡丹亭》，林黛玉确实借鉴杜丽娘。

第十八回中，元春省亲时先是点了四出戏，戏班就根据她点的唱了。这四出戏分别是《一捧雪》中的《豪宴》、《长生殿》中的《乞巧》、《牡丹亭》中的《离魂》、《邯郸梦》中的《仙缘》。第三出戏就点了《牡丹亭》的《离魂》。脂砚斋批语说“《牡丹亭》中伏黛玉死”，说明林黛玉的结局和杜丽娘相似。因此林黛玉应该是因情而病、因病而亡、死后还魂。具体情节在前文已经分析过了。

那么，贾宝玉和林黛玉会不会像柳梦梅和杜丽娘一样，发生性爱关系呢？

不会。

原因是，曹雪芹接着马上暗示了，两人之间没有风月之事。

细心的读者可能早已发现，元春点了这四出戏之后，管理戏班的贾蔷又让龄官演出《游园》《惊梦》两出戏，但“龄官自为此二出原非本角之戏，执意不作，定要作《相约》《相骂》二出。”

这些细节就是曹雪芹对宝玉和黛玉没有发生性关系的暗示!

> 太监又道:“贵妃有谕,说:‘龄官极好,再作两出戏,不拘那两出就是了。’”贾蔷忙答应了,因命龄官做《游园》《惊梦》二出。龄官自为此二出原非本角之戏,执意不作,定要作《相约》《相骂》二出。

为什么这么说呢?因为《游园》和《惊梦》两出戏,描写的就是柳梦梅和杜丽娘的云雨之欢。故事说的是杜丽娘游园怀春,在南安府后花园里睡着了,被花神引导入梦,梦中遇到书生柳梦梅,和他一见钟情,两人在后花园里翻云覆雨。杜丽娘醒来发现原来是一场梦,从此留下相思的心病。

贾蔷让龄官演出《游园》《惊梦》两出戏,但龄官“执意不作”,还说“原非本角之戏”,这就是暗示,《红楼梦》中的宝、黛二人不会有类似《游园》《惊梦》的性爱情节,这样的情节不是黛玉这个人物的“本角之戏”。

脂砚斋在这里的批语是“总隐后文不尽风月等文”。“不尽风月”这四个字也把意思挑得很明了。宝玉和黛玉不会有风月之事。

为什么龄官能够代表黛玉呢?这是因为第二十二回中交代了,龄官的扮相活像林黛玉!

> 至晚散时,贾母深爱那作小旦的与一个作小丑的,因命人带进来,细看时益发可怜见。因问年纪,那小旦才十一岁,小丑才九岁,大家叹息一回。贾母令人另拿些肉果与他两个,又另外赏钱两串。凤姐笑道:“这个孩子扮上活像一个人,你们再看不出来。”宝钗心里也知道,便只一笑,不肯说。宝玉也猜着了,亦不敢说。史湘云接着笑道:“倒像林妹妹的模样儿。”

除了元春点戏，原文中还有很多处细节暗示宝玉和黛玉之间纯纯的关系。例如黛玉写的《葬花吟》，其中就有“质本洁来还洁去”，意思就很明显。

那么，宝玉和黛玉未来的关系如何呢？

这还要回到龄官演的戏。由于龄官没有演《游园》《惊梦》，而“定要作《相约》《相骂》二出”，那黛玉和宝玉的关系肯定是像《钗钏记》的《相约》《相骂》一样啊！

那么，《相约》《相骂》讲的又是什么呢？

简单讲，《相约》《相骂》说的是史碧桃和皇甫吟之前订下婚约，但皇甫吟家道中落，女方父母因而有毁约之意。史碧桃不愿毁弃婚约，便命丫鬟云香约皇甫吟于八月十五夜前来史家花园，以便赠金，用作聘礼。皇甫吟的好友韩时忠听说此事，顿起歹念，竭力劝阻皇甫吟前去赴约。皇甫吟听信了他，而韩时忠却在八月十五冒名前去赴约，骗得金钗、金钏和银两。后来，由于皇甫吟迟迟不来迎娶史碧桃，史碧桃的丫鬟云香就去皇甫家，与皇甫吟的母亲李氏发生了争执……

从这些情节我们可以大致推断，贾宝玉和林黛玉是订了婚约的，有可能是贾母死前做主的婚约，也有可能是宝、黛二人私定的终身。但是，这个婚约最后没有达成，而林黛玉的丫鬟紫鹃很可能因为此事去找宝玉的家人说理，而发生争执。

好了，我解释这么多，希望读者已经明白了。我终于可以继续讲贾宝玉和林黛玉纯纯的木石之盟了。

三、被荼毒的木石之盟

贾宝玉和林黛玉之间的爱情是很纯很纯的。他们只有精神恋爱，没有肉体欢愉。

对，贾宝玉和林黛玉之间没有发生过性爱关系，他们只是通过传递信物，约定终身。

《钗钏记》里的定情信物是钗、钏，《长生殿》里的定情信物是钗、盒，《红楼梦》里的定情信物是旧手帕。

第三十四回，贾宝玉被父亲毒打后，把自己的两块贴身的旧手帕送给黛玉。黛玉收到手帕后，还在手帕上题了三首诗。

这一送一题，实际上就是两个人定情的标志。

> 这里林黛玉体贴出手帕子的意思来，不觉神魂驰荡：宝玉这番苦心，能领会我这番苦意，又令我可喜；我这番苦意，不知将来如何，又令我可悲；忽然好好的送两块旧帕子来，若不是领我深意，单看了这帕子，又令我可笑；再想令人私相传递与我，又可惧；我自己每每好哭，想来也无味，又令我可愧。如此左思右想，一时五内沸然炙起。

在男女授受不亲的古代社会，男女之间私相传递是大忌，更别说是送自己贴身的手帕。书中小红和贾芸之间的定情，也是通过互送手帕而达成的。所以，贾宝玉特意支开了袭人，而让晴雯帮他传递这手帕，就是怕袭人知道了责备，甚至打小报告。

黛玉收到手帕后，体会出宝玉的意思，不觉神魂驰荡，喜、悲、笑、惧，各种感觉混杂在一起，又在手帕上题诗三首，表露了自己的心境。这是对宝玉表白的回应。

两个人的约定从此开始。

然而，这种约定并不被世人所接受。在那时的社会，私订终身是天大的罪，是不道德的。贾家家长不接受，连丫鬟婆子们都不接受。

袭人就是个很好的例子。当她不经意听到宝玉对黛玉的表白，第一反应是“可惊可畏”，怕“将来难免不才之事”，“心下暗度如何处治方免此丑祸”。

因此，木石之约很可能被揭发、甚至可能被添油加醋地抹黑，加上王夫人本不喜欢林黛玉，希望宝玉能娶宝钗，所以她很可能把这些事情拿出来宣传。这样一来，林黛玉很可能会成为贾家的众矢之的，被指责行为不端、勾引宝玉。

黛玉题诗的旧手帕就是物证，听见宝玉表白的袭人就是人证。

要知道，向王夫人告密，说晴雯和宝玉有一腿的，就是袭人。结果晴雯在重病之下被赶出贾府，悲惨地死去。袭人，是会背地里偷袭人的。

曹雪芹一直用晴雯影射黛玉。晴雯长得本来就像黛玉。晴雯和宝玉之间是清白的，正如黛玉和宝玉之间。晴雯被人诬陷勾引宝玉，黛玉应会有同样的遭遇。

> 王夫人听了这话，猛然触动往事，便问凤姐道："上次我们跟了老太太进园逛去，有一个水蛇腰、削肩膀、眉眼又有些像你林妹妹的，正在那里骂小丫头。我的心里很看不上那狂样子，因同老太太走，我不曾说得。后来要问是谁，又偏忘了。今日对了坎儿，这丫头想必就是他了。"

不能说是巧合的是，宝玉被打后，袭人就向王夫人进言，建议让宝玉搬出园子住，说什么宝玉大了，"林姑娘、宝姑娘"也大了，说什么"男女之分""叫人悬心"。她说的是"林姑娘、宝姑娘"，但针对的其实就是林黛玉一个人。后来，王夫人抄检大观园，目标也主要在黛玉。

让人可气又可笑的是，其实是袭人自己勾引宝玉上过床，结果贼喊捉贼，把知道内情的晴雯给诬陷了、害死了。之后又打着"男女之分"的名义，向王夫人告林黛玉的密，完全为了讨好老板、自己上位。果然，袭人很快上了位，成了宝玉的准二房，拿了赵姨娘一样的月银。可是最后贾家出事了，她竟然为了自保，抛弃宝玉而去，嫁给了戏子蒋玉菡。贾宝玉一直以为袭人真心对自己，但没想到人家从开始跟你玩儿的就是权力的游戏。

当然，除了袭人，赵姨娘、贾环这些把宝玉视为眼中钉的角色，在诬陷宝玉和黛玉这件事上，也肯定是不遗余力的。

周汝昌先生在《红楼十二层》中就分析过，宝、黛二人的形迹亲密，贾母、凤姐早都明白并表示承认默许。所避忌的，只有赵姨娘。第十九回黛玉见宝玉脸上有“纽扣”大的一点“血渍”，便说：“你又干这些事了！……便是舅舅看不见，别人看见了又当奇事新鲜话儿去学舌讨好儿，吹到舅舅耳朵里，又大家不干净、惹气！”这就是明白指的赵姨娘。“大家不干净”一语最为要害。可见黛玉为了自身与宝玉的关系，深畏于赵姨娘的诬谗陷害。

面对袭人、赵姨娘、贾环等人的恶意污蔑和“道德”攻击，林黛玉只能默默承受，有口难言。

林黛玉在《葬花吟》就预示了自己未来的窘境：

> 一年三百六十日，风霜刀剑严相逼。

贾宝玉的《芙蓉女儿诔》，也借悼念晴雯，表达了他对这些恶意中伤的愤慨：

> 箝诐奴之口，讨岂从宽；剖悍妇之心，忿犹未释！

木石之约就这样被荼毒荒废。

有人问，林黛玉受到污蔑、攻击的时候，贾宝玉难道不会出来维护吗？他难道不会反抗吗？

我想说，如果贾宝玉在场，他一定会这么做。

可惜那时他并不在家，他被关进了牢里！

四、牢狱之劫

1. 狱神庙

我们知道，八十回后贾家将经历抄家，贾家人等也将有各自的悲惨经历。在这次抄家后，贾宝玉应该是被抓进了监狱。关于此，最主要的证据是第二十回中脂砚斋的批语。当时文中提到宝玉，脂砚斋批语道：

> 茜雪至“狱神庙”方呈正文。袭人正文标目曰“花袭人有始有终”，余只见有一次誊清时，与“狱神庙慰宝玉”等五六稿，被借阅者迷失，叹叹！

以及脂砚斋在第二十六回的批语：

> “狱神庙”红玉、茜雪一大回文字惜迷失无稿。叹叹！

“茜雪至‘狱神庙’方呈正文”“狱神庙慰宝玉”“‘狱神庙’红玉、茜雪一大回文字”，说明红玉和茜雪曾经到狱神庙看望、安慰过宝玉。那么，狱神庙是什么呢？

沿袭往朝，明清监狱往往设有狱神庙，如濮文暹在《提牢琐记》中提及刑部有诸神，有总司、分司，统尊之曰“狱神”，中龛祀皋陶，旁龛所祀者包括关帝、龙神、门神、药王等。“诸神朔望则祀，履任则祀，报赛日（神的生日）则祀，勾决日则祀”，其用意在于“神道设教，用佐良箴”。狱官、狱卒和人犯等长年拜祀狱神，各求所愿：囚徒冀得狱神庇护而希望早脱牢狱之苦；而狱官、狱卒则望借助狱神之威，震慑囚犯，以求监狱安宁。

狱神庙等监狱庙宇的设立，初衷是利用人们敬鬼神的心理，震慑犯罪之人以及徇私枉法的官员，但是在清代的审判实践中，很多狱神庙变成非法羁押嫌疑犯、嫌疑犯亲属、证人和其他涉案人员的私牢，甚至成为衙役狱卒借机敲诈渔利的场所。更有甚者，也有衙役私建庙宇，专门用来敲诈涉案人士，营私舞弊。

狱神庙通常设立在监狱的最外面，狱神庙稍往里面一点是轻囚，再往里面就

红楼探玉

是重囚、死囚。康熙三十三年（1694），黄六鸿在《福惠全书》中，有记载监狱的四层，而最外面就是狱神庙：

> 第一层近狱神庙者为软监，一切重案内从轻问拟者、应追赃未完及拟徒候遣者，居之；第二层稍进者为外监，流罪及人命窝逃正犯、偷窃未结者，居之；第三层又进者为里监，所谓重监是也，人命正犯、已结拟辟及强盗审明情可矜疑者，居之；第四层最深邃者为暗监，所谓黑狱是也，强盗、历年缓决及新盗拟辟者，居之。

所以说，茜雪等人到狱神庙探望贾宝玉，说明主要有这么两种可能：一、贾宝玉因为贾家出事被牵连入狱，被暂时收押在狱神庙或是软监；二、贾宝玉被判罪收监，例行到狱神庙拜祀时，遇到茜雪等人探视。

但无论是哪种情况，贾宝玉当时肯定是失去人身自由的。

2.“一捧雪”与通灵宝玉

贾宝玉牢狱之劫的原因，在前文也有一些暗示。例如第十八回元春点的四部戏被脂砚斋称作全书的四个“大过节、大关键”，其中第一出戏是《一捧雪》中的《豪宴》，脂砚斋说“伏贾家之败”。

所以说，贾家的败落应该就是莫家败落的翻版。

《一捧雪》讲的是明朝嘉靖年间，莫怀古家有一个祖传玉杯，是件稀世珍宝，因为色白如雪，所以得名“一捧雪”。莫怀古上京拜见奸相严世蕃，并把自己曾经好心收留的门客汤勤推荐到严世蕃府上任职。没想到汤勤趋炎附势，一上任就撺掇严世蕃夺取莫怀古家的玉杯。莫怀古不敢不给，就请巧匠做了个赝品送了去，但被汤勤识破。严世蕃大怒，将莫怀古抄家，莫怀古只好离家逃亡。莫怀古最后走投无路，莫家仆人莫成只好代主赴死。汤勤霸占了莫怀古的小妾薛雪艳，但薛雪艳新婚晚上把汤勤刺死。后来，莫怀古的儿子莫昊冒死上书，洗清了父亲的不白之冤，莫怀古和家人团聚。

通灵宝玉的原型就是那“一捧雪”玉杯！（通灵宝玉的原型其实还有很多，例如《邯郸梦》中的磁枕、《牡丹亭》中的石道姑、甚至秦始皇的传国玉玺等。）

通灵宝玉不仅身世稀奇（贾宝玉含玉而生），而且还具有“一除邪祟、二疗冤疾、三知祸福”的神奇功能，简直是无价之宝。所以，贾家之祸的一个导火索很可能就是有权势的人想霸占这块通灵宝玉，据为已有。而这个人很可能就是权势极大的忠顺王（对应严世藩），而撺掇忠顺王夺玉的应该就是贾家一手培养起来的贾雨村（对应莫怀古的门客汤勤）。

而且，贾赦为了敲出石呆子家的古扇，曾经借贾雨村的手迫害石呆子。那么因果报应，贾家的头号政敌忠顺王为了夺玉，很可能也会借助贾雨村迫害贾家。

3. 活地狱

贾宝玉被关进监狱，人身安全就非常令人担忧了，他的处境将极其危险！忠顺王为了抢夺他手中的通灵宝玉，肯定会把他往死里整。官员和狱卒也想着勒索钱财，肯定是各种凌辱虐待。

要知道，清朝的监狱很黑暗的。有一本叫《活地狱》的书，介绍的就是清朝的监狱环境，十分恐怖。各种虐待，就是为了讹犯人的钱。狱卒会用镣铐把犯人的手拷在一个很低的位置，让他站不能站、躺不能躺。女性犯人都被拉去做妓女赚钱。就连死刑犯都有办法，比如绑绳子这个小事上就能敲出钱来，绑绳子的时候可松可紧，紧的可以直接把人绑骨折……

可以想象，贾宝玉这种娇生惯养的贵族公子，如何受得了这些虐待？估计支持不了太久。

4. 误窃与拾玉

有人说，贾宝玉把通灵宝玉交出去不就行了么？可是问题没那么简单，因为当时通灵宝玉很可能已经丢了，贾宝玉想交出也交不出。

之所以说通灵宝玉丢了，是因为第八回中脂砚斋的批语。当时描写“袭人伸手从他项上摘下那通灵玉来，用自己的手帕包好，塞在褥下”。这是袭人每晚例行的工作，为了宝玉“次日戴时冰不着脖子”。而就在这里，脂砚斋的批语揭示了通灵宝玉被窃的信息：

> 交代清楚。“塞玉”一段，又为“误窃”一回伏线。晴雯茜雪二婢又为后文先作一引。

“塞玉”“误窃”，说明通灵宝玉后来被偷走了。

而且，“误窃”两个字说明，那个偷走玉的“贼”可能甚至不知道自己偷走了通灵宝玉。这一点可以在第二十三回的脂砚斋批语中得到验证——

> 刚至穿堂门前，庚夹：妙！这便是凤姐扫雪拾玉之处，一丝不乱。

凤姐在穿堂门前拾到了通灵宝玉，可见通灵宝玉是被“误窃”的，偷的人又把这块玉不小心丢在院子里，后来被凤姐在扫雪时拾到。凤姐当时在扫雪，说明她当时的地位已经很低下，沦为了仆人。这也说明拾玉的时点应该在贾家出事之后。这些都是后话。

而且，通灵宝玉被“误窃”这个潜在情节和《一捧雪》中玉杯消失的情节非常相似。在《一捧雪》中，严世蕃到莫怀古家夺玉杯，但是玉杯突然不见了。后来才发现，原来是莫家仆人莫成了保护祖传玉杯，自己把玉杯悄悄偷出来，带给主人莫怀古。但这样也进一步激怒了严世蕃，严世蕃后来全国通缉莫怀古和莫成。

同样地，在《红楼梦》中，如果有人“误窃”了通灵宝玉，那么忠顺王很可能认为是贾宝玉窝藏财物，将其关进狱神庙或软监，严刑逼供。这与狱神庙关押嫌疑犯和窝赃犯的功能也是一致的。因此，贾宝玉的处境将非常危险，很可能在狱神庙里受到威胁、虐待、勒索。

贾宝玉哪里见过这些场面，想必心理上很难承受，性命甚至岌岌可危。

5. 茜雪以德报怨

就在这样的危险境地，红玉和茜雪到“狱神庙慰宝玉”，对宝玉来说，简直是雪中送炭。红玉和茜雪以前都是宝玉的丫鬟，而且是两个不被留意、只能在屋外伺候的丫鬟。当日能够在屋里服侍宝玉的只有袭人、晴雯、麝月等人。

而且，茜雪还曾因为枫露茶事件被贾宝玉撵了出去。茜雪到狱神庙探望宝玉，完全是不计前嫌、非常大度的表现。

枫露茶事件其实是个小事。当时宝玉在早上泡了一碗枫露茶，让茜雪留着，但后来宝玉的乳母李嬷嬷来屋里，就把这碗枫露茶给喝了。宝玉晚上酒后听说此事，非常愤怒，打碎了茶碗，泼了茜雪一裙子的茶，还跳起来责备茜雪。

> 宝玉吃了半碗茶，忽又想起早起的茶来，因问茜雪道：“早起潗了一碗枫露茶，我说过，那茶是三四次后才出色的，这会子怎么又潗了这个来？”茜雪道：“我原是留着的，那会子李奶奶来了，他要尝尝，就给他吃了。”宝玉听了，将手中的茶杯只顺手往地下一掷，豁啷一声，打个齑粉，泼了茜雪一裙子的茶。又跳起来问着茜雪道：“他是你那一门子的奶奶，你们这么孝敬他？不过是仗着我小时候吃过他几日奶罢了。

枫露茶事件发生后，茜雪就被撵出去了。正文虽然没有直接描写茜雪被撵出去的经过，但是从后文的人物对话中可以得知，茜雪就是因为这次的枫露茶事件被撵出去的。

> “……那是说了给袭人留着的，回来又惹气了……”（脂砚斋批语：照应茜雪枫露茶前案。）（第十九回）
>
> 李嬷嬷道：“你们也不必妆狐媚子哄我，打量上次为茶撵茜雪的事

我不知道呢。”（第十九回）

（袭人）自己原不想栗子吃的，只因怕为酥酪又生事故，亦如茜雪之茶等事，是以假以栗子为由，混过宝玉不提就完了。（第十九回）

彼时黛玉、宝钗等也走过来劝说：“妈妈你老人家担待他们一点子就完了。”李嬷嬷见他二人来了，便拉住诉委屈，将当日吃茶，茜雪出去，与昨日酥酪等事，唠唠叨叨说个不清。（第二十回）

……去了的茜雪……（第四十六回）

想来茜雪多么无辜，李嬷嬷喝了宝玉的茶其实并不关她的事，明明是贾宝玉和李嬷嬷两个人的矛盾，结果宝玉喝醉后拿她出气，不仅被骂、被泼了一身茶，而且就因为一碗茶被撵了出去。

被贾家撵出去，不仅是失业的问题，还很可能造成名誉清白受损。金钏儿就是因为被王夫人撵出去而投井自杀的。贵族公子酒后的意气用事，很可能造成下人一辈子的阴影。

多么无辜可怜的小姑娘！

可就是这样，茜雪并没有记恨宝玉，反而还念着当年的主仆之情。在宝玉落难狱神庙、最需要帮助的时候，茜雪伸出了援助之手。对于茜雪的不计前嫌、雪中送炭，宝玉一定会感激不已，而且肯定会对自己以前的行为懊悔万分。茜雪和红玉的帮助也必会给他带来巨大的精神支持和继续活下去的勇气。

另外，红玉后来嫁给了贾芸（前文手帕传情暗示二人后来成婚）。我们从前文知道，贾芸的社会活动能力是相当强的，放在今天就是一个白手起家的成功创业者。因此，红玉、茜雪的探监，还很有可能实际改善宝玉在狱中的生存处境，甚至帮助他重见天日。

茜雪和红玉的形象也和《一捧雪》中莫怀古的仆人莫成很相似。莫怀古后来在逃亡中走投无路，莫成就把自己打扮成莫怀古的模样，替主人一死。莫怀古最开始也总是无缘无故责备这个忠心的莫成，但是莫成最后的献身，体现了他的大义和勇气。这种高贵的人格是连他的主人莫怀古都不具备的。

五、林黛玉之死

在贾宝玉被关押在狱神庙的这段日子里，林黛玉去世了。

在前文中，笔者详细探讨了林黛玉的结局。根据曹雪芹的本意，林黛玉是因情而病，因病而亡。贾家遭抄家、宝玉遭羁押，加上贾府上下对黛玉“不才之事”的污蔑，更加速了林黛玉的死亡。

林黛玉的诗词里透露了这个结局。例如林黛玉著名的《葬花吟》中就有：“明年花发虽可啄，却不道人去梁空巢也倾”。此句的表面意思是：明年花开可以等燕子来啄食，但没想到人不在了，房梁空了，梁上的燕巢也倒了。这里的隐含意思其实很明显：我已经准备明年要嫁给你了，但没想到你贾宝玉流离在外，家里的房子空了，我们的婚姻也成了泡影。（其中：花发可啄——待嫁；梁空——房空；巢倾——婚姻覆灭。）

《葬花吟》的最后一句“一朝春尽红颜老，花落人亡两不知”，也预示着在分离状况下的去世——“当有一天春意不在、红颜老死的时候，你却流离在外，花落了你没能看到，人死了你也没能知道”。这不正是林黛玉对流离在外的贾宝玉的临终诉说吗？

实际上，林黛玉许多诗词中都流露着类似的离别与思念的情绪。例如林黛玉的咏柳絮词《唐多令》——“粉堕百花州，香残燕子楼。一团团逐对成毬。漂泊亦如人命薄，空缱绻，说风流。 草木也知愁，韶华竟白头！叹今生谁舍谁收？嫁与东风春不管，凭尔去，忍淹留。”

最后一句“凭尔去，忍淹留”，意思是：“怎么忍心看柳絮漂泊在外，久留不归？”寓意则写的是林黛玉在生命将结束的时候，对贾宝玉的内心独白：“事到如今，你忍心不回来，我也只好任你去了”。这与后来宝玉被羁押狱神庙、黛

红楼探玉

玉等待的心态是完全一致的。

我们说过，林黛玉是在中秋节去世的。当贾宝玉终于从狱神庙中出来，回到家里的时候，才得知林妹妹已经不在了。从前“凤尾森森，龙吟细细”的潇湘馆，已经是人去楼空，景象已然变成“落叶萧萧，寒烟漠漠”（第二十六回脂砚斋批语），一幅落寞秋天的场景。这与林黛玉的死亡时间也是相吻合的。

林黛玉死后，贾宝玉的悲痛和绝望可想而知。唯一的知己、拥有共同志趣的灵魂伴侣，就这么香消玉殒、一病夭逝了。更让人无可奈何的是，最后也没能见上她一面，最后也没能说上一句贴心的话，最后也没能给她任何名分。

不仅如此，她离去时候，甚至带着恶名。

经历过举家抄没、牢狱之灾的宝玉，已经不是个小孩子了。他见过社会的险恶，见过人心的丑陋，他知道人为了利益可以怎样恐怖。

在黛玉死后，他更加明白这个伪善的社会、这些贪婪的人们、这里混账的逻辑。贾宝玉本来就是个愤世嫉俗的年轻人，在经历这一系列打击之后，他对现实彻底失望，对所有人彻底失望，对自己也彻底失望。

六、金玉姻缘

回到家里的贾宝玉，在家人的安排下，和薛宝钗成婚了。

传说中的金玉姻缘真的实现了。

脂砚斋在第二十一回的批语就透露了宝玉和宝钗未来会成婚：

> 此意却好，但袭卿辈不应如此弃也。宝玉之情，今古无人可比，固矣。然宝玉有情极之毒，亦世人莫忍为者，看至后半部则洞明矣。此是宝玉第三大病也。宝玉有此世人莫忍为之毒，故后文方有“悬崖撒手”一回。若他人得宝钗之妻、麝月之婢，岂能弃而为僧哉？此宝玉一生偏僻处。

《好了歌》中也有对黛玉死后，宝玉成婚的暗示：

昨日黄土陇头送白骨，今宵红灯帐底卧鸳鸯。

林黛玉的死，对贾宝玉的打击是巨大的。在这种情况下我不知道贾宝玉为何会答应与薛宝钗结婚。但这婚毕竟还是结了。也许唯一可以解释的原因，就是贾宝玉的痴病犯了，他在不知情的情况下成了亲。

贾宝玉第一次见到林黛玉，就犯了痴病，去摔他的通灵宝玉。

宝玉笑道："除《四书》外，杜撰的太多，偏只我是杜撰不成？"又问黛玉："可也有玉没有？"众人不解其语，黛玉便忖度着："因他有玉，故问我也有无。"因答道："我没有那个。想来那玉亦是一件罕物，岂能人人有的。"宝玉听了，登时发作起痴狂病来，摘下那玉，就狠命摔去，骂道："什么罕物，连人之高低不择，还说'通灵'不'通灵'呢！我也不要这劳什子了！"吓的地下众人一拥争去拾玉。贾母急的搂了宝玉道："孽障！你生气，要打骂人容易，何苦摔那命根子！"宝玉满面泪痕泣道："家里姐姐妹妹都没有，单我有，我就没趣，如今来了这么一个神仙似的妹妹也没有，可知这不是个好东西！"

——《红楼梦》第三回

随着宝玉和黛玉感情越发深厚，宝玉的痴病就更加严重了。曾经有一次，宝玉只是从紫鹃那里听说黛玉要回老家，痴病就突然发作了，而且半天都缓不过来。

正说着，人回林之孝家的、单大良家的都来瞧哥儿来了。贾母道："难为他们想着，叫他们来瞧瞧。"宝玉听了一个"林"字，便满床闹起来说："了不得了，林家的人接他们来了，快打出去罢！"贾母听了，也忙说："打出去罢。"又忙安慰说："那不是林家的人。林家的人都死绝了，没人来接他的，你只放心罢。"宝玉哭道："凭他是谁，除了林妹妹，都不许姓林的！"贾母道："没姓林的来，凡姓林的我都打走了。"一面吩咐众人："以后别叫林之孝家的进园来，你们也别说'林'字。好孩子们，你们听我这句话罢！"众人忙答应，又不敢笑。一时宝玉又看见了十锦格子上的西洋船模，便指着乱叫说："那不是接他们来的船来了，湾在那里呢。"还将船"掖在被中"，笑道："可去不成了！"一面说，一面死拉着紫鹃不放。

——《红楼梦》第五十七回

各位看看，当初紫鹃只是编了一句林黛玉要回老家，就把贾宝玉唬得痴病大作。如今，林黛玉真的死了，永远回不来了，贾宝玉的痴病肯定会犯，而且真不知道会严重到什么程度。

所以说，当家人安排宝玉和宝钗结婚的时候，宝玉应该还沉浸在黛玉之死的打击中，很可能是痴病发作的状态，神经错乱，恍恍惚惚，甚至并不相信黛玉已经离开了人世。在新婚的晚上，宝玉也许根本不知道自己在和宝钗成婚，他甚至以为面前的新娘就是黛玉！

要知道，贾宝玉之所以有痴病，就是因为神瑛侍者"凡心偶炽，是以孽火齐攻"。宝玉的痴病在本质上和黛玉的喘嗽、宝钗的热毒症是同一种病，都来自神瑛侍者和绛珠仙草之间前世的情根。

前文分析过，林黛玉死后，绛珠仙子会魂附薛宝钗。那么，绛珠仙子还魂薛宝钗的时点，会不会就在宝玉、宝钗的新婚之夜呢？我想如果这样安排，应该比高鄂的调包计更加精彩。贾宝玉在新婚之夜见到的薛宝钗，其魂魄已是绛珠仙子了。所以，天生就 有痴病的贾宝玉才会把眼前的薛宝钗认成林黛玉。

前世的病根让他看到前世的人。

七、宝玉出家

1. 纵然是齐眉举案，到底意难平

宝玉和宝钗虽然成婚，但没有长久。因为宝玉心里永远记挂着黛玉，根本容不下第二个人。关于这一点，书中有许多暗示。例如红楼梦曲第二支《终身误》：

> 都道是金玉良姻，俺只念木石前盟。空对着、山中高士晶莹雪，终不忘、世外仙姝寂寞林。叹人间，美中不足今方信。纵然是齐眉举案，到底意难平。

这首词的意思是：每天对着薛宝钗，但是忘不了林黛玉。虽然妻子薛宝钗悉心照顾自己的衣食起居，奉行妻子的职责，但是心情总是难以平复，总是不能停止怀念林黛玉。

当贾宝玉从痴病中恢复过来，发现自己身边的妻子不是林黛玉，发现林黛玉早已经死了，但是自己无法摆脱对她的思念的时候，他会怎么做呢？

2. 你死了，我做和尚

贾宝玉的选择是出家为僧。

脂砚斋的批语中有：

> 宝玉有此世人莫忍为之毒，故后文方有“悬崖撒手”一回。若他人得宝钗之妻、麝月之婢，岂能弃而为僧哉？此宝玉一生偏僻处。

“悬崖撒手”“弃而为僧”，就是说贾宝玉将抛弃薛宝钗，出家去做和尚。贾宝玉的出家，实际上是兑现了他曾经对林黛玉的承诺。第三十回，宝玉对黛玉说过：“你死了，我做和尚！”

宝玉听了笑道：“你往那去呢？”林黛玉道：“我回家去。”宝玉笑道：“我跟了你去。”林黛玉道：“我死了。”宝玉道：“你死了，我做和尚！”

3. 三观的差异

宝玉弃宝钗而去，也是因为两个人在志向上的不合。前八十回中曾经多次强调，宝玉是非常憎恨经济之学的（通过科考获得功名），认为这是很“混账”的行为，他甚至对整个官僚体系都充满鄙视。但是宝钗偏偏是个很务实的女子，常常劝诫宝玉考取功名，对体制的态度是顺从的。这个价值观的本质区别，使两人根本无法在精神层面上达到如宝玉、黛玉之间的那种契合，也预示了两人未来的婚姻危机。

例如第三十二回，宝玉、湘云和袭人的对话就描述了宝玉和宝钗在价值观上的根本分歧：

袭人道：“云姑娘快别说这话。上回也是宝姑娘说过一回，他也不管人脸上过的去过不去，他就咳了一声，拿起脚来走了。这里宝姑娘的话也没说完，见他走了，登时羞的脸通红，说又不是，不说又不是。幸而是宝姑娘，那要是林姑娘，不知又闹到怎么样，哭的怎么样呢。提起这个话来，真真的宝姑娘叫人敬重，自己讪了一会子去了。我倒过不去，只当他恼了。谁知过后还是照旧一样，真真有涵养，心地宽大。谁知这一个反倒同他生分了。那林姑娘见你赌气不理他，你得赔多少不是呢。”宝玉道：“林姑娘从来说过这些混账话不曾？若他也说过这些混账话，我早和他生分了。”袭人和湘云都点头笑道：“这原是混账话。”

4. 贾宝玉身上的佛教气息

贾宝玉出家，除了以上的因素，还与他身上一贯的佛教气息一脉相承。

例如第二十二回《听曲文宝玉悟禅机》，正值贾宝玉和姐妹们赌气，提笔写下一偈，里面就充满佛教色彩：

你证我证，心证意证。
是无有证，斯可云证。
无可云证，是立足境。

黛玉、宝钗和袭人看到宝玉写的偈语，开玩笑说："这样钝愚，还参禅呢。"林黛玉后来还为他补上了最后一句"无立足境，是方干净"。宝钗也借机掉了下书袋子，讲了六祖惠能的故事和偈语。整个对话都是围绕参禅进行的。

又如第五十回中宝玉到栊翠庵向妙玉讨红梅，回来后众人让他赋诗《访妙玉乞红梅》。这首诗也是充满了佛家气息：

酒未开樽句未裁，寻春问腊到蓬莱。
不求大士瓶中露，为乞嫦娥槛外梅。
入世冷挑红雪去，离尘香割紫云来。
槎枒谁惜诗肩瘦，衣上犹沾佛院苔。

诗中的"离尘""佛院苔"，似乎都是贾宝玉出家后的写照。

八、龌龊的现实宗教和贾宝玉的还俗

贾宝玉弃薛宝钗而出家为僧，确实是八十回后的必然情节。但是很多红学家认为这就是贾宝玉的最后结局，笔者则非常不赞同。

贾宝玉在八十回后应该会有两次出家。宝玉第一次出家是进入世俗的寺庙，但是会以失望和失败告终，之后他会还俗离开；宝玉第二次出家则是在大彻大悟后回到天界，归位神瑛侍者。

关于宝玉的两次出家，前八十回中有以下伏笔：

1. 作了两个和尚了

我们刚才说了，第三十回，贾宝玉对林黛玉说过："你死了，我做和尚！"其实紧接着在第三十一回，袭人又提到了死，宝玉又说了作和尚的话，结果被黛玉逮住，调侃他说："作了两个和尚了。"

> 宝玉道："你何苦来替他招骂名儿。饶这么着，还有人说闲话，还搁的住你来说他。"袭人笑道："林姑娘，你不知道我的心事，除非一口气不来死了倒也罢了。"林黛玉笑道："你死了，别人不知怎么样，我先就哭死了。"宝玉笑道："你死了，我作和尚去。"袭人笑道："你老实些罢，何苦还说这些话。"林黛玉将两个指头一伸，抿嘴笑道："作了两个和尚了。我从今以后都记着你作和尚的遭数儿。"宝玉听得，知道是他点前儿的话，自己一笑也就罢了。

"作了两个和尚了"，就是宝玉未来两次出家的暗示。

2. 鲁智深醉闹五台山

第二十二回宝钗过生日，点了一出《鲁智深醉闹五台山》：

> 宝钗点了一出《鲁智深醉闹五台山》。宝玉道："只好点这些戏。"宝钗道："你白听了这几年的戏，那里知道这出戏的好处，排场又好，词藻更妙。"宝玉道："我从来怕这些热闹。"宝钗笑道："要说这一出热闹，你还算不知戏呢。你过来，我告诉你，这一出戏热闹不热闹。——

是一套北《点绛唇》，铿锵顿挫，韵律不用说是好的了，只那词藻中有一支《寄生草》，填的极妙，你何曾知道。”宝玉见说的这般好，便凑近来央告：“好姐姐，念与我听听。”宝钗便念道：

漫搵英雄泪，相离处士家。谢慈悲剃度在莲台下。没缘法转眼分离乍。赤条条来去无牵挂。那里讨烟蓑雨笠卷单行？一任俺芒鞋破钵随缘化！

《鲁智深醉闹五台山》是《水浒传》中的内容，讲的是鲁智深在打死镇关西后出家在五台山，但是由于受不了寺中的清规戒律，跑到山下喝酒吃肉，结果酒后大闹五台山，终于被逐出寺庙。简单来说，就是鲁智深出家后又还俗的故事。

鲁智深的故事就是暗示贾宝玉未来的第一次出家与还俗。

我们注意到，点戏时的对话是围绕着贾宝玉和薛宝钗两个人的。虽然是薛宝钗点的戏，但是贾宝玉一直参与对话。我们知道，薛宝钗将来是要嫁给贾宝玉的，所以用她点的戏来预示贾宝玉的命运，也是合理的安排。

3. 还俗的原因——龌龊的现实宗教

对于贾宝玉两次出家，支持的学者包括刘心武先生。但是刘先生认为，贾宝玉第一次出家并没有成功，是因为遇到了甄宝玉，甄宝玉把贾宝玉送回了贾家。刘心武先生认为这就是八十回后“甄宝玉送玉”这个重要情节。

刘心武先生对“甄宝玉送玉”的理解是不正确的，后文中我将单独分析甄宝玉这个神秘人物，并揭秘“甄宝玉送玉”这个神秘情节。

那么，贾宝玉第一次出家不成功的真正原因是什么呢？其实，《红楼梦》的前八十回中也留下了很多伏笔。

首先，我们要了解曹雪芹对宗教活动和宗教人物的态度。

《红楼梦》中对宗教的描写分为两种，一种是现实宗教，另一种是理想宗教。现实宗教存在于寺庙、庵观当中，由寺院中的僧人、道士主导宗教生活。理想宗教就是蓬莱仙界，由神仙们管理。

理想宗教是终极的灵魂归宿，对此曹雪芹是非常推崇的，无论是甄士隐的开悟，还是柳湘莲的出家，都是跟随仙人离去的，成仙得道，成就好的结果。

但是对于现实宗教，曹雪芹则是彻底失望的。每次描写现实宗教的时候，曹雪芹都不忘挖苦嘲讽一番。

例如，第十五回《王熙凤弄权铁槛寺 秦鲸卿得趣馒头庵》，上半回目讲的是馒头庵有一个老尼，贿赂王熙凤三千两银子，让王熙凤逼人退亲，后来搞得人家家破人亡；下半回目则是秦钟和馒头庵的小尼姑智能半夜偷情的故事。这两个情节凑在一起也是醉了。这些宗教从业者背地里干的勾当，比凡夫俗子还要过分。

又如，第二十九回描写的清虚观张道士，除了想要为贾宝玉提亲、抢媒婆的饭碗外，更重要的是他和众道士们还给宝玉送礼。当时张道士看了贾宝玉的玉，看完后作为答谢，就收集了道士们各自的传道法器要敬献给宝玉。这些法器一拿出来，连贾母都觉得太贵重了。要知道，贾母是贾府里最见过世面的人了，连她都觉得价值不菲，不好意思收，可见这些道士们都是各有财路、身家阔绰。他们虽然披着道服，但是敛财的本事比很多世俗之人都高明。

> 贾母听说，向盘内看时，只见也有金璜，也有玉玦，或有事事如意，或有岁岁平安，皆是珠穿宝贯，玉琢金镂，共有三五十件。因说道："你也胡闹。他们出家人是那里来的，何必这样，这不能收。"张道士笑道："这是他们一点敬心，小道也不能阻挡。老太太若不留下，岂不叫他们看着小道微薄，不像是门下出身了。"

书中描写的宗教人士中，最可怕的还得算马道婆。这个马道婆是宝玉寄名的干娘。马道婆虽说是在庙里工作，但做的事跟雇佣杀手和双面间谍差不多。这个马道婆看到宝玉被贾环烧伤了，先是利用贾母为宝玉保平安的心理，借机敲了贾母一大笔灯油钱。之后又跑到赵姨娘那里，利用赵姨娘想提升地位的野心，又收了赵姨娘很多银子和借据，然后利用巫术诅咒王熙凤和贾宝玉，差点把两人害死。

> 马道婆见他如此说，便探他口气说道：“我还用你说，难道都看不出来？也亏你们心里都不理论，只凭他去。倒也妙。”赵姨娘道：“我的娘，不凭他去，难道谁还敢把他怎么样？”马道婆听说，鼻子里一笑，半晌说道：“不是我说句造孽的话，你们没本事也难怪。明不敢怎么样，暗里也就算计了，还等到这时候！”
>
> 马道婆看看白花花的一堆银子，又有欠契，并不顾青红皂白，满口里应着，伸手先去接了银子掖起来，然后收了欠契。又向裤腰里掏了半晌，掏出十几个纸铰的青脸红发的鬼来，并两个纸人，递与赵姨娘，又悄悄的道：“把他两个的年庚八字写在这两个纸人身上，一并五个鬼都掖在他们各人的床上就完了。我只在家里作法，自有效验。千万小心，不要害怕！”

在现实的宗教人士中，还有一个很搞笑的王一贴道士。宝玉随贾母到天齐庙还愿，遇到王道士，据说他的膏药灵验，只一贴百病皆除。后来王道士讲了个笑话，最后承认自己的膏药都是假的。

> （王道士：）“实告你们说，连膏药也是假的。我有真药，我还吃了作神仙呢。有真的，跑到这里来混？”

所以，在曹雪芹的文字里，世俗的宗教人士都是跑出来混的。像王道士这种卖点假药赚点钱的，已经算是安分的了；像馒头庵老尼这种通过贿赂权贵发横财的，就更加贪婪；而像马道婆这种为了财物害人性命的，简直恐怖至极。

这就是贾宝玉所在社会的宗教生活。

红楼探玉

红楼探玉

大家知道，贾宝玉可是个理想主义者，最恨那些贪恋权力和金钱的世俗“禄蠹”。我们可以试想，当贾宝玉第一次出家，陷入了一个和外面社会一样庸俗、甚至更加丑陋和虚伪的寺庙环境，身边的和尚们天天干着各种见不得人的勾当，而且还胁迫他也参与其中，这将会对贾宝玉产生进一步的打击。

原来这个世上，连一小片干净的地方都没有！

贾宝玉会和这些人同流合污么？他能在这种地方长留吗？

不会。贾宝玉在短暂的僧侣生活后，就会认识到当时宗教现实的虚伪本质，他会无法忍受，选择离开。

所以说，贾宝玉第一次出家的失败，应该是源于对现实宗教的极度失望。以贾宝玉的思想和性格，他不可能在现实宗教里找到解脱和归宿，因此不能在寺院里长期生活下去。

现实的宗教不能拯救他，他对现实里的宗教也彻底失望。

九、沦落乞丐

既然宝玉的第一次出家是以失败告终的。那么，他离开寺院后去哪里了呢？

可以想象，彼时的贾家已经在抄家后没落，宝玉在出家后一定是一无所有。而且根据薛宝钗的判词“金簪雪里埋”，预示薛宝钗最后孤独终老，看来宝玉告别僧侣生活后也没有能够和宝钗团聚。他形单影只、无依无靠，“赤条条来去无牵挂”。

那么贾宝玉到哪里去了呢？

其实，只要细心看看第一回中甄士隐对《好了歌》的解注，就知道贾宝玉后来沦落为乞丐。《好了歌》的解注中有一句“展眼乞丐人皆谤”，这里脂砚斋批语——“甄玉、贾玉一干人”。

可见贾宝玉后来是做了乞丐，遭受世人的冷眼和嘲讽。

宝玉做乞丐，与另外一句脂砚斋批语的内容也是一致的。第十九回中，宝玉私自跑到袭人家，让袭人很是感动。袭人的母兄虽然“齐齐整整摆上一桌子果品来”，但袭人“见总无可吃之物”。这个细节反映了宝玉自幼生活何等娇贵，以及贵族生活与普通百姓生活的巨大差距。这里脂砚斋也有一句耐人寻味的批语：

> 补明宝玉自幼何等娇贵。以此一句留与下部后数十回“寒冬噎酸虀，雪夜围破毡”等处对看，可为后生过分之戒。叹叹！

这里说的后数十回的“寒冬噎酸虀，雪夜围破毡”，形容的应该就是宝玉沦落为乞丐以后的贫窘状况——在寒冷的冬天吃着酸了的剩菜，噎住了嗓子，下大雪的夜晚围着一块破了的毯子取暖——这是乞丐生存状况既视感！

贾宝玉沦落为乞丐，也应了宝钗点戏中鲁智深《点绛唇》的唱词：“没缘法转眼分离乍。赤条条来去无牵挂。那里讨烟蓑雨笠卷单行？一任俺芒鞋破钵随缘化！”

“没缘法”就是和宗教无缘，“转眼分离乍”就是很快就离开了寺院，“赤条条来去无牵挂”“烟蓑雨笠卷单行”“芒鞋破钵随缘化”，则都是乞丐求生、浪迹天涯的境况。

从贾宝玉沦落为乞丐这一情节，我们也可以反推出贾宝玉第一次出家将以失败而告终。因为做和尚与做乞丐，只能是一先一后。如果是当乞丐在先，脂砚斋不可能说，“若他人得宝钗之妻、麝月之婢，岂能弃而为僧哉？”而会说，“若他人得宝钗之妻、麝月之婢，岂能弃而为乞丐哉？”所以做和尚肯定是在先的，那么做乞丐肯定在后。

因此，宝玉是先出家，但不满现实而离开寺庙，沦落街头为丐。

宝玉的乞丐生活虽然凄苦，但在形象上，却越来越接近真神了。书中的真神是癞头和尚和跛足道人，看看他们两位的形象吧，是不是就是乞丐模样：

（癞头和尚）

鼻如悬胆两眉长，目似明星蓄宝光，

破衲芒鞋无住迹，腌臜更有满头疮。

（跛足道人）

一足高来一足低，浑身带水又拖泥。

相逢若问家何处，却在蓬莱弱水西。

十、贾宝玉的觉醒

1. 重返京城

《好了歌》透露的细节，描述了贾府未来的光景：

陋室空堂，当年笏满床，（脂砚斋批语：宁、荣未有之先。）

衰草枯杨，曾为歌舞场。（脂砚斋批语：宁、荣既败之后。）

蛛丝儿结满雕梁，（脂砚斋批语：潇湘馆、紫芸轩等处。）

绿纱今又糊在蓬窗上。（脂砚斋批语：雨村等一干新荣暴发之家。）

脂砚斋的批语说，“陋室空堂，当年笏满床”，是贾府繁荣时的光景，“衰草枯杨，曾为歌舞场”，则是贾府衰败后的废墟。

以上的文字说明，贾府荒芜、易主的情景应该在书的后面有描写，而见证这些变化的很可能就是贾宝玉本人。

在经历了多年的艰难磨砺后，贾宝玉回到京城。他已经成了一个一无所有的乞丐，街上没有人认出他，对他都嫌弃避讳。他所拥有的，只有青春年少时美好的记忆。他想在临死前，回到那个儿时的地方，再重温一遍那些温暖的记忆，记忆中有他的亲人、他的玩伴、他的爱情、他的一切。

但是，眼前的贾府早已变了样子。贾雨村卖主求荣，本来接手了贾府的豪宅，但他最终还是因为贪得无厌，“因嫌纱帽小，致使枷锁扛”。贾雨村走后，这里又有了新的主人。真可谓“乱烘烘你方唱罢我登场”。

这些兴衰轮回，不免让宝玉感叹人生如戏。但他仍然希望知道宝钗的消息，他虽然从来没有爱过她，但她仍是他的妻子，于是他四处打听，才找到宝钗现在的居所。

2. 宝钗之死

然而，当他找到宝钗居所的时候，才发现她刚刚去世了！

而且他听说，她死得很凄惨。自从他走后，宝钗一直为他守着活寡。由于经济的拮据，她受尽了生活的折磨和旁人的冷眼。由于热毒症的加重，她每夜喘嗽不止、身体虚弱。但是她总是心怀希望，希望宝玉有一天能够回来，和她夫妻团聚。

但是她望眼欲穿，等到两鬓成霜，终究也没有等到他的归来。在一个寒冷的月夜，她挣扎着写下《十独吟》，用十首诗悼念十位曾经孤独而终的女子。绝笔后，她流下最后一滴眼泪，离开了人世。

今天，宝玉捧着宝钗留下的《十独吟》，心痛不已。

他忽然发现自己错了，他对不起她！

说真的，他对不起很多人！

他曾经哀叹过自己的遭遇，本是贵族公子，却经历抄家，被关进监狱，后来流离失所，沦落为乞丐。但他发现，其实遭遇更加凄惨的，是他身边的这些女子们！

金钏儿悲愤投井而死，是因为他平日的轻浮和顽皮的说笑；晴雯被撵出家门、含冤病死，也是因为他说话举止向来随性，让人说了闲话；黛玉之死，是他被困在监狱，无能为力，也是因为他根本无力对抗世人，无力兑现承诺；宝钗之死，也是他造成的，他让她守了一辈子寡，受了一辈子苦，他都不知道她其实病得那么重，他从来没有关心过她，最后都没有能跟她道一声对不起……

这些女子都为他牺牲了，而他自己根本微不足道，他所经历的一切苦难都是应该的，都是对她们的偿还，对自己的救赎！

她们才是最值得同情的！

3. 彻底领悟

在经受了最后的打击之后，贾宝玉彻底觉醒了。

他领悟到自己一生执着的可笑，也领悟到这个世界本身的荒谬。

贾宝玉的理想归宿，其实是在自己的内心。

正所谓佛祖自在人心，内心的觉悟才能看透人生的虚幻。

甄士隐就是贾宝玉的缩影。甄士隐在经历人生的大起大落后，又听到跛足道人唱的《好了歌》，终于大彻大悟，而且还将《好了歌》解注了一番：

> 陋室空堂，当年笏满床，衰草枯杨，曾为歌舞场。蛛丝儿结满雕梁，绿纱今又糊在蓬窗上。说什么脂正浓，粉正香，如何两鬓又成霜？昨日黄土陇头送白骨，今宵红灯帐底卧鸳鸯。金满箱，银满箱，展眼乞丐人皆谤。正叹他人命不长，那知自己归来丧！训有方，保不定日后作强梁。择膏粱，谁承望流落在烟花巷！因嫌纱帽小，致使锁枷扛，昨怜破袄寒，今嫌紫蟒长。乱烘烘你方唱罢我登场，反认他乡是故乡。甚荒唐，到头来都是为他人作嫁衣裳！

从这段解注看，甄士隐对人生已经看得很透，就连跛足道人都拍掌笑道：“解得切，解得切！”

甄士隐于是跟着跛足道人“飘飘而去”了。跛足道人和癞头和尚是真正的神仙，与那些世俗的和尚道士是完全不同的。甄士隐跟随跛足道人走了，是真正的成仙。

还有柳湘莲，他和甄士隐相似，觉悟也是源自内心。柳湘莲本来与尤三姐定亲，但后来由于怀疑尤三姐与贾家东府曾有不清不楚的关系，于是退了亲。没想到尤三姐不仅洁身自好，而且性格刚烈，听到柳湘莲退亲，马上拔剑自刎了。

尤三姐死后，柳湘莲悲痛欲绝，痴情眷恋，因此离家出走。后来他在一座破庙里遇见跛足道士，问他："此系何方？仙师仙名法号？"跛足道士说："连我也不知道此系何方，我系何人，不过暂来歇足而已。"就这一句话，让柳湘莲彻底觉悟。

> 湘莲警觉，似梦非梦，睁眼看时，那里有薛家小童，也非新室，竟是一座破庙，旁边坐着一个跏腿道士捕虱。湘莲便起身稽首相问："此系何方？仙师仙名法号？"道士笑道："连我也不知道此系何方，我系何人，不过暂来歇足而已。"柳湘莲听了，不觉冷然如寒冰侵骨，掣出那股雄剑，将万根烦恼丝一挥而尽，便随那道士，不知往那里去了。

"连我也不知道此系何方，我系何人，不过暂来歇足而已。"是在说人生本来虚幻，因此自己是谁、从哪里来都不重要。每个人都是红尘过客，暂时来这里歇脚而已。柳湘莲从中意识到自己曾经对世事是如何沉浸执着，对烦恼是如何无法割舍，因此"冷然如寒冰侵骨"，终于开悟，随道士离去了。整个过程与甄士隐非常相似。

贾宝玉真正的归宿，和甄士隐和柳湘莲一样，应该也是自己内心的开悟。在经历了世间的悲欢离合跌宕起伏、人心的险恶、家族的崩塌、爱情的绝望、亲人的死亡、信念的毁灭，如此等等之后，贾宝玉彻底参悟出红尘的虚幻，从而获得了真正的解脱。

宝玉就这样随着跛足道人去了……

十一、大结局：回归仙界、神绛重聚

宝玉就这样随着跛足道人去了……回归仙界，归位神瑛侍者。

贾宝玉的最终结局，在全书第一回已经揭示。其实我们只要细心分析第一回，

红楼探玉

就能看出最后一回的大致内容。

按照《红楼梦》第一回的设定，神瑛侍者和绛珠仙子本是天界的神仙。神瑛侍者下凡是为了“造历幻缘”，而绛珠仙子为了报答神瑛侍者前世的灌溉之情，也要跟随神瑛侍者下凡，把一生的眼泪偿还给他：

> 恰近日这神瑛侍者凡心偶炽，乘此昌明太平朝世，意欲下凡造历幻缘，已在警幻仙子案前挂了号。警幻亦曾问及灌溉之情未偿，趁此倒可了结的。那绛珠仙子道：“他是甘露之惠，我并无此水可还。他既下世为人，我也去下世为人，但把我一生所有的眼泪还他，也偿还得过他了。”

既然是“造历幻缘”，那么当一切虚幻结束以后，将会有什么情节呢？

很显然，神瑛侍者“造历幻缘”一定是有去有还的。神瑛侍者（贾宝玉）在人间“造历幻缘”结束之后，必将返回仙界。同样，绛珠仙子（林黛玉、薛宝钗）在还泪的历程结束之后，也将返回仙界。神瑛侍者和绛珠仙草将在天界重聚。

因此，贾宝玉的最终结局就是——回归仙界，与绛珠仙子重聚。

从人间的角度，贾宝玉和林黛玉、薛宝钗的爱情故事固然是彻彻底底的悲剧，但是从仙界的角度，神瑛侍者和绛珠仙子的三世情缘却是团圆结局。

第一回里二仙师曾道出十六字真言形容人间红尘——“乐极悲生、人非物换”“到头一梦、万境归空”。脂砚斋在这里注解说：“四句乃一部之总纲。”看来，“到头一梦、万境归空”，就是《红楼梦》的大结局。

> 二仙师听毕，齐憨笑道：“善哉，善哉！那红尘中却有些乐事，但不能永远依恃，况又有‘美中不足，好事多磨’八个字紧相连属，瞬息间则又乐极悲生、人非物换，究竟是到头一梦、万境归空。倒不如不去的好。”

既然是“万境归空”，就说明在林黛玉、薛宝钗、贾宝玉相继离开人世后，神瑛侍者和绛珠仙草会离开这个虚幻的人间，回归仙界。对他们而言，仙界才是唯一真实的存在。

除了第一回外，《红楼梦》前八十回中还有很多细节预示了贾宝玉死后回归天界。让我们看看其中有代表性的例子吧。

1.《邯郸记》的《仙缘》

神瑛侍者最终回归天界的一个重要佐证，是元春点戏中的伏笔。在第十八回元春点戏这个情节里，元春点的第三部戏是《邯郸梦》的《仙缘》，而脂砚斋称其为暗伏《红楼梦》全书四个“大过节、大关键”之一。

第三出《仙缘》（脂砚斋批语：《邯郸梦》中。伏甄宝玉送玉。）

《邯郸记》讲的是吕洞宾用磁枕带卢生入梦，让卢生经历了一场虚幻的人生（娶贤妻、中状元、立大功、做大官、被陷害、被流放、官复原职、大富大贵、年老死去），卢生黄粱梦醒后大彻大悟，跟随吕洞宾到蓬莱仙境，接替何仙姑在天庭扫花。

元春点的《仙缘》，又称《合仙》，是《邯郸梦》的最后一出戏，也是一出仙戏：吕洞宾将看破红尘的卢生带到蓬莱仙境，拜见八仙，八仙调侃卢生梦中的一生经历，让卢生更深刻地认识到人间的虚幻，最后卢生欣然接受在仙境扫花的差事。

既然《邯郸记》的《仙缘》暗伏《红楼梦》的重要情节，这说明仙界的情节在《红楼梦》的结尾是不可或缺的。这再次佐证了贾宝玉回归仙界、归位神瑛侍者的结局。

《邯郸梦》中的卢生在经历黄粱一梦后大彻大悟，这也预示着，最后令贾宝玉回归仙界的，并不是他的简单死亡，而是贾宝玉最终看破红尘、大彻大悟。

2. 扫花仙女与《赏花时》

在《邯郸梦》里，卢生最后接替何仙姑在蓬莱仙境扫花，因此扫花就是升仙的象征。知道了这一点，当看到《红楼梦》第二十三回中黛玉和宝玉扫花时，就会知道这是对黛玉和宝玉最终回归仙界的重要暗示：

> 宝玉一回头，却是林黛玉来了，肩上担着花锄，锄上挂着花囊，手内拿着花帚（脂砚斋：写出扫花仙女）。宝玉笑道："好，好，来把这个花扫起来，撂在那水里。我才撂了好些在那里呢。"林黛玉道："撂在水里不好。你看这里的水干净，只一流出去，有人家的地方脏的臭的混倒，仍旧把花糟蹋了。那犄角上我有一个花冢（脂砚斋：好名色！新奇！葬花亭里埋花人），如今把他扫了，装在这绢袋里，拿土埋上，日久不过随土化了（脂砚斋：宁使香魂随土化），岂不干净。"

描述宝玉和黛玉一同扫花，再次暗示了二人与卢生的相似性。脂砚斋批语"写出扫花仙女"，也道破其中玄机。可见，宝玉和黛玉最终回归仙位，将是《红楼梦》的必然结局。

更有趣的是，《邯郸梦》中何仙姑在仙境扫花时，唱了一首《赏花时》：

> 翠凤毛翎扎帚叉，闲踏天门扫落花。您看那风起玉尘沙。猛可的那一层云下，抵多少门外即天涯。您再休要剑斩黄龙一线儿差，再休向东老贫穷卖酒家。您与俺眼向云霞。洞宾呵，您得了人可便早些儿回话；若迟呵，错教人留恨碧桃花。

而这首《赏花时》在《红楼梦》中竟然也出现了！似乎曹雪芹生怕读者不知道他在借用"扫花"这个细节来暗示宝玉升仙的结局。

《赏花时》是在第六十三回宝玉生日聚会上被唱出来的。宝钗当时在占花名时抽到了牡丹的花牌，之后让芳官唱个曲子，芳官就唱了这支《赏花时》。《红楼梦》在这里还罕见地引用了《赏花时》的整段唱词：

> 宝钗便笑道："我先抓，不知抓出个什么来。"说着，将筒摇了一摇，伸手掣出一根，大家一看，只见签上画着一支牡丹，题着"艳冠群芳"四字，下面又有镌的小字一句唐诗，道是：任是无情也动人……宝钗吃过，便笑说："芳官唱一支我们听罢。"芳官道："既这样，大家吃门杯好听的。"于是大家吃酒。芳官便唱："寿筵处风光好……"众人都道："快打回去。这会子很不用你来上寿，拣你极好的唱来。"芳官只得细细的唱了一支《赏花时》：翠凤毛翎扎帚叉，闲踏天门扫落花。您看那风起玉尘沙。猛可的那一层云下，抵多少门外即天涯。您再休要剑斩黄龙一线儿差，再休向东老贫穷卖酒家。您与俺眼向云霞。洞宾呵，您得了人可便早些儿回话；若迟呵，错教人留恨碧桃花。

第二十三回黛玉和宝玉扫花，与第六十三回宝钗在宝玉寿辰点《赏花时》，前后呼应，且都与宝玉有关系。前者预示黛玉和宝玉的升仙，后者预示了宝钗和宝玉的升仙。

根据前文的分析，黛玉和宝钗都是绛珠仙草，绛珠仙草先是化身黛玉，黛玉死后又魂附宝钗，最后宝钗和宝玉也相继离开人间，归位绛珠仙草和神瑛侍者。这就是为什么在象征着升仙的"扫花"和《赏花时》片段中，宝玉、黛玉、宝钗三人都会出现。曹雪芹的行文可谓滴水不漏。

3. 怡红院的碧桃花——仙界的象征

宝玉的居所是怡红院，而怡红院里长的"碧桃花"，也是宝玉将来升仙的暗示。《红楼梦》第十七回在描述怡红院时提到碧桃花：

贾政笑道：“到此可要进去歇息歇息了。”说着，一径引人绕着碧桃花，穿过一层竹篱花障编就的月洞门，俄见粉墙环护，绿柳周垂。

碧桃是桃的一个变种，碧桃花花朵丰腴，色彩鲜艳。但是更重要的是，碧桃花是传说中仙界的花，在古代文学作品中也常被当做仙界的象征。例如《邯郸梦》的《赏花时》中就有：

“洞宾呵，您得了人可便早些儿回话；若迟呵，错教人留恨碧桃花。”

——《邯郸梦》第三出《度世》

又如李商隐《石榴》：“可羡瑶池碧桃树，碧桃红颊一千年。”

又如鲍溶《怀仙二首》：“曾见周灵王太子，碧桃花下自吹笙。”

在贾宝玉的住所怡红院长着象征仙界的碧桃花，又是暗示宝玉升仙的结局。

贾宝玉的人生，是一场悲剧。

但对神仙来说，根本无所谓悲剧还是喜剧。人生本来虚幻，何谈悲喜？造历幻缘而已，何必认真？

色即是空，空即是色，色不异空，空不异色。

菩提本非树，明镜亦非台。本来无一物，何处惹尘埃？

无立足境，方是干净。

都是一个意思。

绛珠仙子先后化身林黛玉和薛宝钗，将人间的眼泪偿还给贾宝玉，报答神瑛侍者前世的灌溉之情。最后，贾宝玉和薛宝钗都离开人间，结束了幻历旅程，神瑛侍者和绛珠仙子在天界重聚。

聚即是散，散即是聚……

两个人的三世情缘，从仙界的视野，竟是一个大团圆的结局。

十二、贾宝玉情节大盘点

根据之前的分析，笔者按照时间顺序，梳理了贾宝玉的一生，供大家参考。

1. 在前世，西方灵河岸上三生石畔有绛珠草一株。天界赤瑕宫的神瑛侍者每天以甘露灌溉绛珠草，绛珠草得换人形，修成女体。

2. 神瑛侍者一日凡心偶炽，意欲下凡造历幻缘，在警幻仙子案前挂了号。绛珠仙子愿意随同神瑛侍者下世为人，准备用一生的眼泪偿还，报答神瑛侍者前世的灌溉之情。

3. 神瑛侍者降生在人间，化身为贾宝玉。贾宝玉出生时口中含有一块通灵宝玉。这通灵宝玉本是大荒山的石头，后在一僧一道的帮助下夹带到人间，同贾宝玉一同出世。

4. 贾宝玉年幼时，见到寄养贾府的林黛玉。两人一见如故，似曾相识。原来林黛玉就是绛珠仙子的化身。

5. 贾宝玉梦游太虚幻境，见到警幻仙子。警幻仙子把金陵十二钗的命运通过判词和红楼梦曲的形式展现给贾宝玉，又把自己的妹妹兼美许配给贾宝玉，希望贾宝玉能够领悟红尘的虚幻。但是贾宝玉尚未开悟。贾宝玉梦醒后，和袭人初试云雨情。

6. 薛宝钗来到贾府，身上戴有一把金锁，金锁上的文字和通灵宝玉的文字是一对儿，从此贾府有了金玉良姻之说。

7. 贾宝玉虽然钟情于林黛玉，但是对薛宝钗以及其他女孩子也心有羡慕。林黛玉因为贾宝玉，加上在贾府孤苦伶仃、远离家乡、身有疾病，常常抑郁流泪。

8. 林黛玉一直认为薛宝钗心机不正，但是有一次薛宝钗一番推心置腹的谈话，让林黛玉认识到薛宝钗的本性，并与其和好。林黛玉和薛宝钗从此成为挚友。

9. 元春去世，贾家获罪被抄家，有人被处决、有人被囚禁。忠顺王在贾雨村的唆使下，强迫贾宝玉交出通灵宝玉，但是通灵宝玉被误窃，贾宝玉无法交出，因而被关在狱神庙。

10. 贾宝玉在狱神庙遭到威胁和勒索，但无奈交不出通灵宝玉，生命岌岌可危。贾宝玉以前的丫鬟茜雪和红玉冒险到狱神庙探慰宝玉，给了宝玉很大的精神支持，带他走出困境。

11. 贾宝玉终于被释放回到家中，但是得知在这段他离家的时间里，林黛玉已经泪尽而逝。贾宝玉悲痛不已，痴病又犯，整日疯癫。

12. 在父母之命下，贾宝玉和薛宝钗成婚。新婚之夜，正逢妙玉在栊翠庵为黛玉招魂，绛珠仙子再临人间，魂附薛宝钗，与宝玉缔结金玉良缘。宝玉在痴病中也把宝钗认成黛玉。

13. 花袭人已经嫁给蒋玉菡，他们念及往日的主仆之情，在经济上接济贾宝玉和薛宝钗。贾宝玉虽然与薛宝钗成婚，但终日思念林黛玉，又与薛宝钗理念不合，终于有一天他离家出走，出家当了和尚，兑现了他对林黛玉的誓言。

14. 但是，现实的宗教令人失望，所谓佛门并非净地，甚至比世俗的地方更加贪婪、邪恶。贾宝玉终于忍无可忍，还俗离开。

15. 贾宝玉走投无路，形单影只，沦为乞丐。寒冬噎酸虀，雪夜围破毡。

16. 许多年后，贾宝玉辗转回到家中，发现薛宝钗因病刚刚过世，死时孤身一人、贫病交加，只留下思念的诗篇《十独吟》。贾宝玉悲痛欲绝，但终于大彻大悟，跟着跛足道人升仙而去。

17. 贾宝玉在天界归位神瑛侍者，与众神仙唏嘘感叹世间的经历和人生的虚幻，并发现绛珠仙子先是化身林黛玉，林黛玉死后又魂附薛宝钗，薛宝钗死后绛珠仙子也已经返回仙界。

18. 神瑛侍者与绛珠仙子在天界重聚。

天不拘兮地不羁，
心头无喜亦无悲；
却因煅炼通灵后，
便向人间觅是非。
粉渍脂痕污宝光，
绮栊昼夜困鸳鸯。
沉酣一梦终须醒，
冤孽偿清好散场。

石头篇

三生石：

石头的三生三世与《石头记》

一、石头和《石头记》

《红楼梦》本名《石头记》。

之所以叫做《石头记》，因为据书上说，《红楼梦》的全文竟是自然显现在一块大石上的。这座大石位于大荒山无稽崖青埂峰，上面记录了这块大石在人间的经历。

> 后来，又不知过了几世几劫，因有个空空道人访道求仙，忽从这大荒山无稽崖青埂峰下经过，忽见一大石上字迹分明，编述历历。空空道人乃从头一看，原来就是无材补天、幻形入世，蒙茫茫大士、渺渺真人携入红尘，历尽离合悲欢、炎凉世态的一段故事。后面又有一首偈云：
>
> 无材可去补苍天，枉入红尘若许年。此系身前身后事，倩谁记去作奇传？
>
> ——《红楼梦》第一回

空空道人访道求仙的路上看到了大石上的文字，觉得有趣，就把文字抄录了下来，最后由曹雪芹编纂成书。

空空道人听如此说，思忖半晌，将这《石头记》再检阅一遍，因见上面虽有些指奸责佞、贬恶诛邪之语，亦非伤时骂世之旨，及至君仁臣良、父慈子孝，凡伦常所关之处，皆是称功颂德，眷眷无穷，实非别书之可比。虽其中大旨谈情，亦不过实录其事，又非假拟妄称，一味淫邀艳约、私订偷盟之可比。因毫不干涉时世，方从头至尾抄录回来，问世传奇。因空见色，由色生情，传情入色，自色悟空，遂易名为情僧，改《石头记》为《情僧录》。至吴玉峰题曰《红楼梦》。东鲁孔梅溪则题曰《风月宝鉴》。后因曹雪芹于悼红轩中，披阅十载，增删五次，纂成目录，分出章回，则题曰《金陵十二钗》。并题一绝云：满纸荒唐言，一把辛酸泪！都云作者痴，谁解其中味？

至脂砚斋甲戌抄阅再评，仍用《石头记》。

——《红楼梦》第一回

如果真的是这样，这本《石头记》就根本没有作者，是一本天作之书了。然而，脂砚斋在这里批语道："若云雪芹披阅增删，然则开卷至此这一篇楔子又系谁撰？足见作者之笔，狡猾之甚。"

可见，这《石头记》就是曹雪芹自己写的，他只是假托天书之名，增加这本书的神秘色彩而已。

但是根据小说的设定，这石头上为什么会出现文字呢？

原来，这石头本来就在大荒山无稽崖青埂峰，由于无才补天，被弃而不用，因此整日"自怨自叹""悲号惭愧"。

原来女娲氏炼石补天之时，于大荒山无稽崖练成高经十二丈、方经二十四丈顽石三万六千五百零一块。娲皇氏只用了三万六千五百块，只单单的剩了一块未用，便弃在此山青埂峰下。谁知此石自经煅炼之后，灵性已通，因见众石俱得补天，独自己无材不堪入选，遂自怨自叹，日夜悲号惭愧。

——《红楼梦》第一回

正好有一天，一僧一道两位仙人路过，说到“红尘中荣华富贵”，石头听了就起了凡心，央求一僧一道带它到人间体验一番。一僧一道只好同意，就“大展幻术”，把这石头变成了一块“鲜明莹洁的美玉”，然后把它夹带到人间。

这石凡心已炽，那里听得进这话去，乃复苦求再四。二仙知不可强制，乃叹道：“此亦静极思动，无中生有之数也。既如此，我们便携你去受享受享，只是到不得意时，切莫后悔。”石道：“自然，自然。”那僧又道：“若说你性灵，却又如此质蠢，并更无奇贵之处，如此也只好踮脚而已。也罢，我如今大施佛法助你一助，待劫终之日，复还本质，以了此案。你道好否？”石头听了，感谢不尽。那僧便念咒书符，大展幻术，将一块大石登时变成一块鲜明莹洁的美玉，且又缩成扇坠大小的可佩可拿。

——《红楼梦》第一回

僧人用幻术把这块石头变成的玉，就是通灵宝玉。贾宝玉出生时嘴里含着的玉，就是这石头在人间的幻象。

子兴叹道：“……不想次年又生了一位公子，说来更奇：一落胎胞，嘴里便衔下一块五彩晶莹的玉来，上面还有许多字迹，就取名叫做宝玉。你道是新奇异事不是？”

——《红楼梦》第二回

我们知道，贾宝玉是神瑛侍者下凡，他到人间也是因为凡心偶炽，想体验一下这里的温柔富贵乡。于是一僧一道就在神瑛侍者投胎贾宝玉的时候，把这玉夹带在贾宝玉的嘴里，和贾宝玉一同降生人间。这样，当神瑛侍者通过贾宝玉这个幻象体验人生的时候，石头同时通过通灵宝玉这个幻象体验人生。

说起来很像打游戏。

但区别是，神瑛侍者在游戏人间的时候，并不知道自己是个神仙，他认为自己只是贾宝玉，一个凡人而已。

而石头就成了神瑛侍者人间游戏的见证者和记录者。

总结一下，石头经历了三生的故事。

仙界：女娲要补天，造了三万六千五百零一块石头，单这块石头没有被用到。这石头每日自怨自艾，恰好遇到两位神仙，于是央求他们把它带到人间享受。

人间：两位神仙大施幻术，把石头变成通灵宝玉。这通灵宝玉被婴儿贾宝玉衔着降生人间，从此和贾宝玉一起经历了红尘中的“荣华富贵”“美中不足”“好事多磨”。

仙界：贾宝玉结束人间幻历，归位神瑛侍者，通灵宝玉也变回石头，回到大荒山无稽崖青埂峰。石头上面记录了它在人世间的所见所闻。这些文字后来被空空道人带到人间，由曹雪芹编纂成书，取名《石头记》。

可见，石头的故事是始于仙界，经过人间，最后又终于仙界。

石头是红尘幻历的记录者，也是神瑛侍者和绛珠仙草人间奇缘的见证人。

二、石头的原型

石头这个“人物”的设计，新奇有趣，为《红楼梦》增加了一个独特的观察视角。石头与神瑛侍者的相互映照，也提升了叙事的整体美感。但是石头这个“人物”并不是曹雪芹凭空想象出来的，他至少借鉴了《邯郸记》中的磁枕、《牡丹亭》中的石道姑、《一捧雪》中的玉杯、甚至秦始皇的传国玉玺等若干原型。

1.《邯郸记》中的磁枕

《邯郸记》中的磁枕是吕洞宾从仙界带到人间的，它的功能是帮助卢生进入梦境、体验人生。在卢生大彻大悟后，才发现“当初是打从这枕儿里去”，“难道这一星星都是谎？怎教人不护着这枕儿心快？忽突帐，六十年光景，熟不的半箸黄粱？”

《红楼梦》中的石头和《邯郸记》中的磁枕很相似。石头也是仙人（二仙）帮助带到人间的，也是交给凡人（贾宝玉）使用的。石头和磁枕都与如梦人生密切关联，但作用稍有区别：磁枕是引领卢生进入梦幻人生的道具，而石头则是梦幻人生的记录者。《邯郸记》和《红楼梦》的设定类比如下：

《邯郸记》->《红楼梦》

吕洞宾 -> 二仙（度人的神仙）

磁枕 -> 石头/通灵宝玉（神仙带到人间的宝物）

卢生 -> 贾宝玉（被度的人）

当然，石头的“戏份”远远超过《邯郸记》中的磁枕。

石头作为《红楼梦》的一个重要视角，有时还会跳脱开本来的叙事节奏，以第一人称叙述情节，十分有趣。例如第十五回，宝玉抓到秦钟的把柄后，就寝时“凤姐因怕通灵玉失落，便等宝玉睡下，命人拿来塞在自己枕边”。这时突然转换成通灵宝玉的视角，来了一句第一人称的叙述：“宝玉不知与秦钟算何账目，未见真切，未曾记得，此系疑案，不敢纂创。”

通灵宝玉有时还会在关键时刻出现，扭转乾坤。例如第二十五回，贾宝玉受到马道婆妖术蛊惑，生命垂危。这时二仙出现，利用通灵宝玉治愈了贾宝玉的病。癞头和尚还对通灵宝玉讲了一段话：

那和尚接了过来，擎在掌上，长叹一声道："青埂峰一别，展眼已过十三载矣！人世光阴，如此迅速，尘缘满日，若似弹指！可羡你当时的那段好处：天不拘兮地不羁，心头无喜亦无悲；却因煅炼通灵后，便向人间觅是非。可叹你今朝这番经历：粉渍脂痕污宝光，绮栊昼夜困鸳鸯。沉酣一梦终须醒，冤孽偿清好散场！"

癞头和尚对通灵宝玉说"沉酣一梦终须醒"，再次强调了后文人间梦醒的情节，而"冤孽偿清好散场"，也预示着石头最终的回归。可见，石头一直伴随着《红楼梦》故事，作为主人公人间幻历之旅的旁观者和见证者，贯穿全书始终。

2.《牡丹亭》中的石道姑

石头这个角色，除了借鉴《邯郸记》中的磁枕，还借鉴了《牡丹亭》中的石道姑这个人物。石头和石道姑有如下相似点：

（1）同样的名字：都有"石"字。

（2）同样的出身：都是被人所弃。

石头的出身是：

原来，女娲氏炼石补天之时，于大荒山无稽崖炼成高经十二丈、方经二十四丈顽石三万六千五百零一块。娲皇氏只用了三万六千五百块，只单单的剩了一块未用，便弃在此山青埂峰下。谁知此石自经煅炼之后，灵性已通，因见众石俱得补天，独自己无材不堪入选，遂自怨自叹，日夜悲号惭愧。

石道姑的出身是：

贫道紫阳宫石道姑是也。俗家原不姓石，则因生为石女，为人所弃，故号“石姑”。

（3）同样的特质：通灵

通灵宝玉之所以有“通灵”这两个字，因为它是神仙带到人间的，本身就带有仙气，还具有“一除邪祟、二疗冤疾、三知祸福”的功能。第二十五回贾宝玉被赵姨娘施邪术弄得奄奄一息时，通灵宝玉还被一僧一道用来治疗贾宝玉的病。

石道姑也是连接凡人和冥界、可以通灵的角色。在杜丽娘临死之前，石道姑也去为杜丽娘治过病，为杜丽娘贴过符、念过咒。特别是石道姑为杜丽娘“开设道场”“招魂”之后，杜丽娘的鬼魂马上就出现了。可见石道姑特殊的通灵身份。

（4）同样的作用：故事的见证者、婚姻的缔结者

《红楼梦》中的石头幻化成通灵宝玉后来到人间，一直伴随贾宝玉，成为贾宝玉人间故事的见证者。这一点与石道姑的作用也比较类似。因为石道姑在《牡丹亭》故事中充当的角色基本上就是柳梦梅和杜丽娘爱情的见证者。

另外，《红楼梦》中的通灵宝玉还是金玉姻缘的缔结者。大家知道，薛宝钗和贾宝玉之所以被称作“金玉姻缘”，是因为薛宝钗有一把金锁，而贾宝玉有一块通灵宝玉。“（薛宝钗的）金锁是个和尚给的，等日后有玉的方可结为婚姻”。所以说，石头／通灵宝玉还充当了贾宝玉和薛宝钗婚姻的缔结者。

这个婚姻缔结者的作用很可能也是承袭《牡丹亭》里的石道姑的，因为石道姑不仅帮助柳梦梅开棺复活了杜丽娘，而且还成全了柳梦梅和杜丽娘的婚姻，也是二人婚姻的缔结者。

3.《一捧雪》中的玉杯

《一捧雪》讲的是明朝嘉靖年间，关于玉杯“一捧雪”的故事。戏文内容前文已做过介绍，此处不再赘述。

《一捧雪》和《红楼梦》的设定类比如下：

红楼探玉

红楼探玉

《一捧雪》->《红楼梦》

一捧雪玉杯 -> 石头/通灵宝玉

莫怀古 -> 贾宝玉 （玉的主人）

严世蕃 -> 忠顺王 （夺玉者）

汤勤 -> 贾雨村 （卖主求荣者）

三、《石头记》的三段落

石头经历了三生三世，而石头上呈现的《石头记》也是个三生三世的故事。

《石头记》前八十回的叙事是从仙界开始的，故事的展开则在人间。八十回后，除了要完结人间的故事，《石头记》最终会以仙界的情节作结尾。这是因为：

1. 神瑛侍者和绛珠仙草下凡有去有还

按照书里第一回的设定，神瑛侍者和绛珠仙子本是仙界的神仙，他们两个一同下凡，神瑛侍者是为了“造历幻缘”，绛珠仙子是为了还泪：

> 恰近日这神瑛侍者凡心偶炽，乘此昌明太平朝世，意欲下凡造历幻缘，已在警幻仙子案前挂了号。警幻亦曾问及灌溉之情未偿，趁此倒可了结的。那绛珠仙子道：“他是甘露之惠，我并无此水可还。他既下世为人，我也去下世为人，但把我一生所有的眼泪还他，也偿还得过他了。”

既然如此，当“造历幻缘”和还泪的过程结束后，神瑛侍者和绛珠仙草必然会返回仙界。因而仙界的情节在最后必不可少。

2.“到头一梦、万境归空”的总纲

第一回里二仙师与顽石的对话，也揭示了全书的总纲：

> 二仙师听毕，齐憨笑道："善哉，善哉！那红尘中有却有些乐事，但不能永远依恃，况又有'美中不足，好事多磨'八个字紧相连属，瞬息间则又乐极悲生、人非物换，究竟是到头一梦、万境归空。倒不如不去的好。"

在这里脂砚斋做出重要批语："四句乃一部之总纲"。也就是说，《红楼梦》的总纲是"乐极悲生""人非物换""到头一梦""万境归空"。其中"乐极悲生、人非物换"预示书中人物的命运，而"到头一梦、万境归空"则是《红楼梦》真正的大结局。

那么是谁"到头一梦、万境归空"呢？当然只能是主要人物神瑛侍者和绛珠仙草。因此，在宝玉、黛玉、宝钗离开人世后，神瑛侍者和绛珠仙草归位仙界，应该是《红楼梦》的必然结局。

3.《邯郸记》的黄粱梦醒

元春点的第三出戏是《邯郸记》中的《仙缘》，脂砚斋称其为全书四个"大过节、大关键"之一。要想了解《红楼梦》八十回后发生了什么，必须先了解《邯郸记》和《仙缘》。

《邯郸记》的故事是这样的：吕洞宾离开蓬莱仙境前，告诉扫花的何仙姑他要到人间度人；吕洞宾到人间遇见卢生，送给卢生一枕，带其入梦。在梦中，卢生经历了跌宕起伏的一生：入赘、中状元、开疆扩土、远征吐蕃立功、受奸臣诬陷而被抄家、被流放险些丧命、冤情得雪官复原职、晚年奢侈、最后去世。卢生梦醒后发现一切都是虚幻，从而大彻大悟，随吕洞宾到蓬莱仙境，接替何仙姑在天庭扫花。

元春点的《仙缘》，又称《合仙》，是《邯郸记》的最后一出戏，讲的是卢生黄粱梦醒以后的内容：吕洞宾将开悟后的卢生带到蓬莱仙境拜见八仙，八仙一一调侃了卢生梦中的一生经历，让卢生更深刻地认识到功名利禄的可笑以及人间欲望的虚幻，最后欣然接受在仙境扫花的差事。

《邯郸记》正是由仙境、人间、仙境三个大段落构成的。《仙缘》作为《邯郸记》的最后一部分，讲述的正是卢生随吕洞宾返回仙境的故事。

既然脂砚斋说《邯郸记》的《仙缘》伏全书的“大过节、大关键”，那么《红楼梦》在结尾应该会出现类似《仙缘》的、以仙境为场景的情节。

有心人还会发现，《红楼梦》开场时二仙谈论下凡度人的台词与吕洞宾在《邯郸记》开场的台词也相映成趣：

《红楼梦》第一回二仙对话：

那道人道：“趁此何不你我也去下世度脱几个，岂不是一场功德？”那僧道：“正合吾意，你且同我到警幻仙子宫中，将蠢物交割清楚，待这一干风流孽鬼下世已完，你我再去。”

《邯郸记》第三出吕洞宾和何仙姑对话：

（见介）洞宾先生何往？（吕）恭喜你领了东华帝旨，证了仙班。果老仙翁诚恐你高班已上，扫花无人，着我再往尘寰，度取一位。敢支分杀人也！

《红楼梦》第一回中二仙说“到头一梦”，这个梦与《邯郸记》中的黄粱梦其实是异曲同工。等梦醒后，人生幻历结束，就是“万境归空”，回归仙境。

因此，《红楼梦》与《邯郸记》一样，也是仙境、人间、仙境的三段结构。

四、神瑛侍者的觉悟之旅：思凡 -> 痴迷 -> 觉悟

在仙境、人间、仙境的大结构下，《红楼梦》第一个叙事主线是神瑛侍者从思凡，到痴迷，再到觉悟的旅程。

1. 痴人贾宝玉

贾宝玉是个痴人。

贾宝玉一出场就凸显了这个“痴”字。贾宝玉初见林黛玉，就问她是不是也有玉。当黛玉说她没有玉时，宝玉就“登时发作起痴狂病”来：

> 宝玉笑道：“除《四书》外，杜撰的太多，偏只我是杜撰不成？”又问黛玉：“可也有玉没有？”众人不解其语，黛玉便忖度着：“因他有玉，故问我也有无。”因答道：“我没有那个。想来那玉亦是一件罕物，岂能人人有的。”宝玉听了，登时发作起痴狂病来，摘下那玉，就狠命摔去，骂道：“什么罕物，连人之高低不择，还说‘通灵’不‘通灵’呢！我也不要这劳什子了！”吓的地下众人一拥争去拾玉。贾母急的搂了宝玉道：“孽障！你生气，要打骂人容易，何苦摔那命根子！”宝玉满面泪痕泣道：“家里姐姐妹妹都没有，单我有，我就没趣，如今来了这么一个神仙似的妹妹也没有，可知这不是个好东西！”
>
> ——《红楼梦》第三回

贾宝玉有痴病，是因为前世的神瑛侍者“凡心偶炽”，要“造历幻缘”。因此，神瑛侍者化身成的贾宝玉天生就有一种痴病。所谓“凡心偶炽，是以孽火齐攻”。

贾宝玉的痴病，来自对尘世的眷恋，来自对爱情的执着。

随着宝玉和黛玉感情越发深厚，宝玉的痴病就更加严重了。曾经有一次，宝玉只是从紫鹃那里听说黛玉要回老家，痴病就突然发作了，而且半天都缓不过来。

> 正说着，人回林之孝家的、单大良家的都来瞧哥儿来了。贾母道：“难为他们想着，叫他们来瞧瞧。”宝玉听了一个“林”字，便满床闹

> 起来说："了不得了，林家的人接他们来了，快打出去罢！"贾母听了，也忙说："打出去罢。"又忙安慰说："那不是林家的人。林家的人都死绝了，没人来接他的，你只放心罢。"宝玉哭道："凭他是谁，除了林妹妹，都不许姓林的！"贾母道："没姓林的来，凡姓林的我都打走了。"一面吩咐众人："以后别叫林之孝家的进园来，你们也别说'林'字。好孩子们，你们听我这句话罢！"众人忙答应，又不敢笑。一时宝玉又看见了十锦格子上的西洋船模，便指着乱叫说："那不是接他们来的船来了，湾在那里呢。"还将船"掖在被中"，笑道："可去不成了！"一面说，一面死拉着紫鹃不放。
>
> ——《红楼梦》第五十七回

在八十回后，当贾宝玉得知林黛玉死后，肯定会悲痛欲绝，这时他的痴病会变得异常严重。

2. 宝玉的渐醒渐悟

不过，伴随着贾宝玉的痴病，在书中我们还会看到贾宝玉开悟的过程。在经历跌宕起伏的人生后，贾宝玉终有一悟，不再痴迷。

（1）红楼梦十二曲 ——懵懂的宝玉终有一悟

对于贾宝玉的最终开悟，《红楼梦》前八十回中有多处伏笔，其中最直接的就是第五回《开生面梦演红楼梦 立新场情传幻境情》中警幻仙姑的话。

在这一回中，贾宝玉魂游太虚幻境，遇到警幻仙姑和众仙女。众仙女问警幻仙姑为何带宝玉来仙境，警幻仙姑解释道：

> "你等不知原委：今日原欲往荣府去接绛珠，适从宁府所过，偶遇宁荣二公之灵，嘱吾云：'吾家自国朝定鼎以来，功名奕世，富贵传流，虽历百年，奈运终数尽，不可挽回者。故近之子孙虽多，竟无一可以继

> 业。其中惟嫡孙宝玉一人，禀性乖张，生情怪谲，虽聪明灵慧，略可望成，无奈吾家运数合终，恐无人规引入正。幸仙姑偶来，万望先以情欲声色等事警其痴顽，或能使彼跳出迷人圈子，然后入于正路，亦吾兄弟之幸矣。’如此嘱吾，故发慈心，引彼至此。先以彼家上、中、下三等女子之终身册籍，令彼熟玩，尚未觉悟。故引彼再至此处，令其再历饮馔声色之幻，或冀将来一悟，亦未可知也。”

警幻仙姑带宝玉神游太虚境，就是为了“以情欲声色等事警其痴顽”，期待宝玉“将来一悟”。这里的“将来一悟”，即为宝玉的结局埋下了伏笔。

警幻仙姑对贾宝玉的警示，用了三种办法：第一、“醉以灵酒，沁以仙茗”，给宝玉品尝仙界才有的酒和茶；第二、“警以妙曲”，让宝玉观看金陵十二钗判词，欣赏红楼梦十二曲，希望通过展示人物命运帮助宝玉开悟；第三，将妹妹兼美许配给宝玉，希望以情欲声色帮助宝玉开悟。

可惜，当时的宝玉还不能领悟警幻仙姑的深意。在看完金陵十二钗判词后，宝玉的反应是——“宝玉看了不解”；而在听完红楼梦十二曲后，宝玉的反应是——“甚无趣味”；在与兼美成姻、领略男女之情后，宝玉反而堕入迷津。

看到宝玉的反应，警幻仙姑只能叹道——“痴儿竟尚未悟！”

“痴儿竟尚未悟”这六个字，说明宝玉当时还处于“痴迷”状态，但也暗示宝玉将来必有一悟。而将来的觉醒，需要贾宝玉更深刻地理解人生。这需要时间。

所以说，最初的贾宝玉是痴迷的，但是在经历过“乐极悲生、人非物换”的人生后，他必将大彻大悟。贾宝玉最终将看透人世的虚幻、欲望的缥缈。贾宝玉觉悟的时刻，就是红楼梦醒之时。贾宝玉将带着一颗无欲无求的心，回到仙界，归位神瑛侍者。

（2）续《庄子》——觉悟的萌芽

贾宝玉的觉悟是一个渐进的过程。

早在《红楼梦》第二十一回，宝玉就露出觉悟的萌芽。当时宝玉因为和袭人、宝钗等人闹别扭，感到很无趣，又读了《南华经》（即《庄子》），所以心生感慨，竟然下笔续写《庄子》：

> 焚花散麝，而闺阁始人含其劝矣，戕宝钗之仙姿，灰黛玉之灵窍，丧减情意，而闺阁之美恶始相类矣。彼含其劝，则无参商之虞矣，戕其仙姿，无恋爱之心矣，灰其灵窍，无才思之情矣。彼钗、玉、花、麝者，皆张其罗而穴其隧，所以迷眩缠陷天下者也。

能够写出“彼钗、玉、花、麝者，皆张其罗而穴其隧，所以迷眩缠陷天下者也”，可见这时的宝玉在经历了一些人情世故后，对人生和欲望开始产生思考。他沿着庄子的思想脉络，渐渐意识到人生如梦的道理，对世间的欲望和纷扰开始表现出无奈和怀疑的情绪。

但当时的宝玉还不能真正觉悟，第二天一早，“宝玉将昨日的事已付与度外”。而且，当第二天黛玉和宝钗调侃他续《南华经》时，他又无言以对了：

> 宝玉自已以为觉悟，不想忽被黛玉一问，便不能答，宝钗又比出“语录”来，此皆素不见他们能者。自已想了一想：“原来他们比我的知觉在先，尚未解悟，我如今何必自寻苦恼。”

宝玉续《庄子》，是觉悟的萌芽。之所以尚不能完全觉悟，是因为他当时涉世不深，对人生的领悟还不够深刻。但顺着作者的思路，我们可以想见，在宝玉经历世间所有痛苦、失去一切以后，一定会真正觉醒。

（3）沉酣一梦终须醒

第二十五回，贾宝玉受到马道婆的诅咒，奄奄一息。一僧一道用通灵宝玉将

▲金钗石斛

▲王一在清华荷塘测水深

钗黛一身

（诗：王一　图：田宁华）

花落香丘影自怜，煎心焦首夜无眠。
三生石起三生案，一世情归一世缘。
雪笼珠红人未语，香消孽火病相连。
红楼梦醒人将悟，草木薛林本一仙。

钗、玉名虽二个，人却一身，此幻笔也。今书至三十八回时，已过三分之一有馀，故写是回，使二人合而为一。请看黛玉逝后宝钗之文字，便知余言不谬矣。

——《红楼梦》第四十二回脂砚斋批语

茗玉抱柴（一）

（诗：王一　图：马梦珂）

心焦待玉还，骨冷抱柴艰。
尚记茗中雪，梅香栊翠山。

“就像去年冬天，接连下了几天雪，地下压了三四尺深。我那日起的早，还没出房门，只听外头柴草响。我想着必定是有人偷柴草来了。我爬着窗户眼儿一瞧，却不是我们村庄上的人。”贾母道：“必定是过路的客人们冷了，见现成的柴，抽些烤火去也是有的。”刘姥姥笑道：“也并不是客人，所以说来奇怪。老寿星当个什么人？原来是一个十七八岁的极标致的一个小姑娘，梳着溜油光的头，穿着大红袄儿，白绫裙子——”刚说到这里，忽听外面人吵嚷起来，又说：“不相干的，别唬着老太太。”贾母等听了，忙问怎么了，丫鬟回说：“南院马棚里走了水，不相干，已经救下去了。”

……

林黛玉忙笑道：“咱们雪下吟诗？依我说，还不如弄一捆柴火，雪下抽柴，还更有趣儿呢。”

——《红楼梦》第三十九回

茗玉抱柴（二）

（诗：王一　图：田宁华）

莫道天成珠玉秀，临川旧曲尚存真。
岳阳枕入金戈梦，栊翠石积玉冢尘。
杜女春回香土暖，蘅芜绿隐绛珠身。
人生愁苦多自扰，堪羡蓬莱扫花人。

刘姥姥道："这老爷没有儿子，只有一位小姐，名叫茗玉。小姐知书识字，老爷太太爱如珍宝。可惜这茗玉小姐生到十七岁，一病死了。"宝玉听了，跌足叹惜，又问后来怎么样。刘姥姥道："因为老爷太太思念不尽，便盖了这祠堂，塑了这茗玉小姐的像，派了人烧香拨火。如今日久年深的，人也没了，庙也烂了，那个像就成了精。"宝玉忙道："不是成精，规矩这样人是虽死不死的。"

——《红楼梦》第三十九回

刘姥姥讲故事

（诗：王一　图：田宁华）

情天曲落梦魂惊，玉女柴生院火明。
凌弱济贫皆有数，蓬莱仙主自公平。

（上图）那刘姥姥那里见过这般行事，忙换了衣裳出来，坐在贾母榻前，又搜寻些话出来说。彼时宝玉姊妹们也都在这里坐着，他们何曾听见过这些话，自觉比那些瞽目先生说的书还好听。

（下图）茗烟笑道："爷听的不明白，叫我好找。那地名座落不似爷说的一样，所以找了一日，找到东北上田埂子上才有一个破庙。"宝玉听说，喜的眉开眼笑，忙说道："刘姥姥有年纪的人，一时错记了也是有的。你且说你见的。"茗烟道："那庙门却倒是朝南，也是稀破的。我找的正没好气，一见这个，我说'可好了'，连忙进去。一看泥胎，唬的我跑出来了，活似真的一般。"宝玉喜的笑道："他能变化人了，自然有些生气。"茗烟拍手道："那里有什么女孩儿，竟是一位青脸红发的瘟神爷。"

——《红楼梦》第三十九回

圆柚佛手

（联：王一　图：田宁华）

祸起福门福倚祸，缘结佛手佛证缘。

（和曹雪芹联：假作真时真亦假，无为有处有还无。）

那大姐儿因抱着一个大柚子玩的，忽见板儿抱着一个佛手，便也要佛手。丫鬟哄他取去，大姐儿等不得，便哭了。众人忙把柚子与了板儿，将板儿的佛手哄过来与他才罢。那板儿因顽了半日佛手，此刻又两手抓着些果子吃，又忽见这柚子又香又圆，更觉好顽，且当球踢着玩去，也就不要佛手了。（脂砚斋批语：柚子即今香团之属也，应与缘通。佛手者，正指迷津者也。以小儿之戏暗透前后通部脉络，隐隐约约，毫无一丝漏泄，岂独为刘姥姥之俚言博笑而有此一大回文字哉？）

——《红楼梦》第四十一回

晴雯显魂

（诗：王一　图：田宁华）

十岁为奴命自贫，鬼门关下唤娘亲。
谁怜夭逝沉冤恨，自蓄心酸攘诟身。
四海晴川泽万物，九天雯盖待花神。
芙蓉月夜花开处，绰影枝头见故人。

读毕，遂焚帛奠茗，犹依依不舍。小鬟催至再四，方才回身。忽听山石之后有一人笑道："且请留步。"二人听了，不免一惊。那小鬟回头一看，却是个人影从芙蓉花中走出来，他便大叫："不好，有鬼。晴雯真来显魂了！"唬得宝玉也忙看时——且听下回分解。

话说宝玉祭完了晴雯，只听花影中有人声，倒唬了一跳。及走出来细看，不是别人，却是林黛玉，满面含笑，口内说道："好新奇的祭文！可与曹娥碑并传的了。"

——《红楼梦》第七十八回、七十九回

红楼梦大结局

（诗：王一　图：田宁华）

欲诉衷肠卿何在，一抔黄土两不闻。
潇湘水逝别妃子，蘅芷烟寒锁清坟。
梦土今生分日月，仙山来世共雨云。
通灵返璞石头记，甄玉归真曹雪芹。

▲ 大荒山的图片

贾宝玉治好。临走还对通灵宝玉念了一首诗：

> 可羡你当时的那段好处：天不拘兮地不羁，心头无喜亦无悲；却因煅炼通灵后，便向人间觅是非。
>
> 可叹你今朝这番经历：粉渍脂痕污宝光，绮栊昼夜困鸳鸯。沉酣一梦终须醒，冤孽偿清好散场！

这里的“沉酣一梦终须醒”，不仅是对石头说的，也是对贾宝玉等人说的，说明未来他们终有一天会醒悟。

（4）甄士隐的觉悟 ——贾宝玉的缩影

如果要探究贾宝玉的觉悟历程，甄士隐的故事是非常好的参照。我们知道，曹雪芹非常善于事先铺陈和以小见大，即在写大故事前，先通过叙述一个小故事，映射大故事的脉络。例如第七十四回《惑奸谗抄检大观园 矢孤介杜绝宁国府》，讲的是王夫人听信王善保家的，为了所谓风化，自行抄检大观园。这次抄捡就是一个小故事，映射的则是后来贾家全家被官府查抄的大故事。

同样地，第一回中甄士隐的经历和觉悟，恰恰映射着贯穿全书的贾宝玉的经历和觉悟：

第一，甄士隐和贾宝玉有性格上的相似处。第一回说“甄士隐禀性恬淡，不以功名为念，每日只以观花修竹，酌酒吟诗为乐，倒是神仙一流人品”。这个“不以功名为念”是不是像极了贾宝玉？

第二，甄士隐和贾宝玉都有痴处，在世间都有放不下的东西。甄士隐的软肋是——“如今年已半百，膝下无儿，只有一女，乳名英莲，年方三岁”。甄士隐最放不下的就是他的独生女甄英莲，所以当英莲被人贩子拐走后，他精神几乎崩溃了，后来就有一系列的家难。

如果说甄士隐（“真事隐”）对应的是曹家真事隐去、经过文学创作的贾宝玉，甄英莲（“真应怜”）对应的则是那些命运多舛、值得怜惜的年轻女子们。贾宝玉虽然看淡功名利禄，但他的痴处是对周围年轻女子们的爱怜。作为“绛洞花王”的他，总是为身边的女子们尽心尽力、忙前忙后。因此，这些女子们的悲剧和英年早逝，是他最不能够接受的。例如当秦可卿离世时，宝玉竟“喷出一口血来”；金钏儿投井后，宝玉竟缺席王熙凤的庆生宴，离家吊唁金钏儿；到了晴雯去世，宝玉痛心不已，才有了“痴公子杜撰芙蓉诔”；我们也可以想见在八十回后，黛玉、宝钗等主要人物的离世会对宝玉造成多大的打击。

所以，最让甄士隐放不下的就是独生女甄英莲，最让贾宝玉放不下的就是身边这些女孩子们。

第三，甄士隐和贾宝玉都曾受到神仙的警示和启示。在英莲出事之前，甄士隐就在梦中见到二仙，并得到警示。之后现实中的二仙又劝甄士隐把“有命无运，累及爹娘”的英莲舍给他们，实际上是警示甄士隐不要执着于人世间的欲望和羁绊，但是甄士隐当时还不能领悟。同样地，贾宝玉也是在梦中受到警幻仙子的警示，但当时也尚未悟。

既然甄士隐的小故事和贾宝玉的大故事有诸多相似之处，那么他们二人很可能有相似的结局。我们知道，甄士隐在经历了种种劫难、失去自己最珍惜的东西后，遇到跛足道人，听到《好了歌》，终于大彻大悟，跟着跛足道人“飘飘而去”了。那么同样地，在八十回后，贾宝玉在历经各种磨难、看到自己最珍惜的年轻女子们一一离世后，应该也会大彻大悟，看破红尘。

（5）从痴迷到觉悟的卢生

我们之前谈到了《红楼梦》对《邯郸记》的承袭，以及贾宝玉这个人物向《邯郸记》主人公卢生的借鉴。如果我们要了解宝玉的一生，少不了要看看卢生的经历。事实上，卢生也是经历了从痴迷到觉悟的过程。

卢生的痴迷：在进入黄粱梦前，卢生也是痴迷的，贪求人生的功名利禄。他曾对吕洞宾说：“大丈夫当建功树名，出将入相，列鼎而食，选声而听，使宗族茂盛而家用肥饶，然后可以言得意也。”

卢生的觉悟：卢生从黄粱一梦中醒来，发现一切都是虚幻。儿子是“店中鸡儿狗儿变的”，妻子是“胯下青驴变的”，“君王臣宰”和其他一切“都是妄想游魂，参成世界”。于是卢生对吕洞宾说：“老翁，老翁，卢生如今醒悟了……罢了，功名身外事，俺都不去料理他。只拜了师傅吧”，“便跟师傅云游去”。

（6）神仙道化剧中的模式

实际上，无论是《邯郸梦》还是《红楼梦》，从模式上讲都属于神仙道化剧。

神仙道化剧有两种表现形式：一种是神仙向凡人说法，使他解脱，引导他升仙；另一种是原来本为神仙，因犯罪而降生人间，最后悟道又回归仙界。《邯郸梦》属于第一种，而《红楼梦》则两种兼有。

神仙道化剧从元代开始就成为一种非常普遍的艺术表现形式。根据明代朱权《太和正音谱》的总结，元曲杂剧十二科排在首位的就是神仙道化剧。依照王国维《宋元戏曲考》的统计，神仙道化剧占了现存元人杂剧的十分之一强。

神仙道化剧最开始的传播和流行，源于元代文人的苦闷和绝望。由于很多文人对当时的元代统治者很反感，但又无力反抗，于是便采取消极抵制、不合作的态度。因此在文艺方面，神仙道化剧也体现了当时文人的隐士思想。

无论是明代的汤显祖还是清代的曹雪芹，都对现实社会和制度极度失望，他们的生活也都是不得志、甚至有意与统治阶级保持距离。因此，汤显祖和曹雪芹都通过神仙道化剧表达自己的出世思想，是非常自然的选择。

神仙道化剧的最后一幕一般是仙戏，就是开悟后的主人公在仙界的情节。这是神仙道化剧结尾的一个套式。梁廷枏《曲话》云：“汤若士《邯郸梦》末折《合仙》，俗呼为《八仙度卢》，为一部之总汇，排场大有可观。而不知实从元曲学步，一经指摘，则屡见不鲜矣。”

元春在省亲时点了《仙缘》（即《合仙》），即是表明《红楼梦》对神仙道化剧结构的承袭，以及对贾宝玉未来觉悟的预示。

红楼探玉

五、绛珠仙草的还泪之旅：受恩 -> 还泪 -> 重聚

与神瑛侍者一样，绛珠仙草的故事主线也是先后在仙界、人间、仙界这三个场景中发生的。

绛珠仙草在三生石畔受到神瑛侍者的灌溉之恩，化作女体成仙；绛珠仙草跟随神瑛侍者下凡，先后化作林黛玉和薛宝钗，用一生的眼泪还给神瑛侍者化身的贾宝玉；最后完成人间幻历，神瑛侍者和绛珠仙子归位仙界，再次相聚。

关于绛珠仙草的还泪旅程，笔者在前文已有很多分析，这里就不再赘述了。这里我们只是强调一下，绛珠仙子在人间的故事脉络，和《牡丹亭》中杜丽娘的故事脉络几乎一模一样！

杜丽娘的人生经历可以总结为：

（1）相聚（杜丽娘在梦中与柳梦梅相会）

（2）思念（杜丽娘思念柳梦梅成疾）

（3）去世（杜丽娘抑郁抱病而亡）

（4）还魂（杜丽娘还魂，与柳梦梅相会）

（5）成婚（杜丽娘与柳梦梅私订终身）

（6）分离（柳梦梅寻找杜父，反被杜父囚禁）

（7）重聚（皇帝成全二人姻缘）

让我们再看看绛珠仙子在人间的经历，也可以总结为：

（1）相聚（林黛玉遇到贾宝玉，二人私定盟誓）

（2）思念（贾宝玉在外，林黛玉思念成疾）

（3）去世（林黛玉因情而病，因病而亡）

（4）还魂（林黛玉死后，绛珠仙子魂附薛宝钗）

（5）成婚（薛宝钗和贾宝玉完婚）

（6）分离（婚后贾宝玉离家出走，为僧为丐）

（7）重聚（薛宝钗孤独而终，归位绛珠仙子，在仙界和神瑛侍者重聚）

脂砚斋说“《牡丹亭》中伏黛玉死”，就是因为《牡丹亭》杜丽娘的故事映射了绛珠仙草的故事脉络。看来，所谓“伏黛玉死”，并不仅仅是指死亡本身，而是还包括死亡之后的还魂、成婚、分离和重聚等情节。

如果了解了《牡丹亭》不仅是“伏黛玉死”，而且其中还包括了黛玉死后的情节，我们就能够搞清楚另一个一直困扰许多红学研究者的问题。

元春点的四出戏里，《牡丹亭》的《离魂》是最后一出，在第三出《邯郸梦·仙缘》之后。由于《仙缘》已经是仙戏了，这时神瑛侍者和绛珠仙子已经回到仙境了，所以很多人不明白，为什么黛玉之死反而在仙戏之后？难道黛玉之死是在全书末尾么？

其实不是的。真正的原因是，《牡丹亭》的结尾是杜丽娘和柳梦梅的重聚。因此，把《牡丹亭》放在元春点的最后一出戏，才能预示神瑛侍者和绛珠仙子在仙境的重聚。这才是符合正确的时间顺序的。

六、《石头记》整体结构

总结一下，《石头记》全书总纲就是“乐极悲生”“人非物换”“到头一梦”“万境归空”这十六个字。故事先后在仙境、人间、仙境这三个场景展开，以神瑛侍者和绛珠仙草的前世奇缘开始，最后以他们二人在仙界的重聚结尾。

全书通过三条主线进行叙事，分别是：石头的见证之旅（石头 -> 通灵宝玉 -> 石头），神瑛侍者的觉悟之旅（思凡 -> 痴迷 -> 觉悟）、绛珠仙草的还泪之旅（相聚 -> 思念 -> 去世 -> 还魂 -> 成婚 -> 分离 -> 重聚）。

《石头记》在叙事结构上充分借鉴了《邯郸记》和《牡丹亭》等作品，同时也属于神仙道化剧的模式。

有感于《石头记》在结构上对《邯郸记》和《牡丹亭》的承袭，特赋七律以记：

七律 梦入临川

莫道天成珠玉秀，临川旧曲尚存真。
岳阳枕入金戈梦，栊翠石积玉冢尘。
杜女春回香土暖，蘅芜绿隐绛珠身。
人生愁苦多自扰，堪羡蓬莱扫花人。

《牡丹亭》：
《红楼梦》的艺术拓本

《牡丹亭》梗概：南安府太守杜宝的独生女杜丽娘知书识字，在游园后触景生情，梦中遇到书生柳梦梅，与其共云雨之欢。杜丽娘醒后因思念柳梦梅抱病而亡。杜宝夫妇将其葬在后花园的梅树下，并修建梅花观安置其灵位。杜宝夫妇后奉圣旨离家，与叛军作战。恰逢柳梦梅进京赶考路上，留宿梅花观，杜丽娘的鬼魂与柳梦梅半夜相会。在杜丽娘的指引下，柳梦梅开棺，杜丽娘回生，柳、杜私订终身。杜宝平乱有功，但与太太甄氏失散，以为甄氏已死。柳梦梅战乱后只身找到杜宝，但杜宝不相信女儿复活，反认定柳梦梅妖言惑众，将其囚禁，并要将其问斩。这时柳梦梅中状元的消息传来，皇帝召见杜宝一家，认可了杜丽娘和柳梦梅的婚姻。杜宝也和甄氏团聚。

一、大观园与后花园

大观园是一座情爱的花园。

在这个花园里，发生了不少情爱故事。除了宝、钗、黛的感情纠葛，还有宝玉和袭人的初尝禁果，小红、贾芸的相思传帕，贾蔷和龄官的两厢痴愿，司棋和表哥的半夜偷情等等。

只怪这座园子太美、太浪漫，撩动了少男少女们的春心。

大观园里湖光山色，美丽如画，李纨形容它“秀水明山抱复回，风流文采胜蓬莱。绿裁歌扇迷芳草，红衬湘裙舞落梅”。黛玉形容它“名园筑何处，仙境别红尘。借得山川秀，添来景物新”。宝钗形容它“芳园筑向帝城西，华日祥云笼罩奇。高柳喜迁莺出谷，修篁时待凤来仪”。

这座大观园的原型到底在哪里呢？

对此红学家们众说纷纭，有人说它是金陵小仓山的随园，以前是曹家所建，后来辗转由清代学者袁枚买下；也有人说是在北京后海边上的一个园子，周汝昌先生则具体指向北京后海的恭王府；还有人说是北京的芷园、南京的明故宫、南京的织造府等等。

个人觉得这些都不是大观园最主要的原型。大观园的原型应该是《牡丹亭》中的后花园，因为大观园中的有些东西，只有这个后花园里有，其他那些园子里都没有。

比如说花神。

大观园里可是有花神的，这点很多人可能没注意。

> 至次日乃是四月二十六日，原来这日未时交芒种节。尚古风俗：凡交芒种节的这日，都要设摆各色礼物，祭饯花神，言芒种一过，便是夏日了，众花皆卸，花神退位，须要饯行。然闺中更兴这件风俗，所以大观园中之人都早起来了。
>
> ——《红楼梦》第二十七回

有读者可能会问，祭拜花神并不能说明真有花神存在吧？但如果你留意刘姥姥二进大观园时给巧姐治病时说的话，就会发现这花神好像真的在这园子里！

刘姥姥道："小姐儿只怕不大进园子，生地方儿，小人儿家原不该去。比不得我们的孩子，会走了，那个坟圈子里不跑去。一则风扑了也是有的；二则只怕他身上干净，眼睛又净，或是遇见什么神了。依我说，给他瞧瞧祟书本子，仔细撞客着了。"一语提醒了凤姐儿，便叫平儿拿出《玉匣记》着彩明来念。彩明翻了一回念道："八月二十五日，病者在东南方得遇花神。用五色纸钱四十张，向东南方四十步送之，大吉。"凤姐儿笑道："果然不错，园子里头可不是花神！只怕老太太也是遇见了。"一面命人请两分纸钱来，着两个人来，一个与贾母送祟，一个与大姐儿送祟。果见大姐儿安稳睡了。

——《红楼梦》第四十二回

南京的随园可没有花神，北京的恭王府也没有花神，但《牡丹亭》的后花园中可是有花神的！

〔末扮花神束发冠，红衣插花上〕"催花御史惜花天，检点春工又一年。蘸客伤心红雨下，勾人悬梦采云边。"吾乃掌管南安府后花园花神是也。因杜知府小姐丽娘，与柳梦梅秀才，后日有姻缘之分。杜小姐游春感伤，致使柳秀才入梦。咱花神专掌惜玉怜香，竟来保护他，要他云雨十分欢幸也。

——《牡丹亭》第十出《惊梦》

而且，在杜丽娘到后花园春游之后，就是这个花神带她入梦，让她在梦中和柳梦梅云雨欢会的。

花神是百花之神，也是情爱之神。后花园中有花神，因为《牡丹亭》中的后花园就是一座情爱的花园。

杜丽娘的父亲杜宝是南安的太守，这后花园就是南安府的后花园。这个后花园景致秀丽，“有亭台六七座，秋千一两架。绕的流觞曲水，面着太湖山石。名花异草，委实华丽。”杜丽娘和柳梦梅的情爱故事，就是从杜丽娘游园开始的。

> 只因老爷延师教授，读到《毛诗》第一章：“窈窕淑女，君子好逑。”悄然废书而叹曰：“圣人之情，尽见于此矣。今古同怀，岂不然乎？”春香因而进言：“小姐读书困闷，怎生消遣则个？”小姐一会沉吟，逡巡而起。便问道：“春香，你教我怎生消遣那？”俺便应道：“小姐，也没个甚法儿，后花园走走罢。”
>
> ——《牡丹亭》第九出《肃苑》

> 〔贴〕故此了。小姐说，关了的雎鸠，尚然有洲渚之兴，可以人而不如鸟乎！书要埋头，那景致则抬头望。如今分付，明后日游后花园。〔末〕为甚去游？〔贴〕他平白地为春伤。因春去的忙，后花园要把春愁漾。〔末〕一发不该了。
>
> ——《牡丹亭》第九出《肃苑》

“后花园要把春愁漾”。可见，这个后花园是少女怀春、伤春之地，也就是情生之地。

在这个后花园里，杜丽娘触景生情；在这个后花园里，杜丽娘和柳梦梅梦中相会；在这个后花园里，杜丽娘寻梦不得；在这个后花园里，死后的杜丽娘化为鬼魂，与柳梦梅夜半相会；在这个后花园里，柳梦梅将杜丽娘的棺木打开，助杜丽娘回生，两人结成连理……

南安府的后花园就是一个情爱的花园。

荣国府的后花园呢？同样如此。

元春省亲后，贾宝玉和女孩子们都搬进大观园里住。贾宝玉、林黛玉和薛宝钗分别住进园子里的怡红院、潇湘馆和蘅芜苑，三人间微妙的感情纠葛从此开始。

大观园也是情生之地。

林黛玉在大观园中漫步时，因为听到戏班唱《牡丹亭》的曲子而感慨缠绵、心痛神痴，而她听到的正是杜丽娘在游园后的唱词！

这里林黛玉见宝玉去了，又听见众姊妹也不在房，自己闷闷的。正欲回房，刚走到梨香院墙角上，只听墙内笛韵悠扬，歌声婉转。林黛玉便知是那十二个女孩子演习戏文呢。只是林黛玉素习不大喜看戏文，便不留心，只管往前走。偶然两句吹到耳内，明明白白，一字不落，唱道是："原来姹紫嫣红开遍，似这般都付与断井颓垣。"林黛玉听了，倒也十分感慨缠绵，便止住步侧耳细听，又听唱道是："良辰美景奈何天，赏心乐事谁家院。"听了这两句，不觉点头自叹，心下自思道："原来戏上也有好文章。可惜世人只知看戏，未必能领略这其中的趣味。"想毕，又后悔不该胡想，耽误了听曲子。又侧耳时，只听唱道："则为你如花美眷，似水流年……"林黛玉听了这两句，不觉心动神摇。又听道"你在幽闺自怜"等句，亦发如醉如痴，站立不住，便一蹲身坐在一块山子石上，细嚼"如花美眷，似水流年"八个字的滋味。忽又想起前日见古人诗中有"水流花谢两无情"之句，再又有词中有"流水落花春去也，天上人间"之句，又兼方才所见《西厢记》中"花落水流红，闲愁万种"之句，都一时想起来，凑聚在一处。仔细忖度，不觉心痛神痴，眼中落泪。

"原来姹紫嫣红开遍，似这般都付与断井颓垣。""良辰美景奈何天，赏心乐事谁家院。"这些都是杜丽娘形容后花园的唱词。林黛玉在大观园中听到这些唱词，大观园和后花园之间的关系可见一斑。

而且，这里描写林黛玉的情生，文字有些蹊跷，曹雪芹点到为止，但似乎有点性暗示。

“听道‘你在幽闺自怜’等句，亦发如醉如痴，站立不住，便一蹲身坐在一块山子石上……”

听到一句唱词，怎么就站立不住了？我以前读到这里也没多想，只感叹林黛玉内心太敏感，身体也弱了点，所以就蹲身坐下了。

但后来仔细看了看“你在幽闺自怜”这句话的语境，才发现这部分唱词原来是一段艳曲！讲的就是杜丽娘在梦中受到柳梦梅的挑逗，然后两个人在后花园里做爱的那一段：

> 〔生〕恰好花园内，折取垂柳半枝。姐姐，你既淹通书史，可作诗以赏此柳枝乎？〔旦作惊喜，欲言又止介〕〔背想〕这生素昧平生，何因到此？〔生笑介〕小姐，咱爱杀你哩！〔山桃红〕则为你如花美眷，似水流年，是答儿闲寻遍。在幽闺自怜。小姐，和你那答儿讲话去。〔旦作含笑不行〕〔生作牵衣介〕〔旦低问〕那边去？〔生〕转过这芍药栏前，紧靠着湖山石边。〔旦低问〕秀才，去怎的？〔生低答〕和你把领扣松，衣带宽，袖梢儿揾着牙儿苫也，则待你忍耐温存一晌眠。〔旦作羞〕〔生前抱〕〔旦推介〕〔合〕是那处曾相见，相看俨然，早难道这好处相逢无一言？〔生强抱旦下〕……〔鲍老催〕〔末〕单则是混阳蒸变，看他似虫儿般蠢动把风情扇。一般儿娇凝翠绽魂儿颤。这是景上缘，想内成，因中见。呀，淫邪展污了花台殿。咱待拈片落花儿惊醒他。〔向鬼门丢花介〕他梦酣春透了怎留连？拈花闪碎的红如片。
>
> ——《牡丹亭》第十出《惊梦》

看见没有？柳梦梅唱完“在幽闺自怜”这句，就强抱着杜丽娘温存欢会去了，而且后面还有很多隐晦描写性爱的唱词。再想想林黛玉听后为什么会“如醉如痴，站立不住，便一蹲身坐在一块山子石上”？

你懂的。

这回的回目就叫做“牡丹亭艳曲警芳心”，曹雪芹也承认牡丹亭是艳曲。不过多说一句，既然是艳曲，怎么可能“警”芳心呢？用个“迷”字还差不多。我忍不住想说：“老曹，你这个‘警’字用得太虚伪了！”

不过听听艳曲又怎样？汤显祖笔下的杜丽娘就是一个敢于追求爱情自由的奇女子。而曹雪芹笔下的林黛玉也有觉醒的自我意识，敢于挑战礼教的约束，是杜丽娘人格的延续。

不过这种对个体自由的追求，在几百年前有点过于前卫，因此难免受到周围环境的打压。杜丽娘的丫鬟春香第一次提到这个象征着情爱的后花园，就被陈最良老师用荆条打。

〔末〕哎也，不攻书，花园去。待俺取荆条来……〔末〕又引逗小姐哩。待俺当真打一下。〔末做打介〕

——《牡丹亭》第七出《闺塾》

杜丽娘的母亲甄氏也不同意女儿去后花园。

〔老旦〕你这贱材，引逗小姐后花园去。倘有疏虞，怎生是了！〔贴〕以后再不敢了。〔老旦〕听俺分付：

〔征胡兵〕女孩儿只合香闺坐，拈花翦朵。问绣窗针指如何？逗工夫一线多。更昼长闲不过，琴书外自有好腾那。去花园怎么？〔贴〕花园好景。〔老旦〕丫头，不说你不知：

〔前腔〕后花园窣静无边阔，亭台半倒落。便我中年人要去时节，尚兀自里打个磨陀。女儿家甚做作？星辰高犹自可。〔贴〕不高怎的？〔老旦唱〕厮撞着，有甚不着科，教娘怎么？小姐不曾晚餐，早饭要早。你说与他。

——《牡丹亭》第十一出《慈戒》

同样地，在《红楼梦》中，大观园这个环境也备受家长们提防。袭人就曾劝王夫人让宝玉搬出大观园，王夫人听了大为赞赏，后来还抄检了这园子，就是怕有“见不得人”的事发生。

袭人道：“我也没什么别的说。我只想着讨太太一个示下，怎么变个法儿，以后竟还教二爷搬出园外来就好了。”王夫人听了，吃一大惊，忙拉了袭人的手问道：“宝玉难道和谁作怪了不成？”袭人忙回道：“太太别多心，并没有这话。这不过是我的小见识。如今二爷也大了，里头姑娘们也大了，况且林姑娘、宝姑娘又是两姨姑表姊妹，虽说是姊妹们，到底是男女之分，日夜一处起坐不方便，由不得叫人悬心，便是外人看着也不像……”

王夫人听了这话，如雷轰电掣一般，正触了金钏儿之事，心内越发感爱袭人不尽，忙笑道：“我的儿，你竟有这个心胸，想的这样周全！我何曾又不想到这里，只是这几次有事就忘了。你今儿这一番话提醒了我。难为你成全我娘儿两个声名体面，真真我竟不知道你这样好……”

——《红楼梦》第三十四回

可见，无论是后花园还是大观园，都因为是情生之地，而成为家长们的忌讳之地。另外，说大观园借鉴《牡丹亭》的后花园，还因为大观园里就有牡丹亭！

贾政听了，摇头说："更不好。"一面引人出来，转过山坡，穿花度柳，抚石依泉，过了荼蘼架，再入木香棚，越牡丹亭，度芍药圃，入蔷薇院，出芭蕉坞，盘旋曲折。

——《红楼梦》第十七回

那么《牡丹亭》中的后花园呢？

偶到后花园中，百花开遍，睹景伤情。没兴而回，昼眠香阁。忽见一生，年可弱冠，丰姿俊妍。于园中折得柳丝一枝，笑对奴家说："姐姐既淹通书史，何不将柳枝题赏一篇？"那时待要应他一声，心中自忖，素昧平生，不知名姓，何得轻与交言。正如此想间，只见那生向前说了几句伤心话儿，将奴搂抱去牡丹亭畔，芍药阑边，共成云雨之欢。

——《牡丹亭》第十出《惊梦》

后花园中也是"牡丹亭""芍药阑"并提！而且"牡丹亭""芍药阑"都是情爱欢会的地点。大观园对南安府后花园的借鉴还不够明显吗？

不仅如此，大观园和南安府后花园一样，里面还有一个道观！

后花园中的道观叫做梅花观，是杜丽娘死后她的父母修的，里面安置了杜丽娘的神位。梅花观由石道姑看守。

〔外〕陈先生有事商量。学生奉旨，不得久停。因小女遗言，就葬后园梅树之下，又恐不便后官居住，已分付割取后园，起座梅花庵观，安置小女神位。就着这石道姑焚修看守。那道姑可承应的来？

——《牡丹亭》第二十出《闹殇》

红楼探玉

大观园中的道观叫做栊翠庵，由妙玉看守。而且有意思的是，栊翠庵和梅花观一样，里面也有梅花！

> 李纨笑道："也没有社社担待你的。又说韵险了，又整误了，又不会联句了，今日必罚你。我才看见栊翠庵的红梅有趣，我要折一枝来插瓶。可厌妙玉为人，我不理他。如今罚你去取一枝来。"众人都道这罚的又雅又有趣。宝玉也乐为，答应着就要走。
>
> ——《红楼梦》第五十回

> 宝玉笑向宝钗黛玉等道："我才又到了栊翠庵。妙玉每人送你们一枝梅花，我已经打发人送去了。"
>
> ——《红楼梦》第五十回

所以说，大观园里不仅有花神，有牡丹亭，还有梅花观！

这不就是全部场景的照搬吗？

《红楼梦》第五十一回，薛宝琴的怀古诗最后一首是《梅花观怀古》，指的就是《牡丹亭》后花园的梅花观。曹雪芹的这些诗词和文字，就像注解一样在向《牡丹亭》致敬。

二、林黛玉与杜丽娘

《红楼梦》第十八回元春省亲，点了四出戏——"第一出《豪宴》；第二出《乞巧》；第三出《仙缘》；第四出《离魂》"。在这里脂砚斋的批语是"《牡丹亭》中，伏黛玉死"。这批语说明林黛玉和杜丽娘有同样的结局。

实际上，林黛玉和杜丽娘的相似性是全方位的：

（1）同样的身世：林黛玉和杜丽娘一样，都是大家闺秀（林黛玉的父亲是兰台寺大夫林如海；杜丽娘的父亲是南安知府杜宝）。两人还都是独生女，父母都爱如珍宝。

（2）同样的才情：林黛玉和杜丽娘都才情极高（林黛玉有《葬花吟》等佳作；杜丽娘有咏柳诗，还能作自画像）。

（3）同样的追求：林黛玉和杜丽娘都是追求个性独立、爱情自由的奇女子。

（4）同样的结局：林黛玉和杜丽娘都是因情而病，因病而亡，因情回生。

除此之外，林黛玉和杜丽娘还各有一个反派老师。林黛玉有个老师叫贾雨村，杜丽娘有个老师叫陈最良。这两个人物在书中都起着同样的作用，就是带来祸端。

陈最良是个迂腐的老儒，他险些让柳梦梅丧命。柳梦梅将杜丽娘从坟墓中救出复活，但不明就里的陈最良却向杜宝揭发柳梦梅偷坟掘墓。这引发了杜宝后来囚禁柳梦梅，差点将其处决。

贾雨村是个被革职的官员，因受到贾政推荐才平步青云。但贾雨村之后为了上位背叛贾家，直接导致贾家的抄家、贾宝玉的入狱。这从贾雨村之前对甄世隐的忘恩负义就能看得出来。

如果我们仔细比较一下杜丽娘和绛珠仙子（林黛玉和薛宝钗）的人生轨迹，就会发现两者几乎也是一模一样！关于这一点，前文已做详细比较，此处不赘述。

三、《红楼梦》中的《牡丹亭》

除了场景和主要人物的借鉴，《红楼梦》还借用了《牡丹亭》里的很多文本细节和深层次寓意。

（一）林黛玉和薛宝钗

1. 茗玉小姐

《牡丹亭》：第一出的开场诗里有“玉茗堂前朝复暮”。——《牡丹亭》

原名《还魂记》，其作者汤显祖又称“玉茗先生”。

《红楼梦》：刘姥姥讲了“茗玉小姐”死后还魂的故事。

解析：故事中的“茗玉小姐”身世和林黛玉完全相同，也和杜丽娘十分相似。这个故事暗示林黛玉的结局将和杜丽娘一样，为情而死，之后绛珠仙子又为情还魂。

2. 三生石

《牡丹亭》：“但是相思莫相负，牡丹亭上三生路”“多则是飞来石，三生因果”。

《红楼梦》：“只因西方灵河岸上三生石畔，有绛珠草一株”。

解析：《牡丹亭》中的“三生路”“三生因果”，是指杜丽娘和柳梦梅的三世情缘：杜、柳的梦中情缘，杜死后的人鬼情缘，以及杜复活后二人的婚姻。《红楼梦》中绛珠仙草生长在“三生石畔”，寓意绛珠仙草和神瑛侍者也将经历三世情缘：神、绛在仙界的情缘，人间宝玉与黛玉的木石之盟，以及绛珠仙子还魂薛宝钗后宝玉和宝钗的金玉良姻。

3. 茜纱

《牡丹亭》：“明窗新绛纱”。——杜丽娘的窗纱。

《红楼梦》：宝玉与黛玉修改《芙蓉女儿诔》，其中有“茜纱窗下，小姐多情”。

解析：“茜纱”和“绛纱”都是红色的纱，再次暗示林黛玉和杜丽娘的承袭关系。

4. 颦颦

《牡丹亭》：“‘颦有为颦，笑有为笑。’不颦不笑，哀哉年少。”——杜丽娘重病之时。

《红楼梦》：“莫若‘颦颦’二字极好。”——宝玉为黛玉起名。

5. 血泪

《牡丹亭》：“冷惺忪红泪飘零”——血泪。

《红楼梦》：“绛珠仙子”“独倚花锄泪暗洒，洒上空枝见血痕。”——血泪。

6. 牡丹

《牡丹亭》：“是花都放了，那牡丹还早”“牡丹虽好，他春归怎占的先！”“且在这牡丹亭内进还魂丹”。

《红楼梦》：薛宝钗抽花签得到“艳冠群芳”的“牡丹”。

解析：杜丽娘在牡丹亭还魂，牡丹本身就是还魂的标志。薛宝钗抽花名时抽到牡丹，暗示宝钗与还魂之间的联系。

7. 金钗

《牡丹亭》：“金钗客寒夜来家，玉天仙人间下榻”“你看他含笑插金钗”“泥渍金钗”——金钗客就是还魂后的杜丽娘。

《红楼梦》：“薛宝钗”“金锁”“金玉良姻”。

解析：金钗在《红楼梦》中与金、钗二字最配的当然是薛宝钗。林黛玉还魂后的薛宝钗，正与《牡丹亭》中“金钗客”完全对应。

8. 扫花

《牡丹亭》：“欲唤花郎，扫清花径”。——杜丽娘游后花园前，请花郎扫花。

《红楼梦》：“却是林黛玉来了，肩上担着花锄，锄上挂着花囊，手内拿着花帚。（脂砚斋：写出扫花仙女。）”——黛玉在大观园扫花。

解析：黛玉、宝玉扫花这个片段，主要借鉴的是《邯郸记》中的何仙姑扫花，以及后来卢生升仙、接替何仙姑在蓬莱扫花的故事。《红楼梦》的扫花片段，主要是为了衬托林黛玉、贾宝玉本来绛珠仙草、神瑛侍者的神仙身份，以及预示他们在幻历人间后，终将返回仙界。所以脂砚斋这里评道“写出扫花仙女”。同是《邯郸记》作者的汤显祖，看来很喜欢扫花这个细节，因此也将其嵌入了《牡丹亭》之中。

红楼探玉

（二）贾宝玉

9. 透露结局

《牡丹亭》：“有个柳梦梅，乃新科状元也。妻杜丽娘，前系幽欢，后成明配。相会在红梅观中。不可泄露。”——冥界胡判官向杜丽娘透露人物结局。

《红楼梦》：“宝玉还欲看时，那仙姑知他天分高明，性情颖慧，恐把仙机泄漏，遂掩了卷册。”——警幻仙姑通过判词和红楼梦曲向贾宝玉透露人物结局。

10. 似曾相识

《牡丹亭》：柳梦梅拾到杜丽娘的自画像，“成惊愕，似曾相识”。

《红楼梦》：贾宝玉初见林黛玉，说“这个妹妹我曾见过的”。

11. 美人画像

《牡丹亭》：柳梦梅对杜丽娘的自画像说话——

> 待小生狠狠叫他几声：“美人，美人！姐姐，姐姐！”……“咳，俺孤单在此，少不得将小娘子画像，早晚玩之、拜之、叫之、赞之。”

《红楼梦》：

> 宝玉见一个人没有，因想“这里素日有个小书房……内曾挂着一轴美人，极画的得神。今日这般热闹，想那里自然冷静，那美人也自然是寂寞的，须得我去望慰他一回。”想着，便往书房里来。刚到窗前，闻得房内有呻吟之韵。宝玉倒唬了一跳：敢是美人活了不成？

解析：画上的杜丽娘在《牡丹亭》中真的复活了。曹雪芹笔下的宝玉则对画像说：“敢是美人活了不成？”

12. 镜花水月

《牡丹亭》：“虽则似空里拈花，却不是空中捞月”。——杜、柳之恋。

《红楼梦》：“一个是水中月，一个是镜中花”。——宝玉与黛玉之恋情是镜花水月，宝玉和宝钗之姻缘不也是如此？

（三）甄宝玉

13. 甄氏

《牡丹亭》：“内有夫人甄氏”——杜丽娘之母甄氏。杜宝一度以为夫人甄氏已被叛军杀死，但后来与甄氏重聚，以为甄氏是假的。但“真”氏怎可能是假的？

《红楼梦》：“内中只有江南甄家”。

14. 真宝

《牡丹亭》：“何为真宝？”“小生倒是个真正现世宝”“由来宝色无真假，只在淘金的会拣沙”。——柳梦梅形容自己是“真宝”。“真宝”自然要对应“假宝”，“假宝”应该是暗指朝廷重臣杜宝吧？

《红楼梦》：“甄宝玉”“贾宝玉”。

15. 读书人不得志

《牡丹亭》：读书人柳梦梅不得志而吟诗——“几叶到寒儒，受雨打风吹”，老腐儒陈最良不得志而吟诗——“灯窗哭吟，寒酸撒吞”。

《红楼梦》：读书人贾雨村不得志而吟诗——“玉在匮中求善价，钗于奁内待时飞。”

解析：无论正面和反面人物，读书人不得志，看来都是通病。何尝不是汤显祖和曹雪芹的自我写照？

16. 无才补天

《牡丹亭》：“这秀才像是柳生，真乃南海遗珠也”——柳梦梅那时是个未被选用的贤才。

《红楼梦》：“众石俱得补天，独自己无材不堪入选”“无材可去补苍天”“于国于家无望”。——无论是石头、贾宝玉还是曹雪芹自己，都恰似“南海遗珠”。

（四）湘云

17. 湘云与鹤

《牡丹亭》：“剪一片湘云鹤氅”。

《红楼梦》：“湘云”“寒塘渡鹤影”（湘云诗）。

18. 云散高唐

《牡丹亭》：“高唐云影间”。

《红楼梦》：“云散高唐，水涸湘江”。

19. 夜深花睡

《牡丹亭》：还则怕夜深花睡么?

《红楼梦》：只恐夜深花睡去。（都引苏轼海棠诗）

（五）其他

20. 南安

《牡丹亭》：“南安太守”——杜丽娘之父杜宝。

《红楼梦》：“南安郡王”“南安太妃”。

21. 资助上京赶考

《牡丹亭》：钦差苗舜宾资助柳梦梅上京赶考。

《红楼梦》：甄世隐资助贾雨村上京赶考。

22. 虎兕

《牡丹亭》：“虎兕出于柙，龟玉毁于椟中”。

《红楼梦》：“虎兕相逢大梦归”。

23. 聪明反被聪明带

《牡丹亭》："这是聪明反被聪明带"。

《红楼梦》："机关算尽太聪明，反算了卿卿性命"。

24. 麒麟、白首

《牡丹亭》："则无奈丹青圣主求，怕画的上麒麟人白首"。

《红楼梦》："因麒麟伏白首双星"。

看到这里，说《红楼梦》借鉴《牡丹亭》好像都有点委屈《牡丹亭》了。我觉得更准确的表达是：《红楼梦》就是《牡丹亭》的扩写！

什么？咱对曹雪芹又太狠了？要不这么说吧：《牡丹亭》是《红楼梦》的艺术拓本。

《邯郸记》：
《红楼梦》的创作蓝图

人生如梦，一场红楼梦。

这梦里有昌明隆盛之邦，诗礼簪缨之族，花柳繁华之地，温柔富贵之乡。

但这梦又是虚无缥缈、荒诞无稽的。

悲喜千般同幻渺，古今一梦尽荒唐。

人生真的是一场梦吗？

你我难道只是生活在一场梦境当中？但其实我们本来存在于另外一个世界？这里的一切不过是一场虚幻的游戏？

再牛的科学家也无法证明人生不是一场梦，这个问题的答案只有在人死去后才会知道。

死以后，也许你还会醒来，发现自己在另一个时空，刚才的人生经历仍然历历在目，但你被告知你刚才只是玩儿了一个游戏，一个完全沉浸的体验，一个美轮美奂的梦境。

这梦境曾让你抛去过去的记忆，全心投入，各种悲欢离合、酸甜苦辣，犹如真的经过一般。

这就是《红楼梦》的设定，而这个设定源自《邯郸记》。

《邯郸记》梗概：吕洞宾到人间遇见卢生，送给卢生一枕，带其入梦。在梦中，卢生经历了跌宕起伏的一生：入赘豪门、高中状元、开疆扩土、远征吐蕃、立功封爵、奸臣诬陷、举家被抄、被流放险些丧命、冤情得雪官复原职、晚年奢侈、儿孙满堂、最后去世。卢生梦醒后发现一切都是虚幻，从而大彻大悟，随吕洞宾到蓬莱仙境，接替何仙姑在天庭扫花。

一、人生游戏机

玩儿游戏需要一部游戏机。《邯郸记》中的游戏机是一块磁枕。

> 仙姑别去，不免将此磁枕褡袱驾云而去也。枕是头边枕，磁为心上慈。
>
> ——《邯郸记》第三出《度世》

这磁枕可是件宝物，用高超的炼丹法术造就：

> （吕）是黄婆土筑了基，放在偃月炉。封固的是七般泥，用坎离为药物……这是按八风，开地户，凭二曜，透天枢。
>
> ——《邯郸记》第三出《度世》

吕洞宾把磁枕带到人间，磁枕带着卢生体验了一场红尘游戏。

> （吕）卢生，卢生，你待要人生得意，我解囊中赠君一枕。（开囊取枕与生介）（尾声）看你困中人无智把精神倒，你枕此枕呵，敢着你万事如期意气高。店主人，你去煮黄粱要他美甘甘清睡个饱。（吕下）
>
> ——《邯郸记》第四出《入梦》

卢生在磁枕上睡着，就进入了另一个人间。在这个人间里他最先看到的就是“红粉高墙”。后来《红楼梦》的名字可能就来自于此。

> （做跳入枕中）（枕落去）（生转行介）呀，怎生有着一条齐整的官道？（行介）好座红粉高墙。
>
> ——《邯郸记》第四出《入梦》

在梦中，卢生经历了跌宕起伏、但又精彩纷呈的一生：入赘豪门、高中状元、开疆扩土、远征吐蕃、立功封爵、奸臣诬陷、举家被抄、被流放险些丧命、冤情得雪官复原职、晚年奢侈、儿孙满堂、最后去世。

直到死后，卢生才发现原来是梦一场，才发现“眼跟前不尽的繁华相，当初是打从这枕儿里去”。

> 枕儿内有路，分明留去向。向其间打滚，影儿历历端详。难道这一星星都是谎？怎教人不护着这枕儿心快？忽突帐，六十年光景，熟不的半箸黄粱？
>
> ——《邯郸记》第三十九出《生寤》

《邯郸记》中，仙人吕洞宾把磁枕交给凡人卢生，卢生经历人生一梦，醒来大彻大悟，跟着吕洞宾升仙而去。

《红楼梦》中，只是把磁枕换成了石头，卢生换成了贾宝玉，吕洞宾换成了一僧一道。故事还是那个故事。

二、盗梦空间

卢生从梦中醒来，就跟着吕洞宾云游，后来到了蓬莱仙境，才发现从仙界的角度，人间也都是虚幻的，在人间做梦更是虚幻中的虚幻。

啊，原来是梦中梦！原来是盗梦空间！

> 一片红尘，百年销尽。闲营运，梦醒逡巡，蚤过了茶时分。（生）师父，前面一簇高山流水是哪里？（吕）此乃蓬莱沧海，大修行之处也。
>
> ——《邯郸记》第四十出《仙缘》

真正的现实只存在于仙界。

仙界中，吕洞宾带卢生拜见八仙。张果老怕卢生"痴情未尽"，就让其他六仙分别提点了他一番，以卢生经历的黄粱一梦为例，告诫他沉溺人间的虚幻和可笑。

> 〔汉〕什么大姻亲。太岁花神。粉骷髅门户一时新。那崔氏的人儿何处也。你个痴人。〔生叩头答介〕我是个痴人。
>
> 〔曹〕什么大关津。使着钱神。插宫花御酒笑生春。夺取的状元何处也。你个痴人。〔生叩头答介合前〕
>
> 〔李〕什么大功臣。掘断河津。为开疆展土害了人民。勒石的功名何处也。你个痴人。〔生叩头答介合前〕
>
> 〔蓝〕什么大冤亲。窜贬在烟尘。云阳市斩首泼鲜新。受过的凄惶何处也。你个痴人。〔生叩头答介合前〕
>
> 〔韩〕什么大阶勋。宾客填门。猛金钗十二醉楼春。受用过家园何处也。你个痴人。〔生叩头答介合前〕
>
> 〔何〕什么大恩亲。缠到八旬。还乞恩忍死护儿孙。闹喳喳孝堂何处也。你个痴人。
>
> ——《邯郸记》第四十出《仙缘》

这番话把人间的一切好事都贬低了个够，从娇妻到科考，再到功名、富贵、子孙，都是痴人说梦。《红楼梦》中跛足道人有一首《好了歌》，内容十分相似，我怀疑就是从这段六仙点醒词中脱生出来的。

> 世人都晓神仙好，惟有功名忘不了！
> 古今将相在何方？荒冢一堆草没了。
> 世人都晓神仙好，只有金银忘不了！
> 终朝只恨聚无多，及到多时眼闭了。
> 世人都晓神仙好，只有娇妻忘不了！
> 君生日日说恩情，君死又随人去了。
> 世人都晓神仙好，只有儿孙忘不了！
> 痴心父母古来多，孝顺儿孙谁见了？
>
> ——《红楼梦》第一回《好了歌》

《红楼梦》中也有梦中梦。

贾宝玉的人生就是神瑛侍者的黄粱一梦，而贾宝玉在虚幻的人生中还会做梦。不过与《邯郸记》不同，贾宝玉的梦不是进入另一个人生，而是带他回到仙境，警幻仙姑让他提前看到人生的结局，希望他将来能够开悟。这有点像是将《邯郸记》似的结局拆出一小部分，预先上演。

> 警幻忙携住宝玉的手，向众姊妹道："你等不知原委……如此嘱吾，故发慈心，引彼至此。先以彼家上、中、下三等女子之终身册籍，令彼熟玩，尚未觉悟。故引彼再至此处，令其再历饮馔声色之幻，或冀将来一悟，亦未可知也。"
>
> ——《红楼梦》第五回

三、度和被度的

在《邯郸记》里，度人的是八仙，被度的是卢生。

在《红楼梦》里，度人的是一僧一道，被度的是贾宝玉。

《邯郸记》里的卢生，经历了从富贵到流放的过程，经历了从美满婚姻到妻离子散的痛苦。

《红楼梦》里的贾宝玉也有类似经历。被度的人很像。

那么，度人的神仙呢？

八仙和一僧一道好像没什么关系，但其实也大有关联！

让我们先看看一僧一道的样子吧：

> 方欲进来时，只见从那边来了一僧一道，那僧则癞头跣足，那道则跛足蓬头，疯疯癫癫，挥霍谈笑而至。
>
> ——《红楼梦》第一回

只见那和尚是怎生模样：

> 鼻如悬胆两眉长，目似明星蓄宝光，
> 破衲芒鞋无住迹，腌臜更有满头疮。
> 看那道人又是怎生模样，但见：
> 一足高来一足低，浑身带水又拖泥。
> 相逢若问家何处，却在蓬莱弱水西。
>
> ——《红楼梦》第二十五回

再仔细看看八仙的打扮，就会发现蓝采和与铁拐李的形象和一僧一道非常相像！

南唐沈汾《续仙传》中描述了蓝采和的扮相：

> 蓝采和，不知何许人也。常衣破蓝衫……一脚著靴，一脚跣行。夏则衫内加絮，冬则卧于雪中，气出如蒸。每行歌于城市乞索，持大拍板，长三尺余，带醉踏歌，老少皆随看之。机捷谐谑，人问应声答之，笑皆绝倒，似狂非狂，行则振靴……后踏歌于濠梁，酒楼乘醉，有云鹤笙箫声。忽然轻举于云中，掷下靴、衫、腰带、板拍，冉冉而去。

蓝采和是个乞丐，天天破衣烂衫的，而且“一脚跣行”，就是一只脚光着。这和“跣足”的癞头和尚是很像的。

关于铁拐李，据《续文献通考》记载：

> 隋时人名洪水，小字拐儿，又名铁拐，常行丐于市，为人所贱。后以铁杖掷空化为龙，乘龙而去。

在百度百科中，是这么介绍铁拐李的形象的：

> 在八仙中，有好几位都是历史上真实的人物，但李铁拐却例外。正是由于他是一位传说人物，所以关于他的姓氏、籍贯和生活时代有各种说法。多被认同的说法是江津李家坝人，因为李家坝早期仍然有相关遗迹，政府目前正在原来的遗迹九本秋筹建八仙苑，但人们普遍接受的铁拐李形象是：他脸色黝黑，头发蓬松，头戴金箍，胡须杂乱，眼睛圆瞪，瘸腿并拄着一只铁制拐杖。

大家看，铁拐李“头发蓬松”又“瘸腿”，这不跟“跛足蓬头”的跛足道人很像吗？

那么，曹雪芹为什么要选八仙中的这两位作为《红楼梦》中神仙的原型呢？

这是因为蓝采和与铁拐李分别代表“贫”和“贱”。

八仙其实是各有代表的。吕洞宾代表男，何仙姑代表女，张果老代表老，韩湘子代表少，汉钟离代表富，曹国舅代表贵，蓝采和代表贫，铁拐李代表贱。加在一起就是男女老少富贵贫贱。

蓝采和与铁拐李的身份都是乞丐，所以是贫贱之人的代表。

曹雪芹用贫贱之人作为神仙在人间的幻象，是大有深意的。说这体现了他对贫贱之人的同情，倒不如说体现了他对贫贱之人的敬畏。

贫贱是社会的最底层，但往往是人数最多的人群。他们生存状况恶劣，往往填饱肚子都是问题。他们没有土地财产，甚至没有固定工作或收入来源。他们受到各方面的压迫，没有什么人身权利。

这些人是最卑贱的，最不受社会待见的，没有什么人看得起他们，没有什么人为他们说话。

但是曹雪芹敬畏他们。

曹雪芹敬畏他们，也许是因为他自己做过乞丐，了解他们的生存状况？也许是因为他认为他们的心灵最干净，宁愿守贫也不作恶？也许是因为他认为他们当中蕴含巨大的威力，只是还没有到改朝换代的时候？

但无论如何，曹雪芹非常敬畏贫贱之人。在他的眼里，神就藏在他们中间。

除了癞头和尚和跛足道士，《红楼梦》中其实还隐藏着一个神仙，外表看也是个贫贱粗鄙之人，而且她是书中最大的神！

这个人是谁？我还是先卖个关子，后文中再给大家揭秘。

四、《红楼梦》中的《邯郸记》

除了故事框架、人物设定和思想性上的相似以外，《红楼梦》在文本细节上也借鉴了很多《邯郸记》的内容。让我们在这里举些例子吧。

1. 扫花

《邯郸记》：（吕洞宾：）“先是贫道度了一位何仙姑来此，逐日扫花。近奉东华帝旨，何姑证入仙班。”“欠一个蓬莱洞扫花人。”

《红楼梦》：宝玉一回头，却是林黛玉来了，肩上担着花锄，锄上挂着花囊，手内拿着花帚（脂砚斋：写出扫花仙女）。

解析：扫花在《邯郸记》中代表升仙。《红楼梦》中将扫花这个细节用在贾宝玉和林黛玉身上，是暗示两个人来自天界，以及两人将来会回归天界，归位神瑛侍者和绛珠仙子。

2.《赏花时》

《邯郸记》：（何仙姑：）翠凤毛翎扎帚叉，闲踏天门扫落花。你看那风起玉尘沙。猛可的那一层云下，抵多少门外即天涯……你再休要剑斩黄龙一线儿差，再休向东老贫穷卖酒家。你与俺眼向云霞。洞宾呵，你得了人可便早些儿回话；迟呵，错教人留恨碧桃花。

《红楼梦》：宝钗吃过，便笑说：“芳官唱一支我们听罢。”……芳官只得细细的唱了一支《赏花时》：翠凤毛翎扎帚叉，闲踏天门扫落花。您看那风起玉尘沙。猛可的那一层云下，抵多少门外即天涯。您再休要剑斩黄龙一线儿差，再休向东老贫穷卖酒家。您与俺眼向云霞。洞宾呵，您得了人可便早些儿回话；若迟呵，错教人留恨碧桃花。

解析：《赏花时》是仙界的象征。《红楼梦》中安排宝钗在宝玉生辰时点《赏花时》，是预示宝玉和宝钗是来自仙界的神瑛侍者和绛珠仙子，未来也将回归仙界。

3. 被弃之人

《邯郸记》：贫道即从人中观见卢生，……因他学成文武之艺，未得售于帝王之家。以此落落，其人闷闷而已，此非口舌所能动。

《红楼梦》：谁知此石自经煅炼之后，灵性已通，因见众石俱得补天，独自己无材不堪入选，遂自怨自叹，日夜悲号惭愧。

解析：石头和卢生一样，无才济世，因此闷闷不乐。

4. 颦颦

《邯郸记》：“似笑如颦在画堂，费劲家人想。”“只这些时，为思夫长是翠眉颦。”

《红楼梦》：宝玉笑道：“我送妹妹一个妙字，莫若‘颦颦’二字极好。”

5. 红汗巾子

《邯郸记》：（净）官妓，状元处乞珠玉。（生）使得，题向哪里？（贴）奴家有个红汗巾子在此。

《红楼梦》：（琪官）说着，将系小衣儿一条大红汗巾子解下来，递与宝玉，道：“这汗巾是茜香国女国王进贡来的，夏天系着，肌肤生香，不生汗渍。昨日北静王给我的，今日才上身。若是别人，我断不肯相赠。二爷请把自己系的给我系着。”

6. 宝玉珍珠

《邯郸记》：“状元处乞珠玉”“那尚书积贯通番，得些宝玉珍珠，都在那妻子手里。”“哎哟，宝贝都没有了，珍珠到有些儿。”“讨宝贝若干，珍珠若干。”

《红楼梦》：贾珍、贾珠、贾宝玉。

7. 金陵十二钗

《邯郸记》：“谢夫人贤达，许金钗十二成行。”“宾客填门，猛金钗十二醉楼春。”

《红楼梦》：纂成目录，分出章回，则题曰《金陵十二钗》。

8. 大荒山

《邯郸记》：（张）你虽然到了荒山，看你痴情未尽，我请众仙出来提醒你一番，你一桩桩忏悔者。

《红楼梦》：原来，女娲氏炼石补天之时，于大荒山无稽崖炼成高经十二丈、方经二十四丈顽石三万六千五百零一块。

9. 花神

《邯郸记》：（汉）甚么大姻亲？太岁花神，粉骷髅门户一时新。

《红楼梦》：一语提醒了凤姐儿，便叫平儿拿出《玉匣记》着彩明来念。彩明翻了一回念道："八月二十五日，病者在东南方得遇花神。用五色纸钱四十张，向东南方四十步送之，大吉。"凤姐儿笑道："果然不错，园子里头可不是花神！只怕老太太也是遇见了。"

10. 阆苑

《邯郸记》：着了役扫桃花阆苑童身。

《红楼梦》：一个是阆苑仙葩，一个是美玉无瑕。

《邯郸记》是一场梦，《红楼梦》也是一场梦。梦与梦之间交织着、重叠着、投影着、变幻着，让人有所领悟却又更加迷茫。

而现实呢？真的是一场梦吗？我不知道。但我知道，人生之梦起源于一种原始的力量，其实所有梦境都是为了满足它而开始的。

这种力量叫做真玉。

至于真玉是什么？请看下文——真玉篇。

女娲炼石已荒唐，又向荒唐演大荒。

失去幽灵真境界，幻来亲就臭皮囊。

好知运败金无彩，堪叹时乖玉不光。

白骨如山忘姓氏，无非公子与红妆。

真玉篇

曹雪芹其人：

曹雪芹不是贾宝玉?

贾宝玉就是曹雪芹，贾宝玉的故事就是曹雪芹的自传。很多红学家这么说。

我不服。要较真一下。

如果贾宝玉的故事都是曹雪芹的生活，很多事情没法得到合理的解释。比如贾宝玉刚出生嘴里就含着一块玉，这我就不信了。曹雪芹刚出生嘴里会含着玉吗？而且那玉上面还有字迹，还是篆文，这要是真事我把头割给你。

还有贾宝玉曾经神游太虚幻境，跟着警幻仙姑看了金陵十二钗的判词，听了红楼梦十二曲，这些词和曲预示了十二钗的结局。这完全是神话故事，不可能是曹雪芹亲身经历过的事。

既然这些事情不是真的，估计小说中贾宝玉的事情还有好多都是虚构的，不能都当成真事看。

有读者会说，你这人也太较真了。怎么可能写得一模一样呢？！小说中的人物是借鉴真人真事，但不可能原样照搬啊！

哎，这么说我还真不同意。因为我发现《红楼梦》中有一个人物就是原样照搬真实人物。而且被照搬的这个真实人物就是作者曹雪芹本人！但是，这个人物并不是贾宝玉！

什么？你问我这个人物是谁？

答案其实很简单：曹雪芹不是贾宝玉，而是甄宝玉！

《红楼梦》前八十回对甄宝玉的笔墨不多。甄宝玉这个人物在前八十回原著中只正面出现过一次，还是在贾宝玉的梦里，其余都是通过别人口中的介绍。甄家是酷似贾家的望族，甄宝玉又是酷似贾宝玉的公子。

很多人不明白为什么曹雪芹要描写一个和贾家如此相像的甄家，又要描写一个和贾宝玉如此相像的甄宝玉。

其实从字面上你马上能理解原因：贾宝玉是假的，甄宝玉才是真的！“贾氏”就是“假事”，“甄氏”才是“真事”啊！

也就是说，贾家的很多事情是虚构的，甄家的事情才是曹家真实发生过的事情。贾宝玉是个虚构的人物，而甄宝玉才是曹雪芹自己啊！

《红楼梦》第一回是《甄士隐梦幻识通灵 贾雨村风尘怀闺秀》。甄士隐即“真事隐”，贾雨村即“假语存”，说明《红楼梦》是一部将真事隐去、用虚构情节呈现的作品。但大家也许没有注意到，甄士隐和贾雨村这两个名字还有一层意思，就是“甄事隐”和“贾语存”。也就是说，甄家的事才是现实中发生的事，即曹家旧事，而通过贾家的虚构故事来映射。

而且，脂砚斋也屡次暗示，甄家的事就是真事。例如第二回贾雨村提到“甄家”，脂砚斋就评论道：“又一个真正之家，特与假家遥对，故写假则知真。”直言“甄家”是“真正之家”。

还有在七十一回脂砚斋有评语：“好，一提甄事。盖真事将显，假事将尽。”这里直接把“甄事”比作“真事”，说明“甄事”就是曹家真事。

所以说，甄家才是曹家，甄宝玉才是曹雪芹！

贾家的很多故事可能都是编的，但甄家的事错不了，就是曹家的真实历史！

一、甄家才是曹家

除了“甄”“贾”谐音“真”“假”以外，《红楼梦》文本中还有哪些地方暗示了甄家就是曹家呢？

1. 位置

甄家位置——金陵。

贾家位置——北京。

曹家位置——金陵。

《红楼梦》第二回贾雨村和冷子兴大谈贾家和甄家的家事，其中就透露了甄家“在金陵城内”，也就是今天的南京。

同样，曹家几代——曹雪芹曾祖曹玺、祖父曹寅、父亲曹頫——都任江宁织造，而江宁也是南京的古称。

可见，甄家和曹家居住的地点是相同的。

贾家的位置反而和曹家不同。贾家居住的地方是今天的北京。例如书中说贾雨村送黛玉到贾府（第三回）说是“入都”，薛宝钗到贾府也说是“入京”（第四回）。这里的“都”“京”，指的是都城北京。

当然关于贾家的位置，学者们曾有争议。俞平伯先生在《红楼梦辨 》一书中就指出，虽然书中很多地方都说贾府在北京，但大观园中却存在着很多南方才常见的植物，比如“大观园中有竹，有苔，有木香、荼蘼、蔷薇，冬天有梅花，席面上有桂花，喝的是隔年雨水；怎么可能是说北方的事情？”除此之外，很多学者参与辩论，有的说大观园在北方，有的说大观园在南方，各自都提供了很多证据。

其实，贾家的位置没有什么好争论的。只要理解了甄家是曹家真事，而贾家是虚构故事，就知道大观园本是虚构的，所以兼具南方和北方特色。曹家几代在南京生活，曹雪芹自然会把南方的生活细节融入贾家的故事里来；曹家败落后，曹雪芹本人又在北京生活过多年，所以把贾家的故事定位在北京，然后把南北的元素都融进小说里，是很自然的事情。

另外，大观园作为一个虚构的场景，除了参考曹家的南京旧址外，《牡丹亭》中的“大花园”也是一个重要原型，这点在前文探讨《牡丹亭》与《红楼梦》的关系时已经涉及。

2. 职位

甄家职位——钦差金陵省体仁院总裁（书中没有交代甄家何人担任此职）。

贾家职位：京营节度使（贾宝玉之祖贾代化），工部员外郎、学政（贾宝玉之父贾政）。

曹家职位：内务府慎刑司会计司郎中，管理苏州、江宁织造，通政使司通政使，巡视两淮盐漕监察御史（曹雪芹之祖曹寅），江宁织造员外郎（曹雪芹之父曹頫）。

我们可以看到，贾家和曹家的官职区别很大。贾宝玉的祖父贾代化是京营节度使，即北京卫戍区司令；贾政的哥哥贾赦袭了一等将军的爵，也是世袭武官；贾政是工部员外郎，即建设部副司长。

甄家的职位是“钦差金陵省体仁院总裁”，虽然清代并无此官名，但这个职衔中的信息与曹家的背景就很有关联了。

第一，甄家的职衔里有“钦差”，就是皇帝派去地方办理要事的官员。而曹家恰恰是皇帝的亲信，曹雪芹的祖父曹寅是皇帝派到江南负责织造的郎中，还担任“巡视两淮盐漕监察御史”，也就是在帮助皇家采买商品的同时，刺探地方官声民情，可以直接呈递密疏给皇帝。这不就是“钦差”么？！

第二，甄家的职衔里有“金陵”，这与曹家的“江宁织造”中的“江宁”是同一个地点，即今天的南京。

第三，甄家的职衔里有“体仁院总裁”，这个比较难懂。清代没有这个职位，但北京却有个“体仁阁”。体仁阁位于太和殿前广场内东侧，面西。始建于明永乐十八年（1420年），明初称文楼，嘉靖时改称文昭阁，清初改称体仁阁。清代康熙年间，曾诏内外大臣举荐博学之士在体仁阁试诗比赋，招揽名士贤才。乾隆朝以后，这里就做了内务府的缎库。

“体仁院”是内务府的缎库，所以很可能就是暗指内务府。曹家祖上曾是皇家的包衣奴才，曹雪芹的祖父曹寅也曾经在内务府任职（内务府慎刑司会计司郎中），就是管皇家事物的。而且，曹家后来一直承袭的江宁织造，实际上也是内务府工作在南方的延伸。因此，曹雪芹在甄家的职衔上用“体仁院”，也许是影射曹家的这一特殊背景。

所以，“钦差金陵省体仁院总裁”这个职位虽然是虚构的，但曹雪芹已经尽可能地通过近义表达，把这个职位指向曹家的真实职位了。

脂砚斋看到甄家这个“钦差金陵省体仁院总裁”的官衔后，也批到：“此衔无考，亦因寓怀而设，置而勿论。”噢，原来是曹雪芹“寓怀”所设的职位。那么能令曹雪芹“寓怀”的，不正是曹家曾经的辉煌历史么？！

3. 接驾

甄家：接驾四次

贾家：接驾一次

曹家：接驾四次

康熙曾经六次南巡，除第一次住在江宁将军衙门以外，其余五次均住在织造衙门，而其中四次是曹寅负责接待。也就是说，曹家共办理过四次接驾大典。

那么，在《红楼梦》中，贾家和甄家各接驾过几次呢？我们从第十六回《贾元春才选凤藻宫 秦鲸卿夭逝黄泉路》中赵嬷嬷和凤姐的对话中就能得知：

赵嬷嬷道："哎哟哟，那可是千载希逢的！那时候我才记事儿，咱们贾府正在姑苏、扬州一带监造海舫，修理海塘，只预备接驾一次，把银子都花的淌海水似的！说起来……"凤姐忙接道："我们王府也预备过一次。那时我爷爷单管各国进贡朝贺的事，凡有的外国人来，都是我们家养活。粤、闽、滇、浙所有的洋船货物，都是我们家的。"

赵嬷嬷道："那是谁不知道的？如今还有个口号儿呢，说'东海少了白玉床，龙王来请江南王'，这说的就是奶奶府上了。还有如今现在江南的甄家，哎哟哟，好势派！独他家接驾四次。若不是我们亲眼看见，告诉谁谁也不信的。别讲银子成了土泥，凭是世上所有的，没有不是堆山塞海的，'罪过可惜'四个字，竟顾不得了。"

所以说，贾家"只预备接驾一次"，王家"也预备过一次"，而甄家"独他家接驾四次"。只有甄家接驾的次数，和曹家的历史情况一样！

这再次显示，贾家的事是虚构的，甄家的事才是史实！

而且，紧接上文"甄家"二字后面，脂砚斋有批语说"甄家正是大关键、大节目，勿作泛泛口头语看"。这里说的"大关键、大节目"是不是就因为甄家写的是曹家，所以才如此关键呢？《红楼梦》八十回后的内容，肯定会涉及更多甄家的故事，即曹家的历史，所以脂砚斋才如此重视书中对甄家的描写。

4. 抄家

贾家——被抄家（据前八十回暗示推断贾家会被抄没）

甄家——被抄家（第七十四回和七十五回叙述甄家被抄没）

曹家——被抄家

在《红楼梦》中，贾家和甄家都被抄家，与曹家当年被抄家的史实相符。

红楼探玉

甄家被抄没的消息，最早是七十四回探春的口中说出的。因为看到王夫人抄检大观园，探春怒气中讲到甄家被抄：

“……你们别忙，自然连你们抄的日子有呢！你们今日早起不曾议论甄家，自己家里好好的抄家，果然今日真抄了。咱们也渐渐的来了。可知这样大族人家，若从外头杀来，一时是杀不死的，这是古人曾说的‘百足之虫，死而不僵’，必须先从家里自杀自灭起来，才能一败涂地！”说着，不觉流下泪来。

七十五回通过贾府人等的谈话，继续透露甄家被抄的事件：

话说尤氏从惜春处赌气出来，正欲往王夫人处去。跟从的老嬷嬷们因悄悄的回道：“奶奶且别往上房去。才有甄家的几个人来，还有些东西，不知是作什么机密事。奶奶这一去恐不便。”尤氏听了道：“昨日听见你爷说，看邸报甄家犯了罪，现今抄没家私，调取进京治罪。怎么又有人来？”老嬷嬷道：“正是呢。才来了几个女人，气色不成气色，慌慌张张的，想必有什么瞒人的事情也是有的。”

可见，甄家被抄家在贾家之前。甄家“现今抄没家私，调取进京治罪”的情况，也与曹家的历史相吻合。

二、为何要设计甄宝玉这个人物

曹雪芹在设计贾宝玉后，为什么还要设计一个甄宝玉呢？既然甄宝玉在容貌、性情和经历上和贾宝玉都很相似，那么设计一个人物不就好了么？为什么还要设计两个不同的人物呢？

曾有人称《红楼梦》是曹雪芹的自传，认为甄宝玉和贾宝玉都是曹雪芹。还有人批评甄宝玉是曹雪芹的败笔，说甄宝玉是贾宝玉形象的机械重复，因此是写得失败的多余人物。

我对这两种观点都不敢苟同。我认为，曹雪芹设计这贾宝玉和甄宝玉这两个人物至少有三个原因。

第一、曹雪芹想表明态度。有心的读者可能发现了，《红楼梦》是一部忠于现实的作品，文字叙述致力做到客观反映现实。书中的每个人物都有自己的价值取向和行事方式。作者几乎从来不自己对某件事做出主观的评判，而是留给作者去独立思考。

但是，曹雪芹毕竟不仅仅是个小说家，还是个思想家。他是想立言的。通过设计甄宝玉这个人物，就可以通过甄宝玉的说话行事，把作者自己的观点告诉读者，但又不显生硬。

第二、曹雪芹想自己爆点儿料。贾家的故事毕竟很多都是虚构的。如果不设计这个甄家，后人就很难分清楚哪些事情是真事，哪些事情是虚构的。《红楼梦》的故事虽然虚虚实实，但曹雪芹也许希望留下点线索，告诉后人有些事情是真真切切发生过的。通过塑造甄宝玉和甄家，就可以有选择地透露真人真事。

第三、曹雪芹自喻“真宝玉”。曹雪芹现在被大家称为文学巨匠，但当时却是一个怀才不遇、被社会所遗弃的人。但是曹雪芹在书中用“真宝玉”自比，说明曹雪芹尽管生活坎坷，但仍然自视甚高。曹雪芹不是通不过科举考试，而是不屑走仕途经济之路。曹雪芹相信自己的才华，但不愿意把才华浪费在这个腐朽的制度中。

第四、后文情节需要。设计甄宝玉，也是因为后文的情节需要。在第十六回，赵嬷嬷提到甄家曾经接驾四次，脂砚斋批语说：“甄家正是大关键、大节目，勿作泛泛口头语看。”在第十八回，脂砚斋曾说“甄宝玉送玉”是全书的四个“大过节、大关键”之一。

可见，后文中将呈现甄宝玉的故事，而且是书中的关键情节。至于“甄宝玉送玉”到底是怎么一回事，笔者将在后文详细介绍。

三、“甄宝玉”的典故出处

1.《牡丹亭》中的“真宝”

脂砚斋在第二回中的批语写道：“甄家之宝玉乃上半部不写者，故此处极力表明，以遥照贾家之宝玉。凡写贾宝玉之文，则正为真宝玉传影。”

我们需要特别注意，脂砚斋的批语没有用“甄宝玉”，而用的是“真宝玉”。“贾宝玉之文，则正为真宝玉传影”，意思是说对贾宝玉的描写，是“真宝玉”的影子。

我们刚才分析了甄宝玉就是曹雪芹，而脂砚斋的批语又把“甄宝玉”直接等同于“真宝玉”。这说明脂砚斋知道，曹雪芹给书中的自己起了这么个名字，就是因为曹雪芹自比真宝玉，曹雪芹自视甚高。

实际上，“真宝玉”的设计并不是曹雪芹原创，而是他用的典。明朝戏剧大师汤显祖在《牡丹亭》中就设计了“真宝”这个概念。曹雪芹的“真（甄）宝玉”，灵感应该就来自于《牡丹亭》的“真宝”。

《牡丹亭》原名《牡丹亭还魂记》，描写了大家闺秀杜丽娘和书生柳梦梅的生死之恋。《红楼梦》中的贾宝玉和林黛玉，身上都有《牡丹亭》中柳梦梅和杜丽娘的影子。

“真宝”出自《牡丹亭》第二十一出《谒遇》，讲的是男主人公柳梦梅虽是满腹经纶，但是家境困难，没有资费上京赶考，只得弃家游历。这时听到钦差识宝使臣苗舜宾来到广州，为朝廷高价购买宝物，柳梦梅就来拜见苗舜宾，“来求看宝”。看过宝物后，柳梦梅表示不屑，说这些宝物“便是真，饥不可食，寒不可衣”。苗舜宾问：“依秀才说，何为真宝？”柳梦梅答：“不欺，小生倒是个真正献世宝。我若载宝而朝，世上应无价。”经过一番对话，苗舜宾发现柳梦梅是个人才，于是资助银两，助其上京赶考。

在这段对话里，柳梦梅自恃才高，把自己比作国家的“真宝”。怀才不遇的柳梦梅认为，皇帝派人四海寻找的珍稀宝物是根本没有一点用处的。他希望朝廷能够任人唯贤，发现他这样的“真宝”，这对国家才是最有帮助的。

这些细节实际也反映了作者汤显祖的内心。汤显祖年轻时天资聪颖，刻苦攻读，但不趋炎附势，因不肯接受首辅张居正的拉拢而两次科考落第。直到张居正死后次年，汤显祖才中进士。但是明朝当时已进入腐朽不堪的万历年间，汤显祖虽然清廉俭朴、政绩斐然，但是由于他刚正不阿，上疏抨击贪腐官员，遭到政治迫害，曾被贬到广东徐闻县去做典史。汤显祖后来终于无法忍受官场的黑暗，于万历二十六年辞职告归，回到临川开始文学创作，就在这一年完成了经典戏剧《牡丹亭》。汤显祖创作的四部戏曲合称“临川四梦”，构成了一幅明末社会的现实图景，并将理想与批判诉诸笔端。

从柳梦梅的怀才不遇、他对自己的信心，以及他对自己理念的坚持，我们能够看到汤显祖的影子。

曹雪芹对《牡丹亭》烂熟于胸，推崇备至，在《红楼梦》中也多次引用《牡丹亭》中的戏文和典故。同汤显祖一样，曹雪芹也有着怀才不遇的境遇，也有着对社会现实的深刻反思。于是，当曹雪芹将自己写进《红楼梦》时，很自然地受《牡丹亭》启发，为自己起了“甄宝玉”这个名字，其实是自比“真宝”。

2.《牡丹亭》中的“甄氏”

“甄宝玉”这个名字，除了借鉴了《牡丹亭》中的“真宝”，应该还借鉴了《牡丹亭》中“甄氏”这个人物。

甄氏是女主角杜丽娘的母亲、南安知府杜宝的夫人。在战乱中，杜宝和夫人甄氏失散。叛军为了动摇杜宝军心，让杜宝误认为其夫人甄氏已被杀头。后来叛乱平息，杜宝大人重新见到夫人甄氏。但由于他深信之前的消息，即使看到眼前的甄氏，仍然觉得她是假的。但是“真”氏怎可能是假的呢？“甄氏”就是“真是”啊！

在这里，汤显祖用“真”字的谐音“甄”，作为甄夫人的名字，告诉大家甄夫人是真的，不是冒充的。这也从侧面反衬出杜宝大人的迂腐。

曹雪芹设计甄宝玉这个名字，也是为了告诉大家甄宝玉是真的——真的曹雪芹！

四、从甄宝玉看曹雪芹

既然甄家写的是曹家，甄宝玉写的是曹雪芹，那么通过分析《红楼梦》中的甄宝玉，我们不是能够窥见曹雪芹的私人世界么？！贾宝玉的所作所为，不是每一件都是曹雪芹的真事，而甄宝玉的事错不了，他就是曹雪芹的真实写照！

这可就有意思了。

1. 曹雪芹的容貌——面若中秋之月

曹雪芹的颜值一定很高。这是因为甄宝玉的长相和贾宝玉一模一样。详见甄家众媳妇见到贾宝玉时的反应：

> 众媳妇听了，忙去了，半刻围了宝玉进来。四人一见，忙起身笑道："唬了我们一跳。若是我们不进府来，倘若别处遇见，还只道我们的宝玉后赶着也进了京了呢。"

而贾宝玉是什么长相呢？林黛玉初见贾宝玉时就有交代：

> 面若中秋之月，色如春晓之花。鬓如刀裁，眉如墨画，眼似桃瓣，睛若秋波。虽怒时而若笑，即嗔视而有情。

原来曹雪芹是这等风流多情人物。至少年轻时是如此。

"面若中秋之月，色如春晓之花"，虽然是对长相的称赞，但其实当中暗含悲语。脂砚斋就有批语：

> 此非套“满月”，盖人生有面扁而青白色者，则皆可谓之秋月也。用“满月”者不知此意。“少年色嫩不坚牢”，以及“非夭即贫”之语，余犹在心。今阅至此，放声一哭。

所以，与书中描述的贾宝玉、甄宝玉一样，曹雪芹应该是一位面色青白、色嫩如花的男子。然而这种面相是“非夭即贫”的征兆，这实际上是曹雪芹对自己后来贫苦境况的自嘲。

作为与曹雪芹共患难的妻子，脂砚斋看到这里不禁“放声一哭”。这是因为脂砚斋同曹雪芹一起经历了贫苦，还亲眼目睹了曹雪芹的英年早逝（四十岁左右去世）。当她读到曹雪芹对自己容貌的自嘲和对自身悲惨命运的感叹，怎么会不心痛呢？

2. 曹雪芹的性情——偏爱女孩子

甄宝玉还有一点和贾宝玉一样，就是对女孩子们的偏爱，最喜欢在闺阁里和姐姐、妹妹们混在一起。但他不喜欢结过婚的女人，尤其不喜欢家里的婆子们，有时甚至到了厌恶的程度。贾雨村在第二回就介绍了甄宝玉的这一性格。

> 雨村道：“正是这意。你还不知，我自革职以来，这两年遍游名省，也曾遇见两个异样孩子。所以，方才你一说这宝玉，我就猜着了八九亦是这一派人物。不用远说，只金陵城内，钦差金陵省体仁院总裁甄家，你可知么？”子兴道：“谁人不知！这甄府和贾府就是老亲，又系世交。两家来往，极其亲热的。便在下也和他家来往非止一日了。”雨村笑道：“去岁我在金陵，也曾有人荐我到甄府处馆。我进去看其光景，谁知他家那等显贵，却是富而好礼之家，倒是个难得之馆。但这一个学生，虽是启蒙，却比一个举业的还劳神。说起来更可笑，他说：‘必得两个女儿伴着我读书，我方能认得字，心里也明白，不然我自己心里糊涂。’

又常对跟他的小厮们说：‘这女儿两个字，极尊贵，极清净的，比那阿弥陀佛、元始天尊的这两个宝号还更尊荣无对的呢！你们这浊口臭舌，万不可唐突了这两个字，要紧！但凡要说时，必须先用清水香茶漱了口才可，设若失错，便要凿牙穿腮等事。’其暴虐浮躁，顽劣憨痴，种种异常。只一放了学，进去见了那些女儿们，其温厚和平，聪敏文雅，竟又变了一个。因此，他令尊也曾下死笞楚过几次，无奈竟不能改。每打的吃疼不过时，他便‘姐姐’‘妹妹’乱叫起来。后来听得里面女儿们拿他取笑：‘因何打急了只管唤姐妹做甚？莫不是求姐妹去讨情讨饶？你岂不愧些！’他回答的最妙。他说：‘急疼之时，只叫姐姐、妹妹字样，或可解疼也未可知，因叫了一声，便果觉不疼了，遂得了秘方。每疼痛之极，便连叫姐妹起来了。’你说可笑不可笑？也因祖母溺爱不明，每因孙辱师责子，因此我就辞了馆出来。如今在巡盐御史林家坐馆了。你看，这等子弟，必不能守祖父之根基，从师长之规谏的。只可惜他家几个好姊妹，都是少有的。”

第五十六回，甄家的婆子们来贾家拜访，看到贾宝玉的行事，并说起甄宝玉偏爱女孩子们的性情，也和与贾雨村之前形容得一样。

四人笑道：“方才我们拉哥儿的手说话便知。我们那一个只说我们糊涂，慢说拉手，他的东西我们略动一动也不依。所使唤的人都是女孩子们。”四人未说完，李纨姊妹等禁不住都失声笑出来。贾母也笑道：“我们这会子也打发人去见了你们宝玉，若拉他的手，他也自然勉强忍耐一时。可知你我这样人家的孩子们，凭他们有什么刁钻古怪的毛病儿，见了外人，必是要还出正经礼数来的。”

甄宝玉这种看似“洁癖”的性情，应该反映了曹雪芹本人的性情。说来也好理解，这实际上是曹雪芹价值观的体现。

在中国几千年的社会里，衡量男人是否成功，主要看他是否获得功名利禄。而在等级森严的人治社会里，为了争夺权力和利益，绝大多数人都要对上溜须拍马，对下盘剥压榨。男人作为整个体制的主要参与者，是被“污染”得最厉害的一群人。在曹雪芹看来，女孩儿们深居闺阁之中，远离世俗的污染，是最后的一方净土。但是女孩儿们嫁人以后，通常也开始参与到权力和利益的角逐中，因此往往变得像男人一样“浊臭逼人”。

甄宝玉的这种偏爱女孩子们的性情，与曹雪芹第一回开篇自序中体现的价值观也是完全一致的。

> 今风尘碌碌，一事无成，忽念及当日所有之女子，一一细考较去，觉其行止见识皆出于我之上。何我堂堂须眉，诚不若此裙钗哉？

3. 曹雪芹的经历——做过乞丐

第一回中跛足道人唱了一曲《好了歌》，被甄士隐听见。甄士隐心中彻悟，还将这《好了歌》解注一番。这个解注列出了各种人物命运，脂砚斋在每种命运后都加上了对应的人物。例如“说什么脂正浓，粉正香，如何两鬓又成霜”，写的是“宝钗、湘云一干人”；“昨日黄土陇头送白骨”，写的是“黛玉、晴雯一干人”。

解注中还有一句关键的是“展眼乞丐人皆谤”。在这里脂砚斋的批语是“甄玉、贾玉一干人”。因此，甄宝玉和贾宝玉一样，都会沦落为乞丐，被大家指指点点。也就是说，曹雪芹很可能做过乞丐！

根据目前学界的论证，曹家被抄家后，所有家产奴仆都赏给新任江宁织造隋赫德。新织造将京师顺天府房产十七间和三对家仆赠与曹寅之妻（贾母原型）以

红楼探玉

供生活。曹雪芹随家一起迁居北京，晚年移居北京西郊，生活更加潦倒，“举家食粥酒常赊”，靠着卖画和亲友的接济过日子。曹雪芹就是在这样极端困苦的条件下，用十年时间创作了长篇巨著《红楼梦》。曹雪芹英年早逝，据推测终年仅四十岁，死后留下新婚不久的遗孀。

关于曹雪芹中年的生活状况，由于资料很少，较难考证。但甄宝玉做乞丐的这一情节，让我们可以更加具体地了解曹雪芹曾经经历的极端窘困的处境。

总结一下，从甄宝玉身上透露的信息可以推测，曹雪芹是一个“面若中秋之月，色如春晓之花”的美男子；他个性分明，偏爱心灵纯净的女孩子们，厌恶利欲熏心之人；在曹家被抄没后，曹雪芹跟随家族迁居北京，中年极度贫苦，曾经沦落为乞丐。

当然，我并不排除贾宝玉的身上也有曹雪芹的影子，贾宝玉的不少情节可能也是真事。但是你不敢确信贾宝玉的哪些情节是真的，而甄宝玉的故事应该都是曹雪芹实实在在经历过的事。

五、从曹雪芹看甄宝玉

我们不仅可以从甄宝玉身上探索曹雪芹的真实经历，同样可以从已经考证出的曹雪芹生平，大致推断出甄宝玉在八十回后的情节。在八十回后，甄宝玉除了像曹雪芹一样经历了抄家、穷困潦倒以外，还会有哪些情节呢？

曹雪芹创作了长篇巨著《红楼梦》。那么，在《红楼梦》八十回后的文字里，曹雪芹会不会用甄宝玉的某些情节来暗示他的《红楼梦》创作呢？

另外，根据周汝昌先生的研究，脂砚斋就是曹雪芹的妻子。那么，在《红楼梦》八十回后的文字里，会不会写到甄宝玉的妻子呢？这个人物又是《红楼梦》里的哪位女子呢？

后文会马上为你揭秘。

《红楼梦》成因：

“甄宝玉送玉”的真相——解开《红楼梦》的最大谜团

“甄宝玉送玉”，是《红楼梦》的最大谜团。

之所以这么说，是因为这个情节太重要了，但又太扑朔迷离了。

《红楼梦》第十八回元春省亲，点了四出戏。脂砚斋说“所点之戏剧伏四事，乃通部书之大过节、大关键”：

第一出《豪宴》；（脂砚斋：《一捧雪》中，伏贾家之败。）

第二出《乞巧》；（脂砚斋：《长生殿》中，伏元妃之死。）

第三出《仙缘》；（脂砚斋：《邯郸梦》中，伏甄宝玉送玉。）

第四出《离魂》。（脂砚斋：《牡丹亭》中，伏黛玉死。）

从这条批语中我们知道，《红楼梦》整部书有四个最关键的情节——“贾家之败”“元妃之死”“甄宝玉送玉”“黛玉之死”。

“贾家之败”“元妃之死”“黛玉之死”相对比较好理解，但“甄宝玉送玉”这个情节可能让大家摸不着头脑，因为《红楼梦》前八十回对甄宝玉的描写非常有限，做预测非常地困难。然而，“甄宝玉送玉”这个情节又是那么重要。它是通部书四个“大过节、大关键”之一，搞不清楚这个情节，就无法了解全书的大致脉络，更别提还原《红楼梦》了。

红学界对“甄宝玉送玉”一直没能给出很好的结论。传统上认为，“甄宝玉送玉”是指甄宝玉把通灵宝玉送还给贾宝玉；也有的学者认为（如刘心武先生），“甄宝玉送玉”是指甄宝玉把出家路上的贾宝玉送回家；还有人认为，“甄宝玉送玉”是指甄宝玉把贾宝玉送到仙界。

笔者认为，这几种观点都不符合曹雪芹的原意。

要解开“甄宝玉送玉”的秘密，首先要搞清楚两件事：一是甄宝玉是何许人？二是《邯郸梦》的《仙缘》到底讲了什么？

一、甄宝玉是何许人？

甄宝玉是甄家的公子，这个人物在相貌、性情和家境上都和贾宝玉相似。甄宝玉在前八十回原著中只正面出现过一次，还是在贾宝玉的梦里。其他对甄宝玉的描写都是通过别人的描述，例如贾雨村、甄家的婆子们。

笔者在前文中通过比较贾家和甄家的信息，再和曹家的历史相比较，得出结论：贾家的事情很多是虚构的，而甄家的事情才是曹家真实发生过的事情。贾宝玉是虚构的人物，而甄宝玉就是曹雪芹自己。

脂砚斋在七十一回中曾有评语：“好，一提甄事。盖真事将显，假事将尽。”脂砚斋直接把“甄事”称作“真事”，也就是说“甄事”是指曹家真事。

二、《仙缘》讲了些什么？

曹雪芹用《邯郸梦》中《仙缘》这出戏来暗示“甄宝玉送玉”这一情节。那么，《邯郸梦》的《仙缘》讲了些什么呢？

《邯郸梦》是明代戏剧大师汤显祖先生创作的“临川四梦”之一。《邯郸梦》讲述的故事分成三个部分：

（1）吕洞宾离开蓬莱仙境前，告诉扫花的何仙姑他要到人间度人；吕洞宾到人间遇见卢生，送给卢生一个磁枕，带其入梦。

（2）在梦中，卢生经历了跌宕起伏的一生：入赘富贵人家，科举中状元，开疆扩土立功，远征吐蕃得胜，受奸臣诬陷而被抄家，被流放险些丧命，冤情得雪官复原职，晚年奢侈生活，最后去世。

（3）卢生梦醒后发现一切都是虚幻，从而大彻大悟，随吕洞宾到蓬莱仙境，八仙再次向卢生阐述人生的虚幻。最后卢生留在仙境，接替何仙姑在天庭扫花。

元春点的《仙缘》，又称《合仙》，是《邯郸梦》的最后一出戏，讲的是卢生黄粱梦醒以后的内容：吕洞宾将开悟后的卢生带到蓬莱仙境拜见八仙，八仙一一调侃了卢生梦中的“一生”经历，揭示功名利禄的可笑和人生的虚幻。卢生一一称是，并欣然接受了在仙境扫花的差事。

笔者在前文中分析过，《红楼梦》在叙事结构上承袭《邯郸梦》，也是由仙境、人间、仙境三个大段落构成的。《红楼梦》的结尾和《邯郸梦》的《仙缘》一样，将叙述神瑛侍者和绛珠仙子返回仙境、各归仙位，以及通灵宝玉回归大荒山、还原为石头的故事。

三、“甄宝玉送玉”的两种可能性

既然如此，脂砚斋又说《邯郸记》的《仙缘》“伏甄宝玉送玉”，所以“甄宝玉送玉”肯定是发生在仙界的故事，也就是甄宝玉把“玉”送到仙境的故事。送的“玉”也许是贾宝玉，也许是通灵宝玉。

有读者可能会问，“甄宝玉送玉”难道不可以是甄宝玉把贾宝玉送回家，或是甄宝玉把通灵宝玉送还给贾宝玉吗？如果这个“送玉”的过程能够使得贾宝玉开悟，从而使得贾宝玉最后回到仙境，是不是也说得过去呢？

这说不过去。因为《仙缘》是《邯郸梦》第三十出戏，也是最后一出戏，其场景完全是以仙界为场景的，并不是讲述卢生在人间是如何开悟的。

《邯郸梦》还有一出戏叫做《生寤》，是第二十九出戏。这出戏描写的才是卢生在人间的开悟，具体情节是卢生在梦中经历了一生的跌宕起伏，已经年过八十，五子十孙，极富极贵，但终究一死。卢生这时被店家叫醒，看到刚才煮的黄粱饭还没熟。卢生想找他的妻儿，吕洞宾告诉他，他的儿子是店中鸡儿狗儿变的，妻子是胯下青驴变的，那些君王臣宰也“都是妄想游魂，参成世界”。卢生听后大彻大悟，跟着吕洞宾云游去了。

可见，《生寤》的情节描述的才是卢生在人间的开悟，卢生到仙界的情节则是在最后一出《仙缘》中叙述的。

因此，倘若“甄宝玉送玉”描述的是贾宝玉在人间开悟的情节（例如甄宝玉把贾宝玉送回家，或是甄宝玉把通灵宝玉送还给贾宝玉等情节），曹雪芹不可能用《仙缘》这出仙戏来影射，而会安排《生寤》这类开悟戏来影射。

好了，既然“甄宝玉送玉”是发生在仙境的故事，那么只有两种可能的情节：

情节一：甄宝玉把贾宝玉送到仙境，贾宝玉归位神瑛侍者；

情节二：甄宝玉把通灵宝玉送回大荒山青埂峰无稽崖，通灵宝玉还原成石头，石上呈现《红楼梦》全文。

之所以“大荒山”也可以算作是仙界，是因为《红楼梦》第一回就说“大荒山”是空空道人在“访道求仙”时经过的地方。既然是“访道求仙”，那么“大荒山”应该就是在仙界，或是一个仙界和人间交界的地方。

实际上，“大荒山”这个名字的典故应该也是出自《邯郸记》的《仙缘》。在《仙缘》这出戏里，吕洞宾把卢生带到蓬莱仙境，面见八仙，就曾经把蓬莱仙境称作“荒山”：

> （生）是也。（张）卢生前来。（生跪介）（张）你虽然到了荒山，看你痴情未尽，我请众仙出来提醒你一番，你一桩桩忏悔者。

现在我们需要用上之前得出的结论——甄宝玉就是曹雪芹。把曹雪芹替换甄宝玉，就会发现，“甄宝玉送玉”的情节只可能是：

情节一：曹雪芹把贾宝玉送到仙境，贾宝玉归位神瑛侍者；或

情节二：曹雪芹把通灵宝玉送回大荒山青埂峰无稽崖，通灵宝玉还原成石头，石上呈现《红楼梦》全文。

那么，这两个情节哪一个更合理呢？

四、曹雪芹去过大荒山？

我们先来分析一下情节一，即“曹雪芹把贾宝玉送到仙境，贾宝玉归位神瑛侍者”。如果是这样，好像有问题，说不太通。

首先，如果是曹雪芹把贾宝玉送到仙境的，那曹雪芹一定要是个神仙才行。在《仙缘》中把卢生送到仙境的是八仙之一的吕洞宾。在《红楼梦》中把甄士隐、柳湘莲送到仙境的是跛足道人，也是位神仙。但是曹雪芹是个凡人，不是神仙，他怎么可能度脱贾宝玉？他怎么可能把贾宝玉带到仙境呢？

曹雪芹恃才傲物，自比“真宝”，我们都信服。但他如果自比神仙，是不是有点太不要脸了呢？他应该不好意思这么写。

其次，如果“甄宝玉送玉”送的玉是贾宝玉，这句话写成“甄宝玉送玉”就有些奇怪。为什么不写“甄宝玉送贾宝玉”或是“甄玉送贾玉”呢？书中也很少把贾宝玉直接简称为“玉”。

我们再分析一下情节二，即“曹雪芹把通灵宝玉送回大荒山青埂峰无稽崖，通灵宝玉还原成石头，石上呈现《红楼梦》全文”。

这样说得通吗？

乍一看好像也说不通，曹雪芹怎么可能去过大荒山？

等等，曹雪芹真的没去过大荒山吗？我好像在哪儿看到过……

我赶紧查了查脂砚斋批语，发现曹雪芹好像真的去过大荒山！

> 书未成，芹为泪尽而逝。余尝哭芹，泪亦待尽。每意觅青埂峰再问石兄，奈不遇癞头和尚何！怅怅！
>
> ——《红楼梦》第一回脂砚斋批语

这里脂砚斋的意思是：《红楼梦》没写完，曹雪芹就眼泪流尽、去世了。我常常为曹雪芹而哭，泪也快流尽了。每每想去大荒山无稽崖青埂峰再去问曹雪芹，但无奈遇不到癞头和尚啊！郁闷啊！

石兄这个称谓，脂砚斋一般用来称呼通灵宝玉，但有的时候也用来称呼贾宝玉或者曹雪芹，这里的语境显然是指曹雪芹。脂砚斋想要去大荒山找曹雪芹，说明曹雪芹就在大荒山，或至少去过大荒山。

曹雪芹去过大荒山？这怎么可能呢？

话说到底有人曾经去过大荒山吗？我查了一下，书中去过大荒山的只有三个人。除了一僧一道外，去过大荒山的只有空空道人，而且空空道人是唯一一个去过大荒山的凡人！

> 后来，又不知过了几世几劫，因有个空空道人访道求仙，忽从这大荒山无稽崖青埂峰下经过，忽见一大石上字迹分明，编述历历。空空道人乃从头一看，原来就是无材补天、幻形入世，蒙茫茫大士、渺渺真人携入红尘，历尽离合悲欢、炎凉世态的一段故事。
>
> ——《红楼梦》第一回

空空道人不仅去过大荒山，而且就是他把《红楼梦》的全文从大荒山的那块大石上抄录回来，带回人间的。

> 空空道人听如此说，思忖半晌，将这《石头记》再检阅一遍，因见

上面虽有些指奸责佞、贬恶诛邪之语，亦非伤时骂世之旨，及至君仁臣良、父慈子孝，凡伦常所关之处，皆是称功颂德，眷眷无穷，实非别书之可比。虽其中大旨谈情，亦不过实录其事，又非假拟妄称，一味淫邀艳约、私订偷盟之可比。因毫不干涉时世，方从头至尾抄录回来，问世传奇。因空见色，由色生情，传情入色，自色悟空，遂易名为情僧，改《石头记》为《情僧录》。至吴玉峰题曰《红楼梦》。东鲁孔梅溪则题曰《风月宝鉴》。后因曹雪芹于悼红轩中，披阅十载，增删五次，纂成目录，分出章回，则题曰《金陵十二钗》。

——《红楼梦》第一回

那么，空空道人到底是谁？难道他就是曹雪芹吗？

我查了一下，发现有一种说法是，曹家被抄后举家搬到北京，曹雪芹先是住城里，后来搬到西郊的黄叶村。据说曹雪芹经常沿小道步行到附近的白家疃村，还自制药石，给当地的村民看病，所以他在白家疃的荒凉之地上有了一处居所。关键的是，白家疃村南面山上有一座小庙，只有十平方米，因为庙中没有神祇偶像和牌位，空空荡荡，当地人叫它“空空庙”！

“空空庙”和“空空道人”很接近。也许“空空道人”这个名字的灵感就取自“空空庙”？

而且，据说曹雪芹当年还用“空空道人”做过斋号。吴恩裕先生所著《有关曹雪芹十种》中的《考稗小记》曾说：

“得魏君藏‘云山翰墨冰雪聪明’八字篆文，谓为雪芹所书。按篆文并不工。下署‘空空道人’，有‘松月山房’阴文小印一方，刻技尚佳，……见之者邓之诚先生谓的确为乾隆纸，而印泥则不似乾隆时物，盖乾隆时之印泥色稍黄云云。余为谓倘能断定为乾隆纸，则印泥不成问题。盖不惟此印泥本即为浅朱，即使为深朱亦不能必其为非乾隆时物。‘空空道人’四字尚好。此十二字，果为雪芹所

红楼探玉

书否，虽不可必，然 1963 年 2 月晤张伯驹先生，谓‘空空道人’四字与其昔年所见雪芹题海客琴樽图之字，‘都是那个路子’云。”

无论这些考证是否有道理，但即使单看《石头记》原文中对空空道人的描写，说他将《石头记》“抄录回来”“问世传奇”，也能感到这个空空道人很可能就是作者假托的一个名字。

空空道人很可能就是指曹雪芹自己!

所以说，空空道人去大荒山抄录《石头记》，很可能就是对曹雪芹创作《红楼梦》的一个比喻。脂砚斋说“石兄”去过“青埂峰”，应该也是对曹雪芹创作《红楼梦》的一个比喻!

五、解开“甄宝玉送玉”之谜

既然是这样，“甄宝玉送玉”的情节如果是甄宝玉把通灵宝玉送回大荒山，通灵宝玉还原成石头，石上呈现《石头记》全文，那就是一个非常合理的情节了。

甄宝玉是曹雪芹，石头是《石头记》。

甄宝玉送玉，玉变成石头，石上呈现《石头记》这部小说。这个情节完全是对曹雪芹创作《红楼梦》过程的一个精彩的隐喻!

而且，“大荒山无稽崖”有着“荒诞无稽”的寓意，而小说正是虚构的，也是“荒诞无稽”。所以“大荒山无稽崖”也是对《石头记》小说创作的一个很恰当的比喻。

我们试想一下，在《红楼梦》的最后一章，贾宝玉大彻大悟，升仙而去，归位神瑛侍者，和绛珠仙子在天界重聚。通灵宝玉则恰好落在甄宝玉的手中，他也许受到癞头和尚或是跛足道人的指引，将通灵宝玉送回大荒山无稽崖，通灵宝玉还原为石头，石头上呈现出它在人间的所见所闻，也就是《石头记》的全文。

这个情节实际的意思是，曹雪芹在经历了人生的跌宕起伏后，把曹家的真事隐去，借说贾家的事情，虚构成小说《石头记》。

这才是“甄宝玉送玉”的真相!

六、甄贾宝玉和庄周梦蝶

“甄宝玉送玉”原来就是曹雪芹创作《红楼梦》的譬喻！

对于这个结论有的读者可能会有疑问：贾宝玉曾经梦到过甄宝玉。如果甄宝玉是现实中的曹雪芹的话，贾宝玉怎么可能梦到曹雪芹呢？

这个问题很好。但请你细看一下这段甄、贾宝玉梦中相遇的文字，到底是贾宝玉梦到甄宝玉，还是甄宝玉梦到贾宝玉呢？

宝玉心中便又疑惑起来：若说必无，然亦似有；若说必有，又并无目睹。心中闷了，回至房中榻上默默盘算，不觉就忽忽地睡去，不觉竟到了一座花园之内。宝玉诧异道：“除了我们大观园，竟又有这一个园子？”正疑惑间，从那边来了几个女儿，都是丫鬟。宝玉又诧异道：“除了鸳鸯、袭人、平儿之外，也竟还有这一干人？”只见那些丫鬟笑道：“宝玉怎么跑到这里来了？”宝玉只当是说他，自己忙来赔笑说道：“因我偶步到此，不知是那位世交的花园，好姐姐们，带我逛逛。”众丫鬟都笑道：“原来不是咱家的宝玉。他生的倒也还干净，嘴儿也倒乖觉。”宝玉听了，忙道：“姐姐们，这里也更还有个宝玉？”丫鬟们忙道：“宝玉二字，我们是奉老太太、太太之命，为保佑他延寿消灾的。我叫他，他听见喜欢。你是那里远方来的臭小厮，也乱叫起他来。仔细你的臭肉，打不烂你的。”又一个丫鬟笑道：“咱们快走罢，别叫宝玉看见，又说同这臭小厮说了话，把咱熏臭了。”说着一径去了。

宝玉纳闷道：“从来没有人如此涂毒我，他们如何更这样？真亦有我这样一个人不成？”一面想，一面顺步早到了一所院内。宝玉又诧异道：“除了怡红院，也更还有这么一个院落。”忽上了台矶，进入屋内，只见榻上有一个人卧着，那边有几个女孩儿做针线，也有嬉笑顽耍的。

只见榻上那个少年叹了一声。一个丫鬟笑问道："宝玉，你不睡又叹什么？想必为你妹妹病了，你又胡愁乱恨呢。"宝玉听说，心下也便吃惊。只见榻上少年说道："我听见老太太说，长安都中也有个宝玉，和我一样的性情，我只不信。我才作了一个梦，竟梦中到了都中一个花园子里头，遇见几个姐姐，都叫我臭小厮，不理我。好容易找到他房里头，偏他睡觉，空有皮囊，真性不知那去了。"宝玉听说，忙说道："我因找宝玉来到这里。原来你就是宝玉？"榻上的忙下来拉住："原来你就是宝玉？这可不是梦里了。"宝玉道："这如何是梦？真且又真了。"一语未了，只见人来说："老爷叫宝玉。"唬得二人皆慌了。一个宝玉就走，一个宝玉便忙叫："宝玉快回来，快回来！"

细读这段文字，我们就能发现，这里不仅是贾宝玉"忽忽地睡去"梦见甄宝玉，而且甄宝玉也"作了一个梦"，梦见了贾宝玉！

贾宝玉梦见甄宝玉，实际上是庄周梦蝶的翻版！

庄周梦蝶，典出《庄子·齐物论》，是庄子提出的一个哲学论点，认为人不可能确切地区分真实和虚幻。庄子以故事的形式对此进行了如下阐述：

昔者庄周梦为胡蝶，栩栩然胡蝶也。不知周也。俄然觉，则蘧蘧然周也。不知周之梦为胡蝶与？胡蝶之梦为周与？

其大意是：庄子一天做梦，梦见自己变成了一只蝴蝶，他飞呀飞的，停在花上睡着了，结果梦见自己是庄子。醒来之后他发现自己还是庄子，于是他不知道自己到底是梦中变成庄子的蝴蝶呢，还是梦中变成蝴蝶的庄子。

有人曾经也看出甄、贾宝玉的梦中相遇是借用庄周梦蝶的典故，但是大家并没有了解曹雪芹用这个典的真实目的。

实际上，贾宝玉梦见甄宝玉，即贾宝玉梦见曹雪芹。而根据庄周梦蝶的典，表面上是贾宝玉梦见了曹雪芹，实际上是曹雪芹梦见了贾宝玉！

小说是现实的投影，梦境是现实的映像。

贾宝玉是曹雪芹虚构的人物，也可以比喻成曹雪芹梦境中的人物。因此，曹雪芹梦见贾宝玉，就是对曹雪芹塑造贾宝玉这个小说人物的一个很好的比喻。所以，把贾宝玉写进曹雪芹的梦里，是合情合理的安排。

七、甄宝玉和通灵宝玉

有的读者可能还会问，脂砚斋说“《邯郸梦》中伏甄宝玉送玉”，这说明甄宝玉手上肯定是有通灵宝玉的。但他是怎么得到这块玉的呢？

关于这一点，书上的线索很少。不过我们仍然能从一些蛛丝马迹当中推断出一两个合理的情节。

首先，在第一回中，甄士隐听到跛足道人唱的《好了歌》，大彻大悟，还当场做了首民谣，作为《好了歌》的解注。这首解注可不得了，预示了《红楼梦》中很多人物的命运。

这其中有一句：

> 金满箱，银满箱，展眼乞丐人皆谤。

字面的意思是本来很有钱，但后来成为乞丐，被所有人侮辱。

上句“金满箱，银满箱”，脂砚斋评语说“熙凤一干人”。可见王熙凤敛财敛了一辈子，最后财富一点不剩。

下句“展眼乞丐人皆谤”，脂砚斋评语说“甄玉、贾玉一干人”。这说明，甄宝玉和贾宝玉最后都做了乞丐，而且受到世人的侮辱。

既然两个人都成了乞丐，他们是不是有可能在某个地方见到了，然后贾宝玉把这块通灵宝玉托付给了甄宝玉呢？或者更有可能的是，贾宝玉身上并没有玉，但知道藏玉的地点，当他见到甄宝玉后，就把通灵宝玉的位置告诉了甄宝玉。

当然，如果是我来续写《红楼梦》的话，我可能不会安排甄宝玉和贾宝玉的见面，而是安排他们两个在梦中见面。既然他们两个在梦中见过一次，就安排第二次吧！

> 彼时，已经沦落为乞丐的贾宝玉梦到了甄宝玉，发现对方仍如自己的镜像，也是乞丐的模样。这时的贾宝玉已经经历了牢狱之灾、黛玉之死、金玉成婚、离家出走、出家为僧、流落街头、宝钗之死，终于大彻大悟，他心里已经放下了一切，于是梦中的他解下通灵宝玉，留给了甄宝玉。放下玉的那一刻，贾宝玉马上醒来，发现自己已在太虚幻境，归位神瑛侍者！甄宝玉也同时醒来，发现原来是一场梦，但不知为何身上多了一块玉……

还有读者可能会问，贾宝玉见到甄宝玉的时候，会不会他自己连玉在哪里都不知道呢？

至于玉当时在不在贾宝玉手里，这本身就可以写一篇文章去仔细分析。我在之前讨论贾宝玉的结局时也说过，贾家被抄家后，通灵宝玉被“误窃”、丢失了，而凤姐后来在穿堂门前扫雪时拾到了这块玉。那么，王熙凤拾到玉以后会怎么办呢？

我们知道，王熙凤一直很疼贾宝玉，而且知道这玉是贾宝玉的命根子，所以虽然她当时已经沦落为下人，我相信她会想方设法把玉交还给贾宝玉的，或者至少把玉妥善藏好，准备等贾宝玉回来以后再交还给他。还有一种可能，就是王熙凤获罪被发配到金陵之后（王熙凤判词——“哭向金陵事更哀”），看到了和贾宝玉很像的甄宝玉，就把通灵宝玉交给了他。

我想以上这些都是合理的推测。

但无论甄宝玉是怎么拿到玉的，他毕竟是拿到了。真宝玉拿到宝玉，似乎就是个必然的结果。

甄宝玉得到通灵宝玉后，还是要将它送回大荒山的。这个过程应该得到了癞头和尚或是跛足道人的帮助。

之所以这么推断，是因为甄宝玉是个凡人，而大荒山则是空空道人“访道求仙”经过的地方，可以说是类似仙界的地方。因此只有神仙才知道怎么去。

更重要的是，石头在第一回是被癞头和尚变成通灵宝玉的，也是癞头和尚和跛足道人将它带到人间的。因此，甄宝玉送玉回到大荒山，也应该会受到癞头和尚或者跛足道人的协助。解铃还须系铃人，最后把通灵宝玉变回石头的，应该也还是癞头和尚。这应该是在最后一回发生，与前面第一回首尾呼应。

况且，脂砚斋也说过：“每意觅青埂峰再问石兄，奈不遇癞头和尚何！怅怅！”可见脂砚斋知道，自己要想去大荒山无稽崖青埂峰，需要癞头和尚的指点。

八、石和玉的深意

甄宝玉送的这块玉，其实还有另一个深层次的含义，那就是“欲望”。

石头本来是一块普通的石头，自由自在，不受约束，心中无喜又无悲，毫无波澜。这从癞头和尚对通灵宝玉说的话中就能窥见一斑：

> 贾政听说，便向宝玉项上取下那玉来递与他二人。那和尚接了过来，擎在掌上，长叹一声道：“青埂峰一别，展眼已过十三载矣！人世光阴，如此迅速，尘缘满日，若似弹指！可羡你当时的那段好处：
>
> 天不拘兮地不羁，心头无喜亦无悲；
>
> 却因煅炼通灵后，便向人间觅是非。
>
> 可叹你今朝这番经历：

粉渍脂痕污宝光，绮栊昼夜困鸳鸯。

沉酣一梦终须醒，冤孽偿清好散场！”

——《红楼梦》第二十五回

但是，石头自从被女娲锻炼通灵以后，就变得有了欲望，动了凡心，就想去人间享受那“富贵场”“温柔乡”。于是那神僧就“大展幻术”，把石头变成通灵宝玉。

此石听了，不觉打动凡心，也想要到人间去享一享这荣华富贵，但自恨粗蠢，不得已，便口吐人言，向那僧道说道：“大师，弟子蠢物，不能见礼了。适闻二位谈那人世间荣耀繁华，心切慕之。弟子质虽粗蠢，性却稍通，况见二师仙形道体，定非凡品，必有补天济世之材，利物济人之德。如蒙发一点慈心，携带弟子得入红尘，在那富贵场中、温柔乡里受享几年，自当永佩洪恩，万劫不忘也。”

——《红楼梦》第一回

石头“通灵”了，又变成了一块“玉”。“灵”指人，“玉”指“欲”。因此，石头变成玉，这里的寓意其实是石头有了“人”的“欲望”。

有了欲望的通灵宝玉可就不一样了。

石头本来谈不上有什么色相，身上没有任何花里胡哨的东西，就是一块石头。然而到了人间的通灵宝玉可不得了，变成了一件珍贵稀奇的宝物。第八回中就有描述：

宝钗因笑说道：“成日家说你的这玉，究竟未曾细细的赏鉴，我今儿倒要瞧瞧。”说着便挪近前来。宝玉亦凑了上去，从项上摘了下来，递在宝钗手内。宝钗托于掌上，只见大如雀卵，灿若明霞，莹润如酥，五色花纹缠护。这就是大荒山中青埂峰下的那块顽石的幻象。

“大如雀卵，灿若明霞，莹润如酥，五色花纹缠护”，可谓是体、色、质、文俱佳，成了一块光彩照人的宝物。

石头到通灵宝玉的转变，就是空向色的转变，就是从无欲到有欲的转变。

有了欲望的结果是什么呢？

癞头和尚说：“却因煅炼通灵后，便向人间觅是非。”有了欲望，就开始寻是非了，就不安生了，开始烦恼了，开始有苦痛了：

却说女娲氏炼石补天之时，于大荒山无稽崖炼成高十二丈见方二十四丈大的顽石三万六千五百零一块。那娲皇只用了三万六千五百块，单单剩下一块未用，弃在青埂峰下。谁知此石自经锻炼之后，灵性已通，自去自来，可大可小。因见众石俱得补天，独自己无材，不得入选，遂自怨自艾，日夜悲哀。

——《红楼梦》第一回

对于这一段文字，王国维先生就曾经做出过精辟的分析，他认为通灵宝玉暗示的就是人类的欲望：

此可知生活之欲之先人生而存在，而人生不过此欲之发现也。此可知吾人之堕落由吾人之所欲而意志自由之罪恶也。夫顽钝者既不幸而为此石矣，又幸而不见用，则何不游于广莫之野，无何有之乡，以自适其适，而必欲入此忧患劳苦之世界？不可谓非此石之大误也。由此一念之误，而遂造出十九年之历史与百二十回之事实，与茫茫大士渺渺真人何与。

——《红楼梦评论》

王国维先生进一步总结：“生活之本质何？欲而已矣。欲之为性无厌，而其原生于不足。不足之状态，苦痛是也。”

生活的本质就是欲望，欲望总是无法满足，所以就产生痛苦。

欲望就是人生痛苦的根源!

因此说到底，石头之所以痛苦，就是因为通了灵，有了欲望。有了欲望，自然成了通灵宝玉，“便向人间觅是非”。

那么，通灵宝玉最后变回石头是什么寓意呢?

很简单，玉变回石，没有“玉”这个字了，身上没有那些“体”“色”“质”“文”了，这就是一个放下欲望、返璞归真的过程。

玉变回石，就是色向空的回归，就是从有欲到无欲的回归。

癞头和尚说：“沉酣一梦终须醒”。在人间的通灵宝玉是痴迷的，沉浸在一场黄粱梦里。然而，通灵宝玉终有觉醒的一天，那时的它将褪去欲望的羁绊，变回一块普通的石头，回归仙界。

因此，石头变成通灵宝玉，最后又变回石头，是一个从空到色，再从色到空的过程。这也是为什么曹雪芹说：“因空见色，由色生情，传情入色，自色悟空。”

九、曹雪芹送欲

既然 “甄宝玉送玉”是对曹雪芹写《红楼梦》的比喻，而玉又是暗指欲望，这说明曹雪芹写《红楼梦》的过程，就是对作者放弃欲望、回归本真的一种描述。

石头经历了色到空、空到色之后，上面才会出现《石头记》的文字。这说明《石头记》这部小说的完成，作者是需要经历“因空见色，由色生情，传情入色，自色悟空”的过程的。

我相信，这就是曹雪芹一生的心灵历程。

而且，这十六个字恰恰是描写曹雪芹假托的空空道人的，应该就是曹雪芹在历经磨砺后所领悟的哲理。而这哲理又和佛教禅宗的思想非常相似。

> 你证我证，心证意证。
> 是无有证，斯可云证。
> 无可云证，是立足境。
> 无立足境，方是干净。

人因为欲望而生，因为欲望而活，但是如果沉溺其中、不能自拔，就会成为欲望的囚徒。其实很多时候，人的欲望恰恰要在否定中被满足。

都说回头是岸，难在学会放下。

贾宝玉放下通灵宝玉，摆脱欲望的束缚，才能回归本我。

曹雪芹摆脱欲望的束缚，返璞归真，才有《红楼梦》的境界。

也许这才是《红楼梦》大结局“甄宝玉送玉”想告诉我们的。

脂砚斋是谁：

史湘云的归宿——破解《红楼梦》最暧昧的谜团

史湘云到底结局如何？这可能是《红楼梦》中最暧昧的话题了。

我思考这个问题，也花了最多时间。

曹雪芹在前八十回还没有写到史湘云的结局，多年来各位专家研究推断，产生出两种主要观点。这两种观点相互对立，但各自都有很多论据。

第一种说法是，湘云的判词中有“展眼吊斜晖，湘江水逝楚云飞”，其《乐中悲》的曲文则为：“好一似、霁月光风耀玉堂。厮配得才貌仙郎，博得个地久天长，准折得幼年时坎坷形状。终久是云散高唐，水涸湘江。这是尘寰中消长数应当，何必枉悲伤！”从其中大量分离的典故，可见得湘云和丈夫的结局是分离的。因此，史湘云未来的情节应该是嫁给了卫若兰，郎才女貌，但好景不长，由于某种尚不知道的原因，留下史湘云一个人孤独终老。这对于从小就父母双亡的史湘云来说，可谓是苦命。

第二种说法是，《因麒麟伏白首双星》这一回，回目的意思是说身有小金麒麟的湘云，和另一个拿到大金麒麟的人（贾宝玉或卫若兰）会相爱至白首。但又由于湘云的判词里对她与卫若兰的婚姻有了负面的预示，因此湘云应该是在第一段婚姻破灭多年以后又遇到贾宝玉，最后和贾宝玉相依为命。

支持第一种说法的人占多数，因为这个结局和史湘云判词里的意境非常吻合。但支持第二种说法的学者周汝昌先生、刘心武先生也提出了不少有价值的问题，例如：

第一，“因麒麟伏白首双星”中的“白首双星”是不是指夫妻白头偕老？如果是指夫妻白头偕老的话，不就与判词对史湘云孤独终老的预示矛盾了吗？

第二、据周汝昌先生考证，史湘云的原型就是曹雪芹的妻子脂砚斋。所以史湘云不就是会嫁给贾宝玉吗？

第三，红楼梦曲为什么不均衡？如果《枉凝眉》中的“阆苑仙葩”指的林黛玉，“美玉无瑕”指的是贾宝玉，那么整个红楼十二曲中就有一首半是形容林黛玉的，半首是形容薛宝钗的，这样非常不均衡。所以说“阆苑仙葩”指的是不是史湘云这朵海棠花？《红楼梦》的女一号是不是应该是林黛玉和史湘云两个人？

我虽然更倾向于第一种观点，但我对所有人的观点都持开放的态度，所以当年认真拜读了周汝昌先生和刘心武先生的文章，看后觉得似乎也有道理，至少他们提出的问题至今没有人能给出完美的解释。因此，有好几年的时间，两种观点都无法完全说服我，史湘云的结局对我来说成了一个死结。

终于有一天，当我破解了林黛玉、薛宝钗、贾宝玉和甄宝玉的所有结局以后，才突然明白了史湘云迷局的奥秘。

好吧，那就让我来回答周汝昌先生和刘心武先生的所有问题吧，为大家拨开笼罩在史湘云结局上的云雾。

一、史湘云和卫若兰

首先，我们得先简要介绍一下史湘云这个人物。

我实在太懒，就抄录了蔡义江先生在《红楼梦诗词曲赋评注》中对史湘云的精彩总结：

红楼探玉

在大观园女儿国中，须眉气象出以脂粉精神最明显的要数史湘云了。她从小父母双亡，由叔父抚养，她的婶母待她并不好。因此，她的身世和林黛玉有点相似。但她心直口快，开朗豪爽，爱淘气，又不大瞻前顾后，甚至敢于喝醉酒后躺在园子里的青石板凳上睡大觉。她和宝玉也算是好友，在一起有时亲热，有时也会恼火，但毕竟襟怀坦荡，“从未将儿女私情略萦于心上”。不过，另一方面，她也没有林黛玉那种叛逆精神，且在一定程度上受到薛宝钗的影响。在史湘云身上，除她特有的个性外，我们还可以看到在封建时代被赞扬的某些文人的豪放不羁的特点。

在前八十回中，史湘云就已经准备要嫁人了，这从第三十二回袭人与湘云的对话中就做了透露：

袭人斟了茶来与史湘云吃，一面笑道：“大姑娘，听见前儿你大喜了。”史湘云红了脸，吃茶不答。袭人道：“这会子又害臊了。你还记得十年前，咱们在西边暖阁住着，晚上你同我说的话儿？那会子不害臊，这会子怎么又害臊了？”

但是，前八十回里并没有直说史湘云马上要嫁的人是谁，但是根据不多的线索，我们可以大致推断出这个人叫做卫若兰。

在第三十一回结尾和第三十二回开头，有如下文字，提到了贾宝玉手中的金麒麟：

（第三十一回）一面说，一面走，刚到蔷薇架下，湘云道：“你瞧那是谁掉的首饰，金晃晃在那里。”翠缕听了，忙赶上拾在手里攥着，笑道：“可分出阴阳来了。”说着，先拿史湘云的麒麟瞧。湘云要他拣的瞧，翠缕只管不放手，笑道："是件宝贝，姑娘瞧不得。这是从那里来的？好奇怪！我从来在这里没见有人有这个。"湘云笑道："拿来我看。"翠缕将手一撒，笑道："请看。"湘云举目一验，却是文彩辉煌的一个金麒麟，比自己佩的又大又有文彩。湘云伸手擎在掌上，只是默默不语，正自出神，忽见宝玉从那边来了，笑问道："你两个在这日头底下作什么呢？怎么不找袭人去？"湘云连忙将那麒麟藏起道："正要去呢。咱们一处走。"说着，大家进入怡红院来。

袭人正在阶下倚槛追风，忽见湘云来了，连忙迎下来，携手笑说一向久别情况。一时进来归坐，宝玉因笑道："你该早来，我得了一件好东西，专等你呢。"说着，一面在身上摸掏，掏了半天，呵呀了一声，便问袭人："那个东西你收起来了么？"袭人道："什么东西？"宝玉道："前儿得的麒麟。"袭人道："你天天带在身上的，怎么问我？"宝玉听了，将手一拍说道："这可丢了，往那里找去！"就要起身自己寻去。湘云听了，方知是他遗落的，便笑问道："你几时又有了麒麟了？"宝玉道："前儿好容易得的呢，不知多早晚丢了，我也糊涂了。"湘云笑道："幸而是顽的东西，还是这么慌张。"说着，将手一撒，"你瞧瞧，是这个不是？"宝玉一见，由不得欢喜非常，因说道……不知是如何，且听下回分解。

（第三十二回）话说宝玉见那麒麟，心中甚是欢喜，便伸手来拿，笑道："亏你拣着了。你是那里拣的？"史湘云笑道："幸而是这个，明儿倘或4把印也丢了，难道也就罢了不成？"宝玉笑道："倒是丢了印平常，若丢了这个，我就该死了。"

在第三十一回结尾，脂砚斋有如下批语：

后数十回若兰在射圃所佩之麒麟，正此麒麟也。提纲伏于此回中，所谓“草蛇灰线，在千里之外”。

脂砚斋说，在八十回后曹雪芹有写“卫若兰射圃”的故事，那时的卫若兰就戴着这只大的麒麟。如果再结合第三十一回回目《因麒麟伏白首双星》，就可以推测出史湘云未来的丈夫应该就是卫若兰。

而且，第六十二回中，姑娘们一起玩儿一种叫做“射覆”的行酒令，需要对古诗词有很高的造诣才玩儿得了。湘云猜中了薛宝琴是在“射”一个“圃”字，这里实际上也是预示湘云和“射圃”的卫若兰是有夫妻之缘的。

香菱原生于这令，一时想不到，满室满席都不见有与“老”字相连的成语。湘云先听了，便也乱看，忽见门斗上贴着“红香圃”三个字，便知宝琴覆的是“吾不如老圃”的“圃”字。见香菱射不着，众人击鼓又催，便悄悄的拉香菱，教他说“药”字。黛玉偏看见了，说：“快罚他，又在那里私相传递呢。”哄的众人都知道了，忙又罚了一杯，恨的湘云拿筷子敲黛玉的手。

这个卫若兰是什么来头呢？书里提到，他是一位王孙公子。

馀者锦乡伯公子韩奇、神威将军公子冯紫英、陈也俊、卫若兰等诸王孙公子，不可枚数。

——《红楼梦》第十四回

看来这位卫若兰是出身名门的，与四大家族之一的史家应该算得上是门当户对。而且第五回红楼梦曲中也透露说，卫若兰是个又帅又有才的男子：

厮配得才貌仙郎，博得个地久天长。

“才貌仙郎”，这评价好高啊！史湘云虽然从小父母双亡，但嫁一个这样的高富帅，才色俱佳，应该是个不错的归宿。

二、云散高唐，水涸湘江

可惜，这段婚姻并不完美。它很快破碎了。

第五回的红楼梦曲《乐中悲》就预示了这个结局：

襁褓中，父母叹双亡。纵居那绮罗丛，谁知娇养？幸生来、英豪阔大宽宏量，从未将儿女私情略萦心上。好一似、霁月光风耀玉堂。厮配得才貌仙郎，博得个地久天长，准折得幼年时坎坷形状。终究是云散高唐，水涸湘江。这是尘寰中消长数应当，何必枉悲伤！

“厮配得才貌仙郎，博得个地久天长，准折得幼年时坎坷形状”，说的是本来嫁给一个才貌出众的年轻人，想博个地久天长，从而抵消从小的坎坷形状。这里所谓的坎坷形状，指的是湘云自幼丧失父母，寄养于叔婶家的不幸。

“终究是云散高唐，水涸湘江”，首先是用“云”字和“湘”字点了湘云的名，但更重要的是“终究是”后面的转折，云散了，水干了，是结束的意思，再对照曲子前半部分讲的“才貌仙郎”“地久天长”等语，就知道这是暗示史湘云婚姻的不幸了。

这里还用了“巫山云雨”的典。“高唐”出自宋玉《高唐赋》，讲的是楚襄王梦见能行云作雨的巫山神女，典故中的巫山云雨是指男女之欢。而曲中的“终究是云散高唐”一句，形容云雨消散干涸，比喻男女之欢成空。

类似地，在第五回湘云的判词也预示了湘云婚姻的不幸：

后面又画几缕飞云，一湾逝水。其词曰：

富贵又何为？襁褓之间父母违。

展眼吊斜晖，湘江水逝楚云飞。

“湘江水逝楚云飞”一句用“湘”字和“云”字，点湘云的名字。同时，“水逝”“云飞”，是形容好景不长，应指婚后不久夫妻就离散了。

有读者可能会问，“水逝”和“云飞”会不会是指史湘云死了呢？

不会。因为从这首词的另一句“展眼吊斜晖”来看，“吊”是对景伤感的意思，“吊斜晖”则是悼念夕阳，这是人近晚年、伤感此生的意思，似乎是暗示湘云孤独终老的结局。

预示湘云孤独终老的，还有一处更明显的，就是第一回中的《好了歌》解注以及脂砚斋的批语。

说什么脂正浓，粉正香，如何两鬓又成霜？

在这句后面，脂砚斋的批语是：“宝钗、湘云一干人。”

从“脂正浓，粉正香”到“两鬓又成霜”，无疑就是对女性衰老的形容。也就是说，湘云的结局是孤独终老，这和判词中“展眼吊斜晖”的意境是相似的。另外，湘云的《如梦令·柳絮词》里有一句“莫使春光别去”，也有类似的意思。

关于湘云的命运，书中还有其他暗示，有代表性的包括湘云在牙牌令中的诗句“日边红杏倚云栽，御园却被鸟衔出”，也有婚姻离散的寓意。

有趣的是，“日边红杏倚云栽”在占花名的时候也出现过，当时被探春抽到了，花签上说“必得贵婿”。所以说湘云在牙牌令中说出这句就预示了她自己“必得贵婿”，可惜她还有第二句话——“御园却被鸟衔出”（探春可没有），这听上去就糟糕了。这句典出王维的《敕赐百官樱桃》，意思是成熟的樱桃被鸟衔去，是终于落空的意思。

还有，史湘云的中秋联句的最后一句是“寒塘渡鹤影”。鹤有长寿的意思。但是在寒冷的池塘上，晚上有一只鹤飞过，应该也是孤独终老的象征。这意境颇像《菊花台》的歌词：“北风乱，夜未央，你的影子剪不断，徒留我孤单，在湖面成双。”

三、“因麒麟伏白首双星”的困惑

有读者会说，你前面不是分析得挺透彻了吗？湘云的结局不就是婚姻破碎、孤独终老吗？

我想说，这一结论很多研究者都得出了，我在前面只是总结一下而已，方便读者理解。我想讨论的不仅是这个结论，而是针对这个结论的一些矛盾的论据，其中最令人费解的莫过于“因麒麟伏白首双星”这句话。

“因麒麟伏白首双星”是第三十一回的回目，这回的很多内容也是围绕着麒麟来说的。大意是，贾宝玉之前从道士们送的礼物中挑了一只金麒麟饰品，因为他知道史湘云也有一只麒麟，所以见面的时候想给史湘云看。结果不小心遗失了，但恰好史湘云在园子里拾到了这金麒麟，发现比自己的那个“又大又有文彩”。

对于这一回的回目“因麒麟伏白首双星”，脂砚斋的解释是，“后数十回若兰在射圃所佩之麒麟，正此麒麟也”。这我们之前分析过，说这麒麟暗示了史湘云和卫若兰的婚姻。

但是，什么叫“白首双星”呢？是不是白头偕老的意思呢？如果是的话，岂不是和湘云孤独终老的结局冲突了吗？而且，如果承认有人和史湘云白头偕老，那这个人是谁？难道是卫若兰吗？但卫若兰不是和史湘云分开了吗？还是贾宝玉？毕竟麒麟可是贾宝玉和史湘云一人一个，而且麒麟可是一公一母啊！

首先让我们从字面上看，“白首”确实是白头发的意思，“双星”这两个字就有分歧了，是指两个老寿星吗？如果是的话，至少说明有两个年纪大的人，一

红楼探玉

男一女，而且两人有可能在一起。所以要说这是形容两人白头偕老，似乎勉强也说得过去。

但是，“双星”真的是老寿星的意思吗？

不是。

我文学功底不高，但我会搜索。实际上，只要打开任何一个古诗词检索网站，输入“双星”作为关键字，你就能看到过往所有古诗词中带“双星”两个字的诗词。我看的是中华诗词网，一检索，发现有四十首古诗词用了“双星”这两个字。结果发现，无一例外，“双星”在诗词里的意思都是牵牛星和织女星！而且大多是形容牛郎织女分离的。根本没有“两个老寿星”的意思！

随便举几个例子：

> 秋风不似春风好，一夜金英老。更谁来凭曲阑干，惟有雁边斜月，照关山。双星旧约年年在，笑尽人情改。有期无定是无期，说与小云新恨，也低眉。
>
> ——晏几道《虞美人》
>
> 梁王阁榭水中央，乌鹊双星带五潢，跨海虹桥三十里，广寒宫殿夜飘香。
>
> ——杨慎《滇海曲》
>
> 银潢仙仗，离多会少，朝暮世情休妒。夜深风露洒然秋，又莫是，轻分泪雨。云收雾散，漏残更尽，遥想双星情绪。凭谁批敕诉天公，待留住，今宵休去。
>
> ——陈三聘《鹊桥仙》

更重要的是，在《红楼梦》的四大素材库之一的《长生殿》中，就反复提到“双星”这两个字，而且指的也是牵牛星和织女星的离别之恨。例如第二十二出《密誓》：

妾身杨玉环，虔爇心香，拜告双星，伏祈鉴佑。

陛下言及双星别恨，使妾凄然。

趁此双星之下，乞赐盟约，以坚终始。

问双星，朝朝暮暮，争似我和卿！（旦）臣妾受恩深重，今夜有句话儿，……（住介）（生）妃子有话，但说不妨。（旦对生呜咽介）妾蒙陛下宠眷，六宫无比。只怕日久恩疏，不免白头之叹！

而且，就在讲“双星”的时候，文字里还提到“白头之叹”这四个字！

既然这样，“白首双星”的真正典故不就是出自《长生殿》这段文字中的“白头”和“双星”吗？！

那么，这里的“白头之叹”指的是什么呢？实际上，“白头之叹”出自汉代辞赋大师司马相如的故事，说的是司马相如想娶妾，他的妻子卓文君就写了一篇《白头吟》。“白头之叹”后来多用于形容妇女被抛弃，或是形容夫妻爱情不能长久。

皑如山上雪，皎若云间月。
闻君有两意，故来相决绝。
今日斗酒会，明旦沟水头。
躞蹀御沟上，沟水东西流。
凄凄复凄凄，嫁娶不须啼。
愿得一心人，白首不相离。
竹竿何袅袅，鱼尾何簁簁！
男儿重意气，何用钱刀为！

如果看一下《白头吟》这首诗，就会发现诗文中就有“白首”两字。原来，“白首双星”的典故祖宗在这儿呢！

我们现在看看这典故里的丰富寓意，不是和史湘云破碎的婚姻非常相似吗？

其实，关于“双星”就是牵牛星和织女星这一点，古诗词大师蔡义江先生早就指出过了：

> “双星”，就是牵牛、织女星的别称（见《焦林大斗记》）。故七夕又称双星节，后来改为双莲节（见《瑯环记》）。总之“白首双星”是说湘云和卫若兰结成夫妻后，由于某种尚不知道的原因，很快就离异了，成了牛郎织女……可见，因回目而附会湘云将来要嫁给宝玉的“红学”家们，也与黛玉当时因宝玉收了金麒麟而“为其所惑”一样，同是出于误会。

所以，“白首双星”应该毫无疑问，指的是牵牛星和织女星，这与史湘云和卫若兰婚后分离、史湘云孤独终老的结局是完全吻合的。

但是，周汝昌先生和刘心武先生可能还会说，就算“白首双星”指的是牵牛星和织女星，难道就不能用它们来比喻贾宝玉和史湘云吗？两个人也离散多年，后来相聚，是不是也有牛郎织女的感觉呢？

这我觉得略显牵强。因为牛郎和织女本来是结了婚的，后来才被拆散，“白头之叹”形容的也是离散的婚姻。但贾宝玉和史湘云之前根本没有结过婚啊！如果他们两个人多年以后相遇，然后一起过日子了，用牛郎织女来形容似乎不太合适吧。

不过，单凭对“双星”的解读，周先生和刘先生可能还不能完全信服我的说法，但至少他们用“白首双星”这四个字是无法推翻传统上对史湘云结局的解释的。

要彻底说服他们，需要分析下一个问题。

四、如果史湘云的原型就是曹雪芹的妻子

周汝昌先生曾经做过很详尽的考证，认为史湘云的原型就是曹雪芹的妻子——脂砚斋。他同时认为，《红楼梦》就是曹雪芹的自传体小说，贾宝玉的故事就是曹雪芹的自传，所以就得出结论：书中的史湘云必然会嫁给贾宝玉。

对于周汝昌先生的仔细考证，我是非常佩服的。他说史湘云的原型就是曹雪芹的妻子——脂砚斋，我个人也是比较赞同的（原因一会儿会讲到）。但可惜的是，即使承认史湘云的原型就是曹雪芹的妻子，也推不出史湘云嫁给贾宝玉这个结论。

原因是，曹雪芹虽然把自己写进了《红楼梦》里，但这个人物并不是贾宝玉，而是甄宝玉。贾家的很多东西是虚构的，不敢保证所有事情都是真的，但甄家的事情却是真实发生过的事情。关于这一点，我在前文中已经分析过了，并提供了很多论据，例如甄家的地理位置、职衔、接驾的次数等等，证明了甄家才是曹家。

因此，即使在《红楼梦》的最后湘云真的又嫁了一个人，这个人也不可能是贾宝玉，而一定是甄宝玉！

那么，史湘云最后会嫁给甄宝玉吗？你先别着急，我先把周先生和刘先生的其他疑问都解答了，再来探讨这个问题。

五、红楼梦十二曲不工整吗？

刘心武先生发现了一个重大的问题。这个问题一直以来被红学家们忽略，那就是红楼梦十二曲不工整之谜。

我们知道，第五回的判词是金陵十二钗每人一首，只有林黛玉和薛宝钗是共用一首。

但是到了红楼梦十二曲，就有问题了。因为如果按照传统的理解，《枉凝眉》讲的是林黛玉的话，那么红楼梦十二曲总共就是林黛玉一首半、薛宝钗半首、其他十钗一人一首了。这也太不工整了吧？

《终身误》——林黛玉和薛宝钗

《枉凝眉》——林黛玉?

《恨无常》——贾元春

《分骨肉》——贾探春

《乐中悲》——史湘云

《世难容》——妙玉

《喜冤家》——贾迎春

《虚花悟》——贾惜春

《聪明累》——王熙凤

《留馀庆》——贾巧姐

《晚韶华》——李纨

《好事终》——秦可卿

刘心武先生发现了这个重大问题，并提出了自己新的设想。他认为《枉凝眉》是湘云和妙玉合写，认为《枉凝眉》中的阆苑仙葩指的是史湘云这朵海棠花。

> 一个是阆苑仙葩，一个是美玉无瑕。若说没奇缘，今生偏又遇着他，若说有奇缘，如何心事终虚化？一个枉自嗟呀，一个空劳牵挂。一个是水中月，一个是镜中花。想眼中能有多少泪珠儿，怎经得秋流到冬尽，春流到夏！

刘心武先生虽然看出了红楼梦曲不工整的问题，但他认为《枉凝眉》写的是湘云，就大错特错了。

刘心武先生可能忘了，《红楼梦》故事的起因就是神瑛侍者要下凡造历“幻缘”，绛珠仙草下凡给神瑛侍者“还泪”。所谓的“幻缘”“还泪”不就是《枉凝眉》

中说的“奇缘”“泪珠儿”吗？《枉凝眉》中“阆苑”和“仙葩”对应的也就是仙境和绛珠仙草。所以这首词无疑是指绛珠仙草的，而不是史湘云。书中其他地方也没有任何暗示史湘云是神仙的伏笔，说她是“阆苑仙葩”实在是太牵强了。

不过，刘心武先生是敢于问问题的，所以我很佩服他。很多红学家明明听到这个问题了，但就是不愿意正视问题，只是一味打压新的意见。这样的话，永远搞不清楚真相。

真相是什么呢？我在前文中已经分析了，林黛玉和薛宝钗都是绛珠仙草，这就是为什么脂砚斋说“钗黛名虽二个，人却一身”。前文中有非常多的论据，请读者朋友们参考。

因此，“阆苑仙葩”指的不仅是林黛玉，还有薛宝钗，所以《枉凝眉》也是钗黛合写！

理解了这一点就会发现，《枉凝眉》其实和《终身误》一样，每支曲黛玉、宝钗都各占一半。整个红楼梦十二曲其实从来就非常工整，每个女子都各有一支曲。

《终身误》——林黛玉和薛宝钗

《枉凝眉》——林黛玉和薛宝钗

《恨无常》——贾元春

《分骨肉》——贾探春

《乐中悲》——史湘云

《世难容》——妙玉

《喜冤家》——贾迎春

《虚花悟》——贾惜春

《聪明累》——王熙凤

《留馀庆》——贾巧姐

《晚韶华》——李纨

《好事终》——秦可卿

所以说，红楼梦十二曲根本没有不工整的问题。学者们以后请别再费心去把《枉凝眉》硬套在史湘云或是别人身上了。形容史湘云的只有《乐中悲》。

另外，周汝昌先生个人认为，《红楼梦》的女一号应该是林黛玉和史湘云两个人。估计刘心武先生也是受到这个观点的影响去解读“阆苑仙葩”的。

但是，周先生这个观点忽略了很多小说中的事实。例如，红楼梦曲的第一支就说“演出这怀金悼玉的《红楼梦》”，就是说《红楼梦》的故事是悼念薛宝钗（金）和林黛玉（玉）的。

我在前文中也分析过,《红楼梦》故事开始于神瑛侍者和绛珠仙草的前世奇缘，小说最后也会以两人在仙界的重聚为结尾，因此整部书的主线就是围绕着神瑛侍者和绛珠仙草而写的。神瑛侍者在人间化身为贾宝玉，绛珠仙草在人间先后化身为林黛玉和薛宝钗。因此，人间的爱情故事一定是在贾宝玉、林黛玉和薛宝钗三人之间展开的。

贾宝玉绝不会和史湘云发生什么爱情故事，否则就偏离造历幻缘的主线了。癞头和尚曾经说过“冤孽偿清好散场”，也就是说，当神瑛侍者和绛珠仙草的“冤孽偿清”的时候，人间的故事就该“散场”了，绝对不会再有什么爱情故事续集了。

对于贾宝玉送麒麟的事情，脂砚斋评语也说是“间色法”，是间色而不是换色，说明主线脉络是不会变的。

还有人分析过，从书中的文字看，贾宝玉和史湘云之间的关系纯属兄妹之情。例如，当听说史湘云要出嫁后，贾宝玉没有表示一点难过或不快。如果说两个人之间早有什么意思，作者不可能这么处理。像这样的例子很多，这里就不一一列举了。

六、史湘云嫁给甄宝玉了吗？

按理说，这篇文章已经写完了。我已经解答了周汝昌先生和刘心武先生的三个主要疑问，所以已经可以得出史湘云没有嫁给贾宝玉的推断。

第一，“因麒麟伏白首双星”中的双星在《长生殿》和几乎所有古诗词中都是牵牛星、织女星的意思，没有两个寿星的意思。而且《长生殿》中引用《白头吟》的典故，所以可以确信“白首双星”的寓意是夫妻离散。这符合史湘云和卫若兰之后的命运，但不符合史湘云和贾宝玉多年后相遇结合的假设。

第二，即使史湘云的原型就是曹雪芹的妻子脂砚斋，史湘云也不会嫁给贾宝玉。因为曹雪芹不是贾宝玉，而是甄宝玉。

第三，红楼梦十二曲并没有不工整的问题。真正的秘密是，《枉凝眉》形容的不仅是林黛玉，还有薛宝钗，因为她们二人都是绛珠仙草。

最后，我们就来琢磨琢磨之前那个问题——史湘云会嫁给甄宝玉吗?

在搞清楚这个问题之前，我们先要知道史湘云的原型是不是脂砚斋，以及脂砚斋是不是曹雪芹的妻子。对此周汝昌先生《红楼梦新证》中做了非常多的分析，为了帮助读者们理解，我就把他的考证精华略微总结一下。

1. 脂砚斋是曹雪芹的妻子?

脂砚斋是《红楼梦》早期抄本的一个批语作者。脂砚斋的批语在红学界称为“脂评”或“脂批”。从“脂批”的内容来看，这个人是和曹雪芹同时代的人，而且和曹雪芹关系非常亲密。

有人问，脂砚斋是不是就是曹雪芹自己？看了下面这条批语就知道不是:

> 书未成，芹为泪尽而逝。余尝哭芹，泪亦待尽。每意觅青埂峰再问石兄，奈不遇癞头和尚何！怅怅！今而后，惟愿造化主再出一芹一脂，是书何幸，余二人亦大快遂心于九泉矣。
>
> ——《红楼梦》第一回脂砚斋批语

“一芹一脂”，说明是两个人。脂砚斋不是曹雪芹。

红楼探玉

红楼探玉

而且，如果仔细看这批语，就发现语气非比寻常。“若脂砚并非雪芹，则应为何等样人，才能与雪芹有了这样不即不离、似一似二的微妙关系呢？”

有人说，脂砚斋是曹雪芹的叔叔或是堂弟。但周汝昌先生发现，脂砚斋的口气完全是一个女人的口气！

> 玉兄若见此批，必云：老货，他处处不放松我，可恨可恨！回思将余比作钗、颦等，乃一知己，余何幸也！一笑。
>
> ——《红楼梦》第二十六回脂砚斋批语

周汝昌先生说：“要注意这条批语的重要性：一、明言与钗、颦等相比，断乎非女性不合。二、且亦可知其人实即与钗、颦同流，而非次等人物。这真是一条铁证据！又如同回，宝玉忘情而说出‘多情小姐同鸳帐’，黛玉登时撂下脸来，旁批云：‘我也要恼。’凡此等处，读者不要与世俗恶劣、贫嘴、贱舌的批等尔而论，他原意是说：‘我若彼时听见这样非礼的话，也一定要恼。’这分明又是个女子声口。”

看了周先生的精彩分析，几乎可以断定，脂砚斋是个女子。真不知道为什么还有人会说是曹雪芹叔叔、堂弟什么的。

既然脂砚斋是个女子，和曹雪芹关系又这么亲密，这个人是不是就是曹雪芹的妻子呢？

曹雪芹去世后，曹雪芹的好友敦诚曾经写了凭吊曹雪芹的诗句，其中有一句“新妇飘零目岂瞑”。这个飘零的新妇，就是指曹雪芹的遗孀。这说明曹雪芹去世前，是有妻子的。

那我们再看脂砚斋是怎么评论曹雪芹的死的：

> 能解者方有辛酸之泪，哭成此书。壬午除夕。书未成，芹为泪尽而

> 逝。余尝哭芹，泪亦待尽。每意觅青埂峰再问石兄，奈不遇癞头和尚何！怅怅！今而后，惟愿造化主再出一芹一脂，是书何幸，余二人亦大快遂心于九泉矣。甲（午）［申］八（日）［月］泪笔。
>
> ——《红楼梦》第一回脂砚斋批语

这分明就是妻子面对丈夫离世而哀叹的口吻！

在提到绛珠仙子还泪一事时，脂砚斋也说：

> 知眼泪还债，大都作者一人耳。余亦知此意，但不能说得出。
>
> ——《红楼梦》第一回脂砚斋批语

周先生说："泪债偿干，乃是宝、黛二人的孽缘，他人如何敢比拟？唯有夫妇，或可亦有此情意，故云雪芹泪尽，他泪亦待尽。试问除去父母，谁能深情伤逝到这般地步？而且'芹'之称呼，单字成文，若非至近最亲，又谁能如此亲呢？还不是个妻子与丈夫的关系是什么？"

2. 脂砚斋是史湘云的原型？

周汝昌先生还进一步推断出脂砚斋就是史湘云的原型。

首先，脂砚斋和湘云一样，也是自幼丧母的。这从她的批语中可以一窥端倪：

> 普天下幼年丧母者齐来一哭。
>
> ——《红楼梦》第二十五回
>
> 未丧母者来细玩，既丧母者来痛哭！
>
> ——《红楼梦》第三十回

湘云的《乐中悲》中一上来就说："襁褓中，父母叹双亡。纵居那绮罗丛，谁知娇养？”果然脂砚斋在这里也有评语：“意真辞切，过来人见之不免失声。”可见，脂砚斋从小也有同样的经历。

而且，脂砚斋还在批语中透露自己是史家人！

第三十八回贾母因到藕香榭，而提起当年小时在家的旧事，在枕霞阁与众姊妹玩耍，失脚落水的事情。此处一双行夹批云：

> 看他忽用贾母数语，闲闲又补出此书之前似已有一部《十二钗》的一般，令人遥忆不能一见，余则将欲补出枕霞阁中十二钗来，岂不又添一部新书？

既然枕霞阁在史家，而脂砚斋又说她自己能补出“枕霞阁中十二钗来”，说明脂砚斋就是史家人。那么脂砚斋不是史湘云还能是谁？

3. 暧昧的诗句

看了周汝昌先生的精彩分析，我是完全被说服了，史湘云的原型应该就是曹雪芹的妻子——脂砚斋。

不仅如此，我还从《红楼梦》的诗句中，发现了很多暧昧的诗句，显示出作者对史湘云的特别留意。

我们知道，代表史湘云的有这么几个字：“湘”及其谐音“香”，还有“云”“鹤”“霞”“海棠”等。之所以有“鹤”，因为史湘云的中秋联句的最后一句是“寒塘渡鹤影”。之所以有“霞”，因为湘云的号是“枕霞旧友”。之所以有“海棠”，因为这是史湘云占到的花名。

我发现，在贾宝玉和史湘云的诗词中，这些字经常被提起，而且语境似乎有些暧昧，让人忍不住会起疑心。

让我们先来看看这些诗句吧。

新涨绿添浣葛处，好云香护采芹人。

——第十七回贾宝玉作对联

霞绡云幄任铺陈，隔巷蟆更听未真。

——第二十三回贾宝玉作《春夜即事》

窗明麝月开宫镜，室霭檀云品御香。

——第二十三回贾宝玉作《夏夜即事》

苔锁石纹容睡鹤，井飘桐露湿栖鸦。

——第二十三回贾宝玉作《秋夜即事》

松影一庭惟见鹤，梨花满地不闻莺。

——第二十三回贾宝玉作《冬夜即事》

数去更无君傲世，看来惟有我知音。

——第三十八回史湘云《对菊》

石楼闲睡鹤。

——第五十回史湘云《芦雪广联句》

入世冷挑红雪去，离尘香割紫云来。

——第五十回贾宝玉《访妙玉乞红梅》

可以看到，贾宝玉的诗句中常提到“云”“香”“鹤”等字，我当初和周汝昌先生一样，曾以为这预示着贾宝玉和史湘云之间未来会有什么。但终于有一天我明白了，这些诗句是曹雪芹写给自己妻子的情诗！

既然曹雪芹的妻子就是史湘云的原型，那么在曹雪芹写书的时候，很可能不由自主地带进自己的情感，把对妻子的爱表露在史湘云这个人物身上。因此，曹雪芹才会假托贾宝玉的诗句，暗暗赞美史湘云！

最明显的一句就是“好云香护采芹人”，“云”和“香”指的当然是史湘云，而“芹”字则直接指向曹雪芹自己！这句话已经跳出了小说的格局，完全是曹雪芹对妻子的表白。

而且诗句中经常“石”“鹤”并提。要知道，脂砚斋常称呼曹雪芹“石兄”。“石”“鹤”并提，对应的应该就是曹雪芹和脂砚斋。

还有，湘云的诗句“看来惟有我知音”，说只有我是你的知音。这不正像是脂砚斋对曹雪芹说的话吗？曹雪芹十年写成《红楼梦》，脂砚斋含泪批书。曹雪芹死去多年后，脂砚斋还在反复阅读、校对、批注。“都云作者痴，谁解其中味？”曹雪芹的知音，最懂曹雪芹的红颜知己，不正是脂砚斋吗？

所以，这些暧昧的诗句并不是对贾宝玉和史湘云关系的预示，而是曹雪芹对脂砚斋的感情流露。

4. 史湘云大结局

好了，终于到了最后的问题了。

既然史湘云的原型嫁给了曹雪芹，而曹雪芹在书中就是甄宝玉，那么史湘云的结局是不是嫁给甄宝玉呢？

我个人认为这是可能的，但可能性不大。

之所以说可能性不大，首先是湘云的判词和判曲。我们之前已经分析过湘云的判词和判曲，表现的就是夫妻离散、孤独终老的意境。词曲中没有任何关于湘云再婚的端倪。

其次，虽然说史湘云的原型嫁给了曹雪芹，也就是书中的甄宝玉，但是曹雪芹也未必把自己的这段婚姻写进书里，就像曹雪芹在北京的经历，不一定会全部写进书里一样。更可能的是，在甄宝玉送玉之后，全书就完结了。

再次，我们刚才分析过，敦诚的书中把曹雪芹的妻子形容成“新妇”，也就是说曹雪芹和脂砚斋结婚不久，曹雪芹就病逝了。然而，曹雪芹写《红楼梦》可是用了十年的时间，所谓“十年辛苦不寻常”。也就是说，很可能是在曹雪芹创作《红楼梦》的末期，曹雪芹和脂砚斋才走到一起的。这样的话，曹雪芹即使想把自己的这段婚姻写进书里，也未必来得及写进去。

不过，我真希望曹雪芹把甄宝玉和史湘云的相遇写在全书的结尾，作为对一芹一脂这对灵魂伴侣的永远纪念。

如果把自己想象成曹雪芹，我也许会这样安排这个情节：

甄宝玉一梦醒来，身上多了一块玉，原来是梦里贾宝玉送他的那块通灵宝玉，但不知为何这块玉真的出现在身边。甄宝玉按照贾宝玉说的话，找到了跛足道人，跛足道人于是带着甄宝玉来到大荒山无稽崖青埂峰，见到癞头和尚。

癞头和尚托着玉感叹一番，便施展法术将它变回大石，而这大石上呈现出《石头记》的文字。甄宝玉正大为感叹，突然有人叫他："宝玉！你为何在这里？"甄宝玉四下一看，才发现癞头和尚和跛足道人已经消失得无影无踪，只有一个女子从大石后面走出来。这女子说自己是史湘云，把甄宝玉认成了贾宝玉。甄宝玉才向她讲了梦中遇见贾宝玉、以及送玉大荒山的经过。

史湘云大为惊讶。她说自己也是孤独一人，但在梦中遇到旧时的挚友薛宝钗，薛宝钗在梦中将金锁托付给她。史湘云醒来后身上果然有把金锁，就按照薛宝钗说的，寻到癞头和尚，来到大荒山，没想到在这里碰到了甄宝玉……

回头说贾宝玉在梦中将通灵宝玉放下，留给甄宝玉后，就突然醒来，发现自己已经回到太虚幻境，归位神瑛侍者。警幻仙姑和众神仙和他调侃一番人间的虚妄，神瑛侍者也唏嘘感叹、自嘲一番。这时，神瑛侍者发现绛珠仙子也已回到仙界，两人重聚，永世不再分离。

翠凤毛翎扎帚叉，闲踏天门扫落花。

您看那风起玉尘沙。

猛可的那一层云下，抵多少门外即天涯。

您再休要剑斩黄龙一线儿差，

再休向东老贫穷卖酒家。

您与俺眼向云霞。

洞宾呵，您得了人可便早些儿回话；

若迟呵，错教人留恨碧桃花。

仙缘篇

佛手缘：

我为何判定刘姥姥是西王母[①]——论《红楼梦》中隐藏最深的秘密

一、刘姥姥的真实身份

“老刘，老刘，食量大似牛，吃一个老母猪不抬头。”

傻憨傻憨的。

刘姥姥就是曹雪芹请来搞笑的吧？

我本来一直这么觉得。

但后来觉得有点不对，刘姥姥明知道这句话是王熙凤和鸳鸯为了取笑才安排她说的，但她还是说了。

> 凤姐儿忙笑道：“你可别多心，才刚不过大家取笑儿。”一言未了，鸳鸯也进来笑道：“姥姥别恼，我给你老人家赔个不是。”刘姥姥笑道：“姑娘说那里话，咱们哄着老太太开个心儿，可有什么恼的！你先嘱咐我，我就明白了，不过大家取个笑儿。我要心里恼，也就不说了。”
>
> ——《红楼梦》第四十回

---

① 本文原载于《博览群书》2016年8月刊，发表后引起读者们和学者们的热烈讨论。这次要结集成册，就在原文基础上做了修改，然后也归纳了进来。

刘姥姥不是傻，是装傻！

进而一想，莫非刘姥姥进大观园出的洋相，都是装的？

刘姥姥行酒令，说“是个庄家人吧”。要知道，《红楼梦》里的酒令都有深层次含义。莫非“庄家人”是“装假人”的意思？刘姥姥到贾府就是来装假充楞的？

> 鸳鸯笑道：“左边‘长四’是个人。”刘姥姥听了，想了半日，说道：“是个庄家人罢。”
>
> ——《红楼梦》第四十回

从“庄家”联想到“装假”，也不是牵强附会。在《邯郸记》里就有“哄弄庄家”的说法。

> （吕）若论碧落路程，眼前便是。（生笑介）老翁哄弄庄家哩。
>
> ——《邯郸记》第四出《入梦》

刘姥姥装装傻也罢了，但仔细看看她说的话，就发现十分诡异！

刘姥姥给贾家老小讲故事，讲的就是茗玉小姐死后还魂，跑到家门口抽柴草的那个故事。我们之前分析过，这故事预示了林黛玉的命运。能预示人物命运也罢了，但刘姥姥在这里一提到“柴草”两个字，贾府的马棚里就“走了水”，着火了！

读者朋友们看到这里，会不会觉得有点不对劲呢？一个乡下老妇人不仅能预示林黛玉的命运，而且一提“柴草”就着火。这是不是很诡异呢？难道这刘姥姥有什么特异功能吗？

而且这个“火”字，实际上是谐音“祸”，预示的是整个贾家未来的祸事。这刘姥姥能预测的事还真不少啊！刘姥姥真是《红楼梦》中最诡异的人物！

这还不算。

贾府一家嘲笑了刘姥姥一天，乐得不行。结果呢？

结果是聚会完贾母就生病了，王熙凤的女儿大姐儿也生病了。

病就病吧，最后这病还是刘姥姥给治好的！

> 刘姥姥道："小姐儿只怕不大进园子，生地方儿，小人儿家原不该去。比不得我们的孩子，会走了，那个坟圈子里不跑去。一则风扑了也是有的；二则只怕他身上干净，眼睛又净，或是遇见什么神了。依我说，给他瞧瞧祟书本子，仔细撞客着了。"一语提醒了凤姐儿，便叫平儿拿出《玉匣记》着彩明来念。彩明翻了一回念道："八月二十五日，病者在东南方得遇花神。用五色纸钱四十张，向东南方四十步送之，大吉。"凤姐儿笑道："果然不错，园子里头可不是花神！只怕老太太也是遇见了。"一面命人请两分纸钱来，着两个人来，一个与贾母送祟，一个与大姐儿送祟。果见大姐儿安稳睡了。
>
> ——《红楼梦》第四十回

看见没有？就是刘姥姥发现大姐儿在园子里"撞客"到神了，让王熙凤查查"祟书本子"。王熙凤一查才发现，果然是撞客花神了，于是让人给大姐儿和贾母送祟。而且刚一送完祟，大姐儿的病就好了，"安稳睡了"！

你们说神奇不神奇？

刘姥姥既能预测人物命运，又能预知家族祸事，还能感知花神，治病救人。

这不就是个半仙儿吗？

等等！刘姥姥会不会就是个神仙呢？

有人会说，怎么可能？神仙得有神仙样子，但刘姥姥粗陋不堪、衣衫褴褛，怎么可能是神仙？

但这么说是不对的。因为《红楼梦》有两位神仙——一僧一道，他们就是整天破衣烂衫的！

这一僧一道，也就是茫茫大士和渺渺真人，是书里明写的两位神仙。这两位在仙界确实是“骨格不凡、丰神迥别”，但他们到了人间就化身成癞头和尚和跛足道人，形象非常粗鄙：

> 方欲进来时，只见从那边来了一僧一道，那僧则癞头跣足，那道则跛足蓬头，疯疯癫癫，挥霍谈笑而至。
>
> ——《红楼梦》第一回

> 只见那和尚是怎生模样：
>
> 鼻如悬胆两眉长，目似明星蓄宝光，
>
> 破衲芒鞋无住迹，腌臜更有满头疮。
>
> 看那道人又是怎生模样，但见：
>
> 一足高来一足低，浑身带水又拖泥。
>
> 相逢若问家何处，却在蓬莱弱水西。
>
> ——《红楼梦》第二十五回

所以说，刘姥姥的扮相与癞头和尚、跛足道人非常相近！

我们之前也分析过，癞头和尚、跛足道人身上有铁拐李、蓝采和的影子，是贫贱之人的代表。也许曹雪芹想表达的是，世间看似粗陋贫贱之人，实质可能是最尊贵的。

那么，刘姥姥这个贫贱之人，会不会也是个神仙呢？

如果她真是神仙，她会是哪一个神仙呢？

有一个细节引起了我的注意，那就是刘姥姥给大姐儿起名字。

王熙凤让刘姥姥给自己的女儿大姐儿起名字。由于大姐儿出生于七月初七日，刘姥姥就给她起了“巧姐”这个名字。刘姥姥之所以用“巧”字起名字，是因为七月初七日是七夕，是妇女们向织女“乞巧”的日子。

莫非这刘姥姥跟织女有关？

巧姐生于七月初七，可能是暗示织女。那么给织女起名字的……莫非是她妈——王母娘娘？！

我赶紧查了查辈分。

根据《红楼梦》对刘姥姥的亲家——王家的背景介绍，王成的父亲是凤姐之祖认的侄儿，比凤姐高一辈。那么王成就是和凤姐同辈的。刘姥姥和王成是亲家，所以也和凤姐同辈。因此，刘姥姥正好比巧姐大一辈！

> 方才所说的这小小一家，乃本地人氏，姓王，祖上曾作过小小的一个京官，昔年曾与凤姐之祖、王夫人之父识认，因贪王家的势利，便连了宗认作侄儿……目今其祖已故，只有一个儿子，名唤王成……王成新近亦因病故，只有其子，小名狗儿，亦生一子，小名板儿，嫡妻刘氏，又生一女，名唤青儿……狗儿遂将岳母刘姥姥接来一处过活。
>
> ——《红楼梦》第六回

比巧姐大一辈的刘姥姥，又给她起名字，是不是就是暗示她是织女的母亲王母娘娘呢？

这个刘姥姥还是王家的岳母，不也就是“王母”吗？！

再有，林黛玉调侃刘姥姥的时候，还把她比作“母蝗虫”。这“母蝗”二字和“母皇”“王母”也很接近啊！

难道刘姥姥真的是王母娘娘？也就是上古传说中的西王母？！

我又看了看刘姥姥住的地方，有“我们庄子东边庄上”的话，又让人不禁联想到西边。

> 刘姥姥便又想了一篇，说道："我们庄子东边庄上，有个老奶奶子，今年九十多岁了……"
>
> ——《红楼梦》第三十九回

西庄王家的岳母——西王母？

难道这一切都是巧合？不行，我要刨根问底。

于是我又去查西王母的典故，发现西王母最早典出《山海经》。《山海经》中的西王母是一个长得像人的凶残神兽。

> 又西三百五十曰玉山，是西王母之居也。西王母其状如人，豹尾虎齿而善啸，蓬发戴胜，是司天之厉及五残。
>
> ——《山海经·西山经》

西王母"其状如人"。而在刘姥姥的牙牌令当中，鸳鸯说刘姥姥是"长四是个人"。"长四是个人"谐音"长似是个人"，这不是和"其状如人"的意思完全一样吗？！

> 鸳鸯笑道："左边'长四'是个人"。刘姥姥听了，想了半日，说道："是个庄家人罢。"
>
> ——《红楼梦》第四十回

这里稍微解释一下。鸳鸯之所以说刘姥姥"长四是个人"，是因为刘姥姥的两张牙牌都是四点，四个点一字排开，两个"一"字合在一起像个"人"字，所以牙牌令里的术语叫长四，又称人牌。所以鸳鸯说"'长四'是个人"。

鸳鸯说刘姥姥“长四是个人”，刘姥姥答道“是个庄家人罢”。谐音一下，就是刘姥姥长似是个人，但是个装假人。

刘姥姥长得像个人，但根本不是人！

她原来是神仙！是西王母！

而且西王母又称王母、西姥，尊称王母娘娘。

西姥？竟还有个刘姥姥的“姥”字！

我又翻阅了西王母的相关文献，发现西王母在《山海经》中虽是个凶残的神兽，但到了《穆天子传》，西王母的形象则变为了气度雍容的女王。而魏晋六朝的《汉武故事》《博物志》《汉武帝内传》等书籍中，西王母渐渐演变为掌管不死之药的仙人。随着道教的兴起，西王母被纳入道教体系，成为天上至高无上的帝王，统领所有女神仙和一切阴气。神话传说中的西王母，还是嫦娥奔月中不死药的掌管者、天仙配中的天庭女王、西游记中蟠桃宴的召集者。

所以说，西王母的神格从掌管刑杀和瘟疫的凶神开始，慢慢延展成天界的女王，又被民间视为祈福祈寿祈子的对象，成为一个凶神与吉神的综合体。

既然西王母掌管瘟疫，描写刘姥姥的文字中跟瘟疫有关系吗？

竟然也有！

刘姥姥讲完茗玉小姐还魂抽柴的故事以后，贾宝玉私下向刘姥姥打听茗玉小姐的祠堂在哪里。刘姥姥说了个地方，贾宝玉就让茗烟去寻找，结果茗烟回来说那个庙里“那里有什么女孩儿，竟是一位青脸红发的瘟神爷”。

> 宝玉忙道：“可有庙了？”茗烟笑道：“爷听的不明白，叫我好找。那地名座落不似爷说的一样，所以找了一日，找到东北上田埂子上才有一个破庙。”宝玉听说，喜的眉开眼笑，忙说道：“刘姥姥有年纪的人，一时错记了也是有的。你且说你见的。”茗烟道：“那庙门却倒是朝南开，也是稀破的。我找的正没好气，一见这个，我说‘可好了’，连忙

进去。一看泥胎，唬的我跑出来了，活似真的一般。”宝玉喜的笑道："他能变化人了，自然有些生气。”茗烟拍手道："那里有什么女孩儿，竟是一位青脸红发的瘟神爷。”

——《红楼梦》第三十九回

刘姥姥说的祠堂里面供着的是瘟神爷！这不又是暗示刘姥姥就是掌管瘟疫的西王母吗？！

况且，这里出现瘟神，如果不是为了暗示刘姥姥的身份，还能是什么意思呢？为什么偏要在这里说什么瘟神呢？

就此，我越来越相信，刘姥姥就是西王母！

曹雪芹竟然在刘姥姥身上埋伏了这么一个生猛的神格。要知道，西王母可是统领天界所有女仙的，估计连警幻仙姑都得归她管。可以说，西王母是《红楼梦》里最大的神！

那么，书中对刘姥姥的神仙身份还有什么其他暗示吗？

一查才发现，还有很多！

1. 刘姥姥和玉皇大帝

比如说，刘姥姥在给贾家老小讲的第二个故事中提到了玉皇大帝，应该又是在暗示她自己王母娘娘的身份。

刘姥姥便又想了一篇，说道："我们庄子东边庄上，有个老奶奶子，今年九十多岁了。他天天吃斋念佛，谁知就感动了观音菩萨夜里来托梦说：'你这样虔心，原来你该绝后的，如今奏了玉皇，给你个孙子。'原来这老奶奶只有一个儿子，这儿子也只一个儿子，好容易养到十七八岁上死了，哭的什么似的。后果然又养了一个，今年才十三四岁，生的雪团儿一般，聪明伶俐非常。可见这些神佛是有的。”这一夕话，实合了贾母王夫人的心事，连王夫人也都听住了。

——《红楼梦》第三十九回

是啊，这些神佛是有的，而且就在你面前！

再有，刘姥姥来到“省亲别墅”的牌坊底下，众人问她这是什么地方，刘姥姥竟然抬头指着那字道：“这不是‘玉皇宝殿’四字？”引来大家又一阵取笑。

一时又见鸳鸯来了，要带着刘姥姥各处去逛，众人也都赶着取笑。一时来至“省亲别墅”的牌坊底下，刘姥姥道：“嗳呀！这里还有个大庙呢。”说着，便爬下磕头。众人笑弯了腰。刘姥姥道：“笑什么？这牌楼上字我都认得。我们那里这样的庙宇最多，都是这样的牌坊，那字就是庙的名字。”众人笑道：“你认得这是什么庙？”刘姥姥便抬头指那字道：“这不是‘玉皇宝殿’四字？”众人笑的拍手打脚，还要拿他取笑。

——《红楼梦》第四十一回

你说是因为刘姥姥不识字？刘姥姥自己可说了：“这牌楼上字我都认得。”

刘姥姥还说“我们那里这样的庙宇最多，都是这样的牌坊”。“我们那里”是哪里呀？是不是就是真的有“玉皇宝殿”的仙境呢？

2. 仙茶配仙人

第四十一回，贾母带刘姥姥到栊翠庵，妙玉给贾母准备了老君眉这种茶。贾母把茶递与刘姥姥，“刘姥姥便一口吃尽，笑道：‘好是好，就是淡些，再熬浓些更好了。’”

我注意到，刘姥姥喝的是老君眉。清代确有“老君眉”茶名，此茶又名仙茶！

神仙喝仙茶，自然再合适不过。

红楼探玉

红楼探玉

3. 老妖精

王熙凤为给贾母逗乐子，给刘姥姥头上戴花，众人笑刘姥姥：“你还不拔下来摔到他脸上呢！把你打扮的成了老妖精了！”

老妖精？众人似乎不经意间说出了什么秘密。

4. 阆苑

红楼梦曲《枉凝眉》中有“一个是阆苑仙葩，一个是美玉无瑕”。这里的阆苑仙葩指的是绛珠仙草。

那阆苑是什么呢？

阆苑也称风苑、阆风之苑，传说中在昆仑山之巅，也就是西王母的居所！

5. 刘姥姥的出场时间

刘姥姥出场非常靠前，是在全书第六回《贾宝玉初试云雨情 刘姥姥一进荣国府》。而之前的第五回就是警幻仙子在太虚幻境开示贾宝玉那一回。

书中直书警幻仙子是神仙，在仙界亮丽夺目，她给的预示也几乎是明说，所以大家知道她是神仙，可以预示人物命运。但紧接着警幻仙姑出场的刘姥姥，大家很容易忽略，但其实她也是神仙，也在预示人物命运，而且这个神比警幻仙姑还大。

二、刘姥姥来贾家的目的

既然刘姥姥是西王母下凡，她来贾府的目的是什么呢？

第一、预言人物命运。

刘姥姥给贾家老小讲了茗玉小姐死后还魂的故事，通过这个故事预示了林黛玉因病而死、死后还魂的结局。

这里多提一句，就是刘姥姥打量林黛玉的细节。

大家知道，刘姥姥情商很高、嘴很甜，见一个姑娘夸一个。比如她见到惜春，就夸道：“我的姑娘，你这么大年纪儿，又这么个好模样，还有这个能干，别是神仙托生的罢。”

但是刘姥姥见到黛玉的时候，虽然“留神打量了黛玉一番”，竟然一个夸奖的字都没说，还岔开了话题！

> 刘姥姥因见窗下案上设着笔砚，又见书架上垒着满满的书，刘姥姥道：“这必定是那位哥儿的书房了。”贾母笑指黛玉道：“这是我这外孙女儿的屋子。”刘姥姥留神打量了黛玉一番，方笑道：“这那像个小姐的绣房，竟比那上等的书房还好。”

贾母主动介绍外孙女儿黛玉给刘姥姥，但刘姥姥就是没夸她，这是为什么呢？我以前也不明白，但后来了解到刘姥姥是神仙、可以看透一切，就明白其中的缘由了。

这是因为刘姥姥看到林黛玉命不长了！当然说不出什么好话！

反而，刘姥姥预知惜春将来要出家，是一心向佛之人，所以才夸奖她，说什么“别是神仙托生的罢”这样的话。

后来，刘姥姥又在与王熙凤的对话中预示了巧姐的结局，说巧姐将来能够“遇难呈祥”“逢凶化吉”。

正所谓因果缘定。因为贾母有慈悲心，王熙凤也是偶然善心一动，接济了一番西王母下凡的刘姥姥，才使巧姐儿后来逢凶化吉，在贾家倾覆后得到刘姥姥的收留。

第二、预言大祸临头，警示贾家上下

《红楼梦》书中的设定是，人物自身有时能够借诗词、谜语、酒令等说出自己的结局，但能预示多个人物结局、能预示整个贾家命运的，往往都是神仙一级的人物，例如警幻仙子、一僧一道。刘姥姥作为《红楼梦》中最高的神，不仅预示了林黛玉、巧姐的结局，还预示了整个贾家的衰败。

在刘姥姥讲故事的时候，一提到“柴”字，贾家突然就起火。火谐音“祸”，就是预示贾家未来将遇到的抄家之祸。

刘姥姥在行酒令的时候说“大火烧了毛毛虫”，也是在预示贾家之祸。毛毛虫暗喻贾府，这在第二回《冷子兴演说荣国府》的时候就交代了。冷子兴形容贾家是“百足之虫，死而不僵”。第七十四回，探春形容贾家时也用了这个比喻：“可知这样大族人家，若从外头杀来，一时是杀不死的，这是古人曾说的‘百足之虫，死而不僵’，必须先从家里自杀自灭起来，才能一败涂地！”

而且，在刘姥姥给大姐儿看病的时候，刘姥姥对王熙凤说：“院子里不干净”，“小姐儿只怕不大进园子，生地方儿，小人儿家原不该去。比不得我们的孩子，会走了，哪个坟圈子不跑去”。刘姥姥这分明是把大观园比做是坟冢！满园坟冢，就是贾府未来的命运！

刘姥姥通过讲故事、牙牌令和闲谈话语，预示了贾家之祸。可惜贾府全家只顾着取笑刘姥姥，对这些警示充耳不闻。

警幻仙子在太虚幻境向宝玉展示了金陵十二钗卷册以及红楼梦十二曲，就是通过预示人物命运，希望宝玉觉悟。然而贾宝玉在看了判词、听了红楼梦曲后，“痴儿竟尚未悟”。

同样地，作为西王母化身的刘姥姥，也预示了贾家人物命运，也做了警示。可惜贾家上下也都未悟，只把她当做笑料消遣而已。

警幻仙子和西王母对贾家的开示，一个大雅，一个大俗；一个是明说，一个隐藏得极深。

三、曹雪芹创作刘姥姥的真实意图

刘姥姥这个形象，很多人都觉得只是穿针引线、插科打诨的。但也有分析家曾经指出刘姥姥身上的很多特点。例如，孙玉明先生分析过刘姥姥的“风趣幽默”“装疯卖傻，但实际上很有心计”。《红楼梦艺术论》（王国维、林语堂等著）

中也评价刘姥姥“她似乎粗直，却绝不鲁莽；似乎无知，却绝不低能；也颇有心机，但不邪佞”。很多人也同意，曹雪芹设计刘姥姥这个人物，是通过朴实农民的眼睛观察贾家，反映社会的贫富差距和不平等。

这些分析都有道理，应该也符合曹雪芹本意。不过，如果仅止于此，真有点小看曹雪芹的境界了。我们现在已经了解了刘姥姥的真实身份是西王母。那么，曹雪芹创作刘姥姥的真实意图就自然揭开了。

第一、贫民审判权贵。

一个贫苦庄稼人看贾家，是仰视的；而一个神仙看贾家，则是俯视的。曹雪芹要的就是这种仰视和俯视相叠加的视角，产生强烈的对比和反差。表面上，是穷苦人眼中看到的精致奢华的贵族生活；深层次上，其实是神仙眼中看到的“箕裘颓堕”、大祸临头而又不自知的一干人等！

这种对比和反差，反映在刘姥姥的语言上，就是常常一语双关。表面上显示她的无知，但仔细一想，才发现处处是警句。

例如，王熙凤和鸳鸯在吃饭时捉弄刘姥姥，让她说“老刘，老刘，食量大似牛，吃一个老母猪不抬头”，逗倒了贾家众人。但是在饭后，刘姥姥却对王熙凤说：“别的罢了，我只爱你们家这行事。怪道说‘礼出大家’。”

“礼出大家”四个字，可谓是一语双关。这既可以理解成她对豪华宴席的称赞，又可理解成她对王熙凤的讥讽，批评王熙凤这些权贵不应该没有礼数，不应该作弄取笑贫贱之人。文字设计非常巧妙。

所以，刘姥姥进大观园，表面是穷苦人来求施舍、要银子来的，但实质上是掌管刑杀的西王母来警示甚至审判贾家的。这样安排实在绝妙！而且，让穷苦人站在神仙的位置上审视权贵，也反映了曹雪芹对社会公正和平等的向往。

不过这个设定也真让人倒吸一口凉气。

试想，当贾家全家都在笑话刘姥姥，读者也在笑话刘姥姥的时候，其实是在笑话神仙呢。殊不知这时神仙正冷眼看着你，操心你的好命运呢。反该被笑的，不正是大祸临头、但还笑得前仰后合的贾家人等么？反该被笑的，不正是世间所有未悟之人么？

这里，让我们再重温一下贾家全家哈哈大笑的样子。仔细看看，是不是笑得太过、太夸张了呢？

> 众人先是发怔，后来一听，上上下下都哈哈的大笑起来。史湘云撑不住，一口饭都喷了出来；林黛玉笑岔了气，伏着桌子"嗳哟"；宝玉早滚到贾母怀里，贾母笑的搂着宝玉叫"心肝"；王夫人笑的用手指着凤姐儿，只说不出话来；薛姨妈也撑不住，口里茶喷了探春一裙子；探春手里的饭碗都合在迎春身上；惜春离了坐位，拉着他奶母叫揉一揉肠子。地下的无一个不弯腰屈背，也有躲出去蹲着笑去的，也有忍着笑上来替他姊妹换衣裳的，独有凤姐鸳鸯二人撑着，还只管让刘姥姥。
>
> ——《红楼梦》第四十回

所谓乐极生悲。笑声中是"岔气""滚""说不出话""撑不住"、脏了裙子、倒了饭碗、"离了座位""弯腰屈背""躲出去蹲着"，行文中是不是就有些不祥的感觉呢？

第二、宽恕和引渡。

之前提到，西王母是凶神和吉神的综合体。西王母来到贾家，除了警示或是审判，还有施恩和引渡的用意。巧姐的结局就是如此。第六回《贾宝玉初试云雨情 刘姥姥一进荣国府》的回目上，就有脂砚斋批语："并非泛文，且伏'二进''三进'及巧姐之归着。"那么，刘姥姥三进大观园做了什么事呢？巧姐的结局又如何呢？

我们注意到，在刘姥姥二进大观园的时候，巧姐和板儿之间互换了大圆柚子和佛手。

那大姐儿因抱着一个大柚子玩的，忽见板儿抱着一个佛手，便也要佛手。丫鬟哄他取去，大姐儿等不得，便哭了。众人忙把柚子与了板儿，将板儿的佛手哄过来与他才罢。那板儿因顽了半日佛手，此刻又两手抓着些果子吃，又忽见这柚子又香又圆，更觉好顽，且当球踢着玩去，也就不要佛手了。

对于这段文字，脂砚斋给了批语：“小儿常情遂成千里伏线”“柚子即今香团之属也，应与缘通。佛手者，正指迷津者也。以小儿之戏暗透前后通部脉络，隐隐约约，毫无一丝漏泄，岂独为刘姥姥之俚言博笑而有此一大回文字哉？”

关于巧姐的结局，不少红学研究者早已看出，巧姐和板儿交换“大圆（谐音“缘”）柚子”和“佛手”这个情节，预示巧姐将来“遇难呈祥”，与板儿有缘结合。

我也赞成这样的分析。不过这个分析只停留在表面，因为这只解释了大圆柚的含义，没有解释佛手的深层次含义。曹雪芹在这里为什么用佛手作媒介，又让板儿传递给巧姐呢？脂砚斋为什么说“佛手者，正指迷津者也”？

佛手，可是有神学内涵的东西。是哪位神仙指迷津呢？

明白了刘姥姥这个西王母身份，才能够理解曹雪芹的真实意图。

佛手象征着慈悲、宽恕、指引迷津。这正是西王母施恩赐福的另一面。贾家的悲剧虽然已经无法挽回，但是其中人物所做的善事，上天也同样看在眼里。王熙凤一辈子仗势欺人、巧取豪夺，做了很多缺德的事情，所以按照上天公正的审判，她当然不会有好结果——“机关算尽太聪明，反误了卿卿性命”。但是在刘姥姥二进大观园的时候，王熙凤出于对贾母的孝心，又偶发善心，确实待刘姥姥不薄。孝顺持家和精明勤勉也确实是王熙凤一贯的闪光点。因此，上天念王熙凤也曾种过善果，便以慈悲心引渡其女巧姐。

因此巧姐的结局，从表面上看是刘姥姥家知恩图报，后来收留恩人家的巧姐；

但在深层次上，是天界西王母看到贾家的原罪中仍存善因，才没有赶尽杀绝，而对有缘人进行了慈悲引渡。

西王母为贾家指引迷津，才是板儿递给巧姐佛手的真实寓意，也才符合脂砚斋所说“佛手者，正指迷津者也”的真正含义。一个佛手、一个圆柚，合起来就是“佛缘”，也是指贾家与西王母之间的这段神仙缘。

正如巧姐的判词《留馀庆》中所说，“劝人生，济困救贫……正是乘除加减，上有苍穹”。前一句反映的是刘姥姥进大观园受到接济的表面意思，后一句反映的则是西王母下凡审判和引渡的深层次含义。

西王母和贾家之间的关系，在贾母的牙牌令中也有形象描述，当时刘姥姥也在场。“鸳鸯道：‘凑成便是个蓬头鬼。’贾母道：‘这鬼抱住钟馗腿。’”作为贾家宗族的代表，贾母说的“蓬头鬼”，就是形容贾家败落后的狼狈样子。这里的“钟馗”则泛指神仙。钟馗本是捉鬼的，但“蓬头鬼”抱住了钟馗腿，就是暗示贾家在遇到刑杀之劫后得到了一定宽恕。

试想刘姥姥三进大观园时，贾家应已是“树倒猢狲散”“飞鸟各投林”。刘姥姥了结了贾家的善恶因果，收留巧姐，留下一颗希望的种子。刘姥姥的姓氏“刘”（谐音“留”），就是这个意思。

刘姥姥背后的西王母光环，你现在感觉到了么？

笔者有感曹雪芹深意，题七绝一首：

红楼仙缘

情天曲落梦魂惊，玉女柴生孽火明。

凌弱济贫皆有数，蓬莱仙主自公平。

曹雪芹曰：假作真时真亦假，无为有处有还无。

笔者和曰：祸起福门福倚祸，缘结佛手佛证缘。

指迷津：

就《我为何判定刘姥姥是西王母》一文与读者交流

笔者拙作《我为何判定刘姥姥是西王母——< 红楼梦 > 中隐藏最深的秘密》有幸在《博览群书》期刊 2016 年第 8 期发表后，引起了读者和媒体的热烈反响，文章被光明网、人民网以及母校清华大学校友网等诸多媒体转载。不少红学家也加入讨论，中国红楼梦学会还专门针对此文准备了专稿。可见《红楼梦》这部作品历久弥新，至今魅力不减。

大家参与探讨这个话题，无论是赞同的，还是反对的，我都非常欢迎。因为只有多交流、多碰撞，我们对《红楼梦》的理解才能更深入，才不会辜负曹雪芹先生留下的这件精心雕琢的艺术珍品。况且，刘姥姥又是这么一个有趣而又发人深省的角色。

一、关于刘姥姥身份的问答

对于刘姥姥是西王母这个结论，不少人看了表示很惊讶。对此我非常理解，因为这一结论乍听起来确似无稽之谈。有些读者也提出了一些很好的问题，我觉得有必要和大家交流探讨。

红楼探玉

红楼探玉

问题一：能否通过刘姥姥喝了贾母余下的半杯老君眉，就认为神仙就该喝仙茶，仙茶应该配仙人？（那贾母喝的那半杯茶，王先生如何解释呢？）

类似的问题很多，我来替大家问。例如，就因为是西庄王家的岳母，就能说明刘姥姥是西王母么？就因为大家打趣刘姥姥是“老妖精”，就说明她是神仙么？等等。

回　答：刘姥姥喝了仙茶，并不能说明她就是神仙。任何一个孤立的证据，都不足以得出刘姥姥是西王母的结论。但是，由于《红楼梦》通篇对刘姥姥的描写都符合西王母的特征，笔者才做出这一推断。

在《红楼梦》前八十回文本中，笔者找到至少十二处论据。这些论据都与刘姥姥的西王母身份相吻合，它们是：

1. 西庄王家岳母 —— 西王母。

2. 刘姥姥 —— 西姥（西王母别号）。

3. 外号“母蝗虫”—— 谐音“王母”。

4. 刘姥姥的牙牌令“长四（谐音“似”）是个人”—— “西王母其状如人”（《山海经》）。

5. 刘姥姥的牙牌令“是个庄家人罢”—— 谐音“装假人”，指神仙假扮成人。

6. 刘姥姥故事中的祠堂，宝玉让人去寻，发现竟是个瘟神庙——西王母掌管瘟疫。

7. 刘姥姥的故事中提到玉皇大帝——民间传说中，王母娘娘经常与玉皇大帝并提。

8. 刘姥姥洞察巧姐撞剋花神——神仙的能力。

9. 刘姥姥给巧姐（出生于七月初七）起名——暗示织女，以及刘姥姥的王母娘娘身份。

10. 刘姥姥在栊翠庵喝老君眉——老君眉又称仙茶。

11. 刘姥姥头上戴花，众人打趣“打扮的成了老妖精了”——暗示神仙身份。

12. “一个是阆苑仙葩”（红楼梦曲《枉凝眉》）——西王母掌管天界所有女仙；阆苑是西王母的居所；阆苑仙葩指绛珠仙草。

除此之外，刘姥姥还多次暗示贾家大祸临头（如刘姥姥牙牌令中的“大火烧了毛毛虫”，以及刘姥姥讲完故事后贾家立马着火——“火”谐音“祸”），刘姥姥在谈话中还多次预示贾家人物命运。

正如《博览全书》公众号上网名盼盼的读者对此文的评论：“这巧合之多，若不是老曹有意为之，实难如此吧。”

而且，刘姥姥如果是西王母，与文中其他的内容没有矛盾。这一点是非常重要的，也是那些轻易下结论的人经常忽略的。就像这位提问者说，贾母也喝了仙茶，为什么她不是神仙呢？回答很简单，因为书中对贾母的其他描写并不符合神仙的特征。

就拿刘姥姥给巧姐治病这件事情来讲，刘姥姥发现巧姐撞克了神灵，治好了她的病。而当时的情况是，贾母和巧姐都病了！凤姐儿当时对刘姥姥说：“你别喜欢。都是为你，老太太也被风吹病了，睡着说不好过；我们大姐儿也着了凉，在那里发热呢。”也就是说，贾家从最年长的贾母到最年幼的巧姐，都是病人的姿态；而刘姥姥则是站在医者的角度，给贾家老小治病呢！按照我们假设刘姥姥是西王母，她来人间是对贾家进行警示和救赎，那么刘姥姥给贾家看病这个细节就是一个很有意思的隐喻。如果贾母也是神仙的话，她怎么会和巧姐一样生病呢？！

还有太多细节都对不上。随便举一个，贾母曾经被马道婆骗过灯油钱，马道婆骗完贾母又去帮赵姨娘整贾宝玉和王熙凤，最后贾母急得又骂又哭。贾母如果是神仙的话，会发生这样的事么？

还有，书中明写的、到世间度人的神仙，只有一僧一道二仙师，而这两人都是贫贱流浪的形象，非常粗陋不堪。而刘姥姥同样是贫苦农民的形象，曹雪芹这样设计是大有深意的。神仙是人类的审判者，而作者把神仙和贫苦百姓画上等号，其用意不言而喻。

而贾母是个雍容华贵、养尊处优的贵族家长，她的形象和书中其他神仙的设定完全不同。假如贾母也是神仙的话，她来人间的目的又是什么呢？

所以，贾母先喝了半杯“老君眉”，应该只是为了给刘姥姥喝仙茶做铺垫，这也才符合现实生活中的礼数。同时，人称老寿星、又称史太君的贾母，也是配得上“老”“君”二字的。

当然，有的读者可能会追问，曹雪芹难道不会是随便一写吗？茶的名字难道不是随便取的吗？

我可以很明白地告诉读者朋友：不会。因为除了刘姥姥，在栊翠庵喝茶的还有贾母、黛玉、宝钗和宝玉。曹雪芹通过每个人用的茶、茶具，甚至煮茶的水，都对喝茶人的身份做了一一映射。

这里我们不展开，只提贾母在喝茶时说的一句话。贾母当时说：“我不喝六安茶。”这“六安茶”就大有深意。因为绛珠仙草的原型之一是金钗石斛，而金钗石斛就生在六安水旁边的石头上。

根据《红楼梦》第一回，绛珠草生长在“西方灵河岸上三生石畔”。而金钗石斛在《神农本草经・卷一・上经・石斛》中有记载：“生六安水傍石上”，也就是说金钗石斛生在六安水旁边的石头上。“六安水”对应“西方灵河”，“傍石”对应“三生石畔”，显示了金钗石斛是绛珠草的原型。

贾母说她不喝“六安茶”，就是暗示有其他人喝“六安茶”。那这个人是谁呢？当然是绛珠仙草在人间的化身林黛玉。林黛玉和薛宝钗接下来也有在栊翠庵喝茶的情节，作为绛珠仙草，她们当然是喝“西方灵河”的水了，也就是对应“六安水”和“六安茶”。

所以，贾母的一句“我不喝六安茶”，就有这么深的寓意在里面。刘姥姥喝的“老君眉”，应该也不是曹雪芹随便取的吧。

问题二：刘姥姥是六仙女？

有位清华校友苏先生认为，刘姥姥不是王母娘娘，而是王母娘娘的第六个女儿，即六仙女，因为“刘”通“六”。六仙女下凡是为了救她的妹妹七仙女，而七仙女在人间的化身就是巧姐。

回　答：首先，看到这位读者也认同刘姥姥的神仙身份，笔者十分欣慰。但是，刘姥姥是六仙女可能说不通。最容易理解的一点是，她们辈分不对。六仙女和七仙女是同辈，而刘姥姥比巧姐大一辈。

《红楼梦》文本中对刘姥姥的亲家——王家的背景介绍是这样的：王家“祖上曾作过小小的一个京官，昔年曾与凤姐之祖、王夫人之父识认，因贪王家的势利，便连了宗认作侄儿”；“目今其祖已故，只有一个儿子，名唤王成”；“王成新近亦因病故，只有其子，小名狗儿，亦生一子，小名板儿，嫡妻刘氏，又生一女，名唤青儿”；“狗儿遂将岳母刘姥姥接来一处过活”。

所以说，王成的父亲是凤姐之祖认的侄儿，比凤姐高一辈。那么王成就是和凤姐同辈。刘姥姥和王成是亲家，所以也和凤姐同辈。因此，刘姥姥比巧姐大一辈。

那么，即使巧姐的原型是七仙女，刘姥姥也不可能是同辈的六仙女。反之，如果刘姥姥是王母娘娘，那就说得通了。因为一般在神话传说中，七仙女是王母娘娘的女儿。《红楼梦》中的刘姥姥正好比巧姐大一辈，而且也是刘姥姥给巧姐起的名字。如果刘姥姥是王母娘娘的话，一切合情合理。

那么巧姐是不是织女的化身呢？笔者认为这有可能。在《我为何判定刘姥姥是西王母》一文中，已经提出了巧姐与七夕、乞巧、织女的关联性，又考虑到巧姐后来嫁给了乡村少年板儿（有点牛郎的味道），因此巧姐是织女是一个合理的推论。但是，考虑到《红楼梦》前八十回中对巧姐的描述非常少，这只能是个比较弱的推论。其目的可能并不是为了暗示巧姐的身份，而主要是暗示刘姥姥的西王母身份。

另外，刘姥姥的“刘”，应该不是为了谐音“六”，而是为了谐音“留”。巧姐的判词就是《留馀庆》。“留”字一方面意思是巧姐后来得到刘姥姥“收留”，逢凶化吉；另一方面意思是，西王母考虑到贾家的原罪中尚存善因，因此搭救巧姐，为贾家“留下”一颗希望的种子。

> 留馀庆，留馀庆，忽遇恩人；幸娘亲，幸娘亲，积得阴功。劝人生，济困扶穷，休似俺那爱银钱、忘骨肉的狠舅奸兄！正是乘除加减，上有苍穹。

大家顺便看看《留馀庆》的最后一句——“正是乘除加减，上有苍穹”。这个“上有苍穹”，是不是就是指上天的西王母呢？

问题三：“母蝗虫”谐音“王母”，是不是不符合《红楼梦》中的谐音惯例？

回　答：“母蝗”和“王母”属于近似音。曹雪芹在用名字暗示寓意时，也常用近似音。例如，秦钟近音“情种”、贾环的“环”近音“坏”、秦业近音“情孽”、孙绍祖近音“孙臊祖”、单聘仁近音“擅骗人”、青埂峰近音“情根”等。“母蝗”和“王母”也是近音，属于《红楼梦》常用的表达方式。

问题四：你说刘姥姥牙牌令当中的“庄家人”谐音“装假人”，是神仙假扮成人的意思，是不是太牵强？难道“庄家人”就不能是刘姥姥简单表达自己的农户身份么？

回　答：参与牙牌令的每一个人的每一句话都有隐含寓意，刘姥姥说的其他几句酒令，也都有隐含寓意。因此这第一句“庄家人”，也应该具有更深层次的含义，而不是自报农家出身这么简单。

蔡义江先生曾在经典红学作品——《红楼梦诗词曲赋评注》一书中，对每句牙牌令都做过重要解析。很多学者也就此做过分析，大家基本都认同每句牙牌令都具有特别暗示。让我们以贾母为例说明。

> 鸳鸯道："有了一副了。左边是张'天'。"贾母道："头上有青天。"众人道："好。"鸳鸯道："当中是个'五与六'。"贾母道："六桥梅花香彻骨。"鸳鸯道："剩得一张'六与幺'。"贾母道："一轮红日出云霄。"鸳鸯道："凑成便是个'蓬头鬼'。"贾母道："这鬼抱住钟馗腿。"

1. 贾母的牙牌令和寓意

第一句：左边是张"天"——头上有青天。

寓　意："天"——上下都是六点的牌叫天牌。"青天"指皇帝，此句是说贾家承蒙皇帝天恩，家族昌盛。

第二句：当中是个"五与六"——六桥梅花香彻骨。

寓　意：是说贾府正当盛时。六桥在杭州西湖苏堤上，堤上多植梅花。六桥比六点，梅花五瓣所以比五点。六五之数，又指泰卦中的六五爻，其爻辞是："帝乙归妹，以祉元吉。"大意是帝乙把女儿嫁给周文王，乃大吉之事。此爻正应元春选妃。"彻骨"，形容极香，暗指贾家盛到极点。

第三句：剩下一张"六与幺"——一轮红日出云霄。

寓　意：上面的一点色红，以比"一轮红日"；下面的六点色绿，以比青云。"一轮红日出云霄"这句的隐喻，在红学界分歧较大。个人倾向于认为，"红日"指皇帝。而"出云霄"，说明之前红日曾被乌云遮蔽，很可能是暗指后半部中发生的政变或叛乱。"红日出云霄"则预示皇帝平息了这场叛乱，但在这场叛乱中，元妃不幸去世，贾家也失去了最后的依靠。脂砚斋曾说，"《长生殿》中，伏元妃之死”。可见元妃的命运很可能像杨玉环一样，在叛乱中被牺牲掉了。

第四句：凑成便是个“蓬头鬼”——这鬼抱住钟馗腿。

寓　意：“蓬头鬼”是成套点色的名称。三张牌是六六、五六、幺六，五与幺加起来也是六，成“一副儿”，叫“蓬头鬼”。“凑成便是个蓬头鬼”，是说贾家盛极必衰，衰落后的狼狈样子像个“蓬头鬼”。

“这鬼抱住钟馗腿”：“钟馗”是中国神话中的神仙，专门能伏鬼降魔。钟馗本是捉鬼的，但“蓬头鬼”抱住了钟馗的腿，就是暗示贾家在遇到刑杀之劫后，没有被赶尽杀绝，有人得到一定的宽恕和救赎。

可见，贾母的四句牙牌令都有深层次含义。不仅如此，这四句牙牌令还具有时间上的连贯性。贾母的牙牌令连贯的意思就是：贾家曾经承蒙皇帝天恩，家族昌盛；元春被封为贵妃，家族达到极盛；后来发生叛乱，被皇帝平定；元春死后，贾家遭到抄家和刑罚，结局凄惨；但是没有被赶尽杀绝，有人得到一定宽恕和救赎。

2. 刘姥姥的牙牌令和寓意

不仅是贾母，所有参与牙牌令的人，如薛姨妈、林黛玉等人，她们说的每一句话都各有深层次的寓意。这里不展开叙述了。刘姥姥自己说的牙牌令的后三句，明显也都是一语双关。

> 鸳鸯笑道：“左边‘长四’是个人。”刘姥姥听了，想了半日，说道：“是个庄家人罢。”众人哄堂笑了。贾母笑道：“说的好，就是这样说。”刘姥姥也笑道：“我们庄家人，不过是现成的本色，众位别笑。”鸳鸯道：“中间‘三四’绿配红。”刘姥姥道：“大火烧了毛毛虫。”众人笑道：“这是有的，还说你的本色。”鸳鸯道：“右边‘幺四’真好看。”刘姥姥道：“一个萝卜一头蒜。”众人又笑了。鸳鸯笑道：“凑成便是一枝花。”刘姥姥两只手比着，说道：“花儿落了结个大倭瓜。”众人大笑起来。

刘姥姥后三句酒令和寓意分别是：

第二句：中间“三四”绿配红——大火烧了毛毛虫。

寓　意：上面三点绿斜行，像一条“毛毛虫”；下面四点红，像“大火”。“大火”（谐音“大祸”）预示贾家之祸。“毛毛虫”暗喻贾家，冷子兴在第二回就形容贾家是“百足之虫，死而不僵”。“大火烧了毛毛虫”，就是暗示贾家因为一场大祸覆灭了。另外，“中间‘三四’绿配红”中的“绿配红”应指怡红院（元妃曾因怡红院的牡丹和芭蕉，将之赐名“怡红快绿”），这可能是暗示贾家的劫难与怡红院的主人贾宝玉有关，这也是为什么第四十一回的回目是“怡红院劫遇母蝗虫”。

第三句：右边“幺四”真好看——一个萝卜一头蒜。

寓　意：上面一点比“一个萝卜”，下面四点比“一头蒜”，因为大蒜头有紫红皮的，且有好多瓣。“幺四”真好看，谐音“要死”真好看，形容贾家的覆灭。“一个萝卜一头蒜”的寓意大家有不同的看法。个人认为，顺着“一个萝卜一头蒜”的俗语意思，可能是说抄家后，贾家人等各有各的下场。甄士隐在第一回“《好了歌》解注”中就形容了大家各自的命运结局，脂砚斋的批注还将之一一对应了贾家人等：

“说什么脂正浓，粉正香，如何两鬓又成霜？”（脂砚斋：宝钗、湘云一干人。）

“昨日黄土陇头送白骨”（脂砚斋：黛玉、晴雯一干人。）

“今宵红灯帐底卧鸳鸯”（脂砚斋：一段妻妾迎新送死，倏恩倏爱，倏痛倏悲，缠绵不了。）

“金满箱，银满箱”（脂砚斋：熙凤一干人。）

“展眼乞丐人皆谤”（脂砚斋：甄玉、贾玉一干人。）

“择膏粱，谁承望流落在烟花巷！”（脂砚斋：一段儿女死后无凭，生前空为筹划计算，痴心不了。）

“因嫌纱帽小，致使锁枷扛”（脂砚斋：贾赦、雨村一干人。）

“昨怜破袄寒，今嫌紫蟒长”（脂砚斋：贾兰、贾菌一干人。）

第四句：凑成便是一枝花——花儿落了结个大倭瓜。

寓　意：“一枝花”是成套点色的名称，因为三张牌四四、三四、幺四，三与幺加起来也是四，成“一副儿”，叫“一枝花”。唐代名妓李娃旧名一枝花，当时说书人曾编成《一枝花》故事。“凑成便是一枝花”，或隐喻贾家分崩离析后，巧姐被“狠舅奸兄”卖掉，“流落在烟花巷”。“倭瓜”——北方农村称南瓜为倭瓜。花落结瓜喻女子已婚嫁生育。因此，“花儿落了结个大倭瓜”应是暗喻巧姐后来逢凶化吉，被刘姥姥所救，并与板儿结合，共同生儿育女。这个暗示与巧姐判词“势败休云贵，家亡莫论亲。偶因济刘氏，巧得遇恩人”的意思一致。

既然刘姥姥牙牌令的后三句都有这么多深层次含义，难道第一句就只是表达字面的意思么？当然不会。

第一句：左边“长四”是个“人”——是个庄家人罢。

寓　意：上下都是四点的牌，称作“长四”，又叫人牌。“长四”又称“四四”“大四”。“长四是个人”，谐音就是“长似是个人”。《山海经》是最早记述西王母的书籍，而其中对西王母形象的描述就是——“西王母其状如人”。这不是和“长似是个人”一个意思么？

下半句紧接上半句的描述——“是个庄家人罢”，谐音“是个装假人吧”。这里隐喻的是西王母假扮人形，来到人间。如此理解的话，上下半句都是形容西王母的形象，合情合理。

而且，正如贾母牙牌令所暗示的事件是按照时间顺序排列的，刘姥姥牙牌令的四句连起来，意思也具有连贯性。刘姥姥牙牌令连起来是：我西王母假扮人形，来到人间警示你们；贾家将面临大祸，怡红院将有一劫；贾家分崩离析后，众人各有各的命运；巧姐会被卖到烟花巷，但会被救出，与板儿组建家庭、生儿育女。

笔者以上分析了这么多，只想说明一个简单的意思：刘姥姥说的“是个庄家人罢”，与其他牙牌令一样，也是有深层次含义的。一个合理的解释就是“装假人”，即西王母假扮人形，来到贾家。

二、细思极恐刘姥姥

我因为个人爱好，曾经反复阅读《红楼梦》原著，在阅读中就会发现一些疑点。例如刘姥姥，我会疑惑她怎么会知道巧姐撞剋花神，并为她治好病呢？刘姥姥有什么样的眼力，竟把大观园比作“坟圈子”呢？

刘姥姥的不少情节都让人细思极恐。

例如，刘姥姥给贾家老小讲故事，本来就是个有点恐怖的鬼故事。说一个小姑娘死了，父母为她建了祠堂、塑了雕像，之后这个雕像就成了精，这个女鬼大清早跑到门口来抽柴草。后来贾宝玉派茗烟去找刘姥姥说的地方，真找到一个庙，却发现里面没有什么女孩儿，“竟是一位青脸红发的瘟神爷”！茗烟还说：“一看泥胎，唬的我跑出来了，活似真的一般。”

这是不是有点惊悚呢？曹雪芹为什么要设计这个瘟神庙呢？如果不是为了暗示刘姥姥是掌管刑杀和瘟疫的西王母，这个瘟神庙到底想表达什么呢？

很多人把刘姥姥当成一个插科打诨的人物。我小时候看《红楼梦》，看到贾家众人笑话刘姥姥笑得十分夸张，水也喷了、茶也倒了、有笑岔气的、还有躲出去蹲着笑去的，自己当时看着也挺乐的。但是，随着年纪和阅历的增加，再看刘姥姥这段情节，就觉得有点儿不对劲了。如果仔细听刘姥姥讲的话，不但笑不出来，简直整个人都不好了。

例如宴席上，凤姐让鸳鸯拿了十个黄杨根做的大套杯，专门用来灌刘姥姥酒。之后鸳鸯问刘姥姥这个杯子是什么木做的？

刘姥姥笑道："怨不得姑娘不认得，你们在这金门绣户的，如何认得木头！我们成日家和树林子作街坊，困了枕着他睡，乏了靠着他坐，荒年间饿了还吃他，眼睛里天天见他，耳朵里天天听他，口儿里天天讲他，所以好歹真假，我是认得的。让我认一认。"。一面说，一面细细端详了半日，道："你们这样人家断没有那贱东西，那容易得的木头，你们也不收着了。我掂着这杯体重，断乎不是杨木，这一定是黄松做的。"众人听了，哄堂大笑起来。

刘姥姥把黄杨认作黄松，倒也罢了。但是她还不经意地提到，荒年间老百姓饿了还要吃树皮度日！可见当时民间的生活是多么凄惨，相比之下贾家当下的宴席又是多么奢侈。面对这种强烈的反差，贾家众人仍然"哄堂大笑"，这是不是有点儿不对劲呢？

面对贾家的奢侈生活，刘姥姥是怎么做的呢？——念佛。

刘姥姥是全书念佛最多的人。单单是二进荣国府这一趟，描写刘姥姥念佛就有十二次之多！看到贾家气派的园子念佛、看到昂贵的螃蟹念佛、看到"五彩炫耀"的家具念佛、看到用"软烟罗"糊窗子念佛、看到贾母的大房间念佛、看到用十来只鸡配的茄鲞念佛，等等。刘姥姥念佛，仅仅是贫苦百姓看到奢侈生活的惊叹么？她是在羡慕么？还是在"阿弥陀佛"之后，有"罪过"二字没说呢？

而且，刘姥姥临走时，对送她的平儿"念了几千声佛"。这种夸张的表达是想告诉我们什么呢？

再有，刘姥姥讲的另一个故事，说有个老奶奶天天吃斋念佛（又是念佛），感动了观音和玉帝，得了一个孙子。刘姥姥之后评论道："可见这些神佛是有的。"她说的神佛是谁呢？

再看作弄刘姥姥的凤姐和鸳鸯，都没有什么好下场。凤姐最后被贾琏休掉，又因贪污和弄权事发被囚禁，最后是"忽喇喇似大厦倾，昏惨惨似灯将尽"。鸳鸯本来有贾母这个靠山，连贾赦想娶她做妾都没成功，但贾母去世后，她只有按照自己发誓说的“或是寻死，或是剪了头发当尼姑去”，也是悲惨结局。看看，刘姥姥是不是得罪不得?

不仅如此，刘姥姥虽说被灌醉了，结果哪里遭殃了呢? 反倒是怡红院！贾宝玉的房间是何等精致、何等洁净，结果刘姥姥“一歪身就睡熟在床上”。袭人进了房门，“只闻见酒屁臭气，满屋一瞧，只见刘姥姥扎手舞脚的仰卧在床上”。看到这个情景，你有没有联想到济公呢? 而本回的回目也正是——“怡红院劫遇母蝗虫”。怡红院遇到母蝗虫这个“劫”，是不是也有某种暗示呢? 贾家之“劫”为何是刘姥姥带来的呢? 这是不是预示之后的情节中，贾家其他人（如凤姐）闯的祸，最后倒霉的是贾宝玉呢?

同样是这段文字中，曹雪芹还安排了“佛手”这个道具（还是佛！），通过刘姥姥的外孙板儿传递给巧姐。佛手象征着慈悲、引渡。脂砚斋也说“佛手者，正指迷津者也”。那么，又是谁给谁“指迷津”呢?

所以说，满篇表面看着是刘姥姥如何被嘲弄，但最后遭殃的却是贾家人自己，而最后解救他们的还是刘姥姥。这些情节是不是很耐人寻味呢?

大家应该记得，贾瑞曾经得了一把镜子叫风月宝鉴，看正面是艳丽美女，但会沉溺；看背面是青冢骷髅，但可保命。《红楼梦》这本书又名《风月宝鉴》，其实就和这面镜子一样。脂砚斋曾说，“观者记之，不要看这书正面，方是会看”。

所以说，看刘姥姥的情节时，如果只是看热闹、看笑话，甚至钦羡贾家如何富贵排场，那就是看了《红楼梦》的正面。如果能够看到文字背面的惊悚，看到百姓荒年间吃树皮、看到刘姥姥念佛几千次、看到瘟神庙和佛手，也许才会更有益处吧。

主要参考文献

红楼梦脂评汇校本（电子版）. 曹雪芹著，脂砚斋评，Kolistan 汇校整理、制作

乾隆甲戌脂砚斋重评石头记，曹雪芹著，脂砚斋评
脂砚斋重评石头记庚辰本，曹雪芹著，脂砚斋评
红楼梦评论，王国维著
红楼梦诗词曲赋评注，蔡义江著
蔡义江解读红楼梦，蔡义江著
红楼梦新证，周汝昌著
红楼十二层，周汝昌著
红楼梦辨，俞平伯著
刘心武揭秘红楼梦，刘心武著
红楼望月，刘心武著
红楼梦考证，胡适著
红楼梦魇，张爱玲著
风语红楼——风之子解读红楼梦，风之子著
红楼梦与百年中国，刘梦溪著
石头记脂本研究，冯其庸著
红楼梦探源，吴世昌著
红楼梦论稿，蒋和森著
王蒙话说红楼，王蒙著

清代私牢研究，陈兆肆著
清史讲义，孟森著
清代社会八旗贵族世家势力研究，雷炳炎著
清代政治与社会，郭松义著
牡丹亭，汤显祖著
邯郸记，汤显祖著
一捧雪，李玉著
长生殿，洪昇著
夷坚志，洪迈著
钗钏记，王玉峰著
山海经，作者不详
西厢记，王实甫著
红梅记，周朝俊著

致　谢

感谢辛继平总经理、苗洪总编、王溪桃老师、耿金丽老师、李娟老师、李恒老师对本书出版倾注的心血！感谢吴海鹏兄帮我费心淘来的古籍！感谢董山峰主编的指导点拨！感谢陈希米老师的支持鼓励！感谢周桢炜兄、飚哥的热心引荐！感谢田宁华先生、马梦珂师妹的精美插图！感谢众多朋友对拙作的帮助！也感谢父亲母亲祖父祖母从小的熏陶和教诲！

你们的珠玉之惠、琢玉之恩、玉成之德，我无以偿还，只能以本书的粗笨文字敷衍作数了。

图书在版编目（CIP）数据

红楼探玉 / 王一著. — 南京 : 江苏凤凰文艺出版社, 2017.12
ISBN 978-7-5594-1166-2

Ⅰ. ①红… Ⅱ. ①王… Ⅲ. ①《红楼梦》研究 Ⅳ. ①I207.411

中国版本图书馆CIP数据核字（2017）第242122号

书　　名	红楼探玉
作　　者	王　一
责任编辑	丁小卉　姚丽
特约编辑	耿金丽
封面设计	吕彦秋
版式设计	王果果
出版发行	凤凰出版传媒股份有限公司 江苏文艺出版社
出版社地址	南京市中央路165号，邮编：210009
出版社网址	www.jswenyi.com
经　　销	凤凰出版传媒股份有限公司
印　　刷	三河市中晟雅豪印务有限公司
开　　本	700毫米 × 940毫米　1/16
字　　数	270千字
印　　张	20.5
版　　次	2017年12月第 1 版　2017年12月第 1 次印刷
标准书号	ISBN 978-7-5594-1166-2
定　　价	46.00元

江苏文艺版图书凡印刷、装订错误可随时向承印厂调换